GREG KINCAID

Ein Engel zum Verlieben

GOLDMANN
Lesen erleben

GREG KINCAID

Ein Engel zum Verlieben

Roman

Deutsch
von Angela Schumitz

GOLDMANN

Die Originalausgabe erschien 2014 unter dem Titel
»Tantric Coconuts« bei Crown Publishers, New York.

MIX
Papier aus verantwortungsvollen Quellen
FSC® C083411
FSC
www.fsc.org

Verlagsgruppe Random House FSC® N001967

1. Auflage

This translation published by arrangement
with Crown Publishers, an imprint of the Crown Publishing Group,
a division of Random House LLC.
Umschlaggestaltung: UNO Werbeagentur München
Umschlagfoto: © FinePic®, München
Redaktion: Alexander Groß
Satz: DTP Service Apel, Hannover
Druck und Bindung: CPI books GmbH, Leck
Printed in Germany
ISBN 978-3-442-20502-8
www.goldmann-verlag.de

Besuchen Sie den Goldmann Verlag im Netz

Für alle,
deren Weisheit in diese Seiten
eingeflossen ist.

Als Erstes muss man die Kokosnuss natürlich knacken.

Irma Rombauer, *Joy of Cooking*

1. Kapitel
Ted Day

Crossing Trails, Kansas

Ted Day drehte den Zündschlüssel des alten schwarz-silbernen Winnebago 32RQ Chieftain. Die Batterie war noch gut in Schuss. Anfangs zögerte der uralte, rostige Motor zwar und stotterte, doch nach wenigen Versuchen sprang er an. Damit sabotierte er die erste Ausrede, die sich Ted ausgedacht hatte. Als der Motor ruhig lief, kletterte Ted aus der Fahrerkabine und trat zu dem bärbeißigen Alten, seinem Großvater, den er sehr liebte. Wild Bill Raines thronte auf seinem Elektromobil und lächelte stolz. »Wie gesagt, der springt immer an.« Grandpa Raines deutete Richtung Highway, der am nördlichen Rand von Crossing Trails, Kansas, verlief. »Fahr nach Colorado, nach Kalifornien, in die Rockies.« Als hätte er diese Erfahrung persönlich gemacht, fügte er hinzu: »Es wird dir guttun, endlich mal aus dem elenden Crossing Trails rauszukommen.« Etwas sanfter fuhr er fort: »Ted, du musst dein Leben genießen. Für ein paar Wochen kann ich deine Kanzlei schon übernehmen.« Ted drehte den Kopf weg, damit Grandpa Raines seine skeptische Miene nicht sehen konnte. »Ich habe diese Kanzlei sechzig Jahre lang geführt, da fallen eine weitere Woche oder zwei wahrhaftig nicht ins Gewicht«, fügte sein Großvater hinzu.

»Grandpa, du kannst nicht Auto fahren. Hast du das vergessen?«, erwiderte Ted etwas gereizt, auch wenn er versuchte, seinen Ärger zu unterdrücken.

»Ach, zum Teufel. Bevor mich jemand in diesem County vors Gericht zerrt, bin ich schon längst unter der Erde.«

»Grandpa, wir leben hier nicht in New York. In Crossing Trails gibt es nur zwei Polizisten, und du bist der Einzige im Ort, der mit einem abgelaufenen Führerschein einen Cadillac Baujahr 1982 fährt.« Ted ruderte mit den Händen durch die Luft und fügte hinzu: »Und das mit einem personalisierten Nummernschild: Hai. Was meinst du? Willst du mit diesem Fall vor den Obersten Gerichtshof?«

»Das A und O ist die Logistik. Wir kriegen das schon hin.« Grandpa Raines klopfte mit den Knöcheln auf den verchromten Radschutz seines Elektromobils, um Ted von seinen Grübeleien abzulenken. »Eines Tages wirst auch du alt sein. Das passiert schneller, als du denkst, und wenn es so weit ist, wirst du auf dein Leben blicken und dich fragen, ob du wirklich gelebt hast. Warte nicht bis ins hohe Alter, um es mal etwas langsamer anzugehen und die richtigen Weichen zu stellen.« Er deutete mit dem Stock auf die Seite seines geliebten Wohnmobils. »Auf einer Reise kann man den Kopf klarbekommen und herausfinden, was einem wirklich wichtig ist.«

Ted hatte keine Lust, die wenigen freien Tage, die er hatte, in einer Blechhütte auf vier Rädern zu verbringen. »Urlaube in Wohnmobilen klingen theoretisch ganz gut, aber praktisch sind sie nicht besonders lustig. Ich fahre nicht gern Auto, mir wird dabei immer schlecht. Außerdem tummeln sich auf den Interstates die seltsamsten Leute, und es gibt dort nur schreckliches Essen.«

»Sei nicht so wehleidig. Du kannst auf kleineren Straßen fahren und dir selbst etwas kochen.«

Offenbar kamen sie so nicht weiter. Ted gab auf. »Na gut, Grandpa, ich werde darüber nachdenken.«

»Ist dir klar, dass du kaum aus dem Büro gekommen bist, seit du vor fünf Jahren angefangen hast, für mich zu arbeiten? Ein gut aussehender junger Mann wie du sollte sein Leben genießen.«

»Grandpa, ich genieße es zu arbeiten. Ich brauche keinen Urlaub. Zumindest nicht in einer Zeit, in der ich versuche, beruflich Fuß zu fassen.«

Grandpa Raines rollte so nah an Ted heran, dass dieser ihm nicht mehr entkommen konnte, und bedachte seinen Enkel mit einem strengen Blick. »Weißt du, warum ich dir die Kanzlei nicht verkauft, sondern einfach überlassen habe?«

Ted zuckte mit den Schultern. »Weil du großzügig bist?«

»Nein. So großzügig bin ich auch wieder nicht. Ich habe sie dir gratis überlassen, weil das ihrem Wert entspricht: Sie ist nichts wert.«

Ted versuchte, ihm das auszureden. »Grandpa, in Crossing Trails gibt es eine Menge Leute, die mit Freuden das Geld verdienen würden, das die Kanzlei abwirft.«

»Na klar, es ist ja auch eine gute Kanzlei. Das Problem ist nur, dass du dir neben der Kanzlei kein Leben aufbaust. Deshalb hat dich doch diese kleine Blonde letztes Jahr verlassen, oder?«

Ted versuchte, seinem Großvater bei seinen Gedankensprüngen zu folgen. »Meinst du Lisa, meine Frau?«

Granpa Raines nickte.

Das tat immer noch ziemlich weh.

Ted sagte seinem Großvater dasselbe, was er sich selbst immer wieder sagte. »Lisa hat mich wegen Thor verlassen, Grandpa. Thor war groß, blond, attraktiv und reich. Wenn er mich gefragt hätte, wäre sogar ich mit ihm durchgebrannt.«

Wild Bill Raines deutete auf sein bescheidenes Haus und den alten blauen Cadillac Sedan, der sich breit wie ein verwilderter Wacholderbusch an die linke Seite der Zufahrt duckte. »Du solltest eine Frau finden, eine bessere diesmal. Du solltest heiraten, eine Familie gründen und dich mehr in die Gemeinschaft einbringen. Wenn du nicht aufpasst, wirst du enden wie ich – als mürrischer Alter, der ganz allein herumhängt. Willst du das?«

»Ich könnte viel schlechter enden.«

»Wirklich?«

»Ich bin stolz auf dich, Grandpa.«

»Vielleicht solltest du das lieber nicht sein.« Der alte Mann blickte in die Richtung des Friedhofs, auf dem viele seiner Verwandten lagen, und sagte leise: »Der Wind wird über mein Grab fegen wie über das der anderen. Ich bin mir nicht sicher, ob mein Leben wirklich viel Bedeutung hat.«

Ted legte die Hand auf die knochigen Schultern seines Großvaters. »Du hast Grandma viel bedeutet, meiner Mutter und …« Er hatte das noch nie gesagt, aber nicht, weil er es nicht so meinte. »Und du bedeutest auch mir sehr viel.«

Die Distanz, die zwischen Ted und seinem Großvater in den letzten Jahren bestanden hatte, brach ein paar stumme Momente lang zusammen. Der Wind blies durch das ausgetrocknete Laub und wehte Staub über den Highway. Wild Bill Raines wartete, bis das, was gerade zwischen ihnen passierte, vorübergegangen war, dann ordnete er seine Gedanken und konzentrierte sich auf den wichtigsten. »Ted, Glück lässt sich nicht in juristischen Werken finden oder darin, dass man bis zum Umfallen Schriftsätze verfasst. Du musst herausfinden, was dir neben deiner Arbeit wichtig ist.«

Die Idee, sich ein Hobby zu suchen, stieß bei Ted auf wenig Gegenliebe. »Grandpa, ich tue, was ich gern tue.«

»Vielleicht musst du dich mehr anstrengen. Zuallererst solltest du Menschen finden, die dich glücklich machen.«

»Ich bin noch nicht bereit für eine neue Beziehung. Die Sache mit Lisa hat mich ziemlich mitgenommen. Mein Hund Argo ist ein großartiger Gefährte. Ich habe den ganzen Tag lang mit Leuten zu tun. Ich genieße meine ruhigen Abende und Wochenenden.«

»Ted, da liegst du falsch. Klienten reichen nicht, das weißt du ganz genau. Ich möchte, dass du das Beste aus deinem Leben machst. Zieh den Kopf aus dem Sand und überleg es dir gut, bevor es zu spät ist.«

»Ich bin erst dreißig. Ich habe noch ein paar Jährchen Zeit.«

Sein Großvater starrte ihn mit seinen stahlblauen Augen durchdringend an, dann lenkte er sein Seniorengefährt nach rechts. »Na gut, wie du willst. Dann bleibst du eben in Crossing Trails und vergräbst deine Nase weiter in Büchern. Arbeite ruhig Tag und Nacht. Es ist dein Leben, das du vergeudest.«

»Ich glaube nicht, dass ich mein Leben vergeude, Grandpa. Ich will nur nicht mit deinem Wohnmobil in Urlaub fahren.«

Der Alte machte kehrt und knurrte, ohne sich umzudrehen: »Ganz wie du meinst.«

Ted lief ihm ein paar Schritte nach. »Na gut, Grandpa, du hast gewonnen. Ich schließe die Kanzlei, verkaufe mein Haus und fahre morgen früh los, um das zu finden, was in meinem Leben fehlt. Du übernimmst die Strafprozesse, und Argo, den Wunderhund, werde ich bitten, die Scheidungen zu bearbeiten.«

Grandpa Raines richtete den Blick auf den strahlend blauen Himmel, der sich wie ein endloses Meer über der Prärie ausdehnte. Ihm wurde klar, dass er seinen Enkel zu sehr bedrängt hatte. »Du hast wohl nicht ganz begriffen, worum es mir geht, Ted.«

Ted schüttelte den Kopf und starrte auf das uralte Wohnmobil. »Grandpa, selbst wenn ich so einfach losfahren könnte – glaubst du wirklich, der Chieftain würde noch eine Reise durchstehen?«

»Na klar. Außerdem – wo bleibt deine Abenteuerlust?«

Ted atmete langsam aus und überlegte, ob sein Großvater recht hatte. »Vielleicht fahren Argo und ich im September, wenn es nicht mehr so heiß ist, nach New Mexico. Dort wollte ich schon immer mal hin.«

»Der Chieftain ist allzeit bereit. Trag dir die zwei Wochen gleich in den Kalender ein, sonst wird nichts daraus.« Das Elektromobil rollte ein Stück weiter Richtung Haus, dann hielt der Alte es an und drehte sich noch einmal zu seinem Enkel um. »Jetzt bist du auf dem richtigen Weg – du machst dich auf die Suche nach dem guten Leben, statt nur zu hoffen, dass es dir zufällig auf der Main Street begegnet. Guter Junge.«

Ted ging zu seinem Wagen. »Danke für das Gespräch, Grandpa. Ich schaue morgen wieder bei dir vorbei, gleich nach dem Mittagessen.«

»Ich bin hier.« Grandpa Raines rollte ins Haus, zog seine roten Kordsamt-Hausschuhe an und ließ sich auf seinem Lehnstuhl nieder. Die Abendnachrichten versäumte er nie, auch wenn die meisten Beiträge ihn verwirrten oder anwiderten.

Um sieben schlief er ein. Er träumte von einem Mordprozess in den sechziger Jahren, ganz am Anfang seiner langen Berufslaufbahn. Es war einer seiner ersten großen Mordfälle. Die Beschuldigte, eine Frau, sah anders aus, als er sie in Erinnerung hatte. Er plädierte leidenschaftlich auf Notwehr. Während die Geschworenen sich berieten, wachte er auf. Es war spät, schon Viertel nach zehn. Er ging schnurstracks ins Bett.

Als Ted am nächsten Mittag zu seiner Stippvisite vorbeikam, lag sein Großvater noch friedlich im Bett und las das *Wall Street Journal*. Er erklärte Ted, dass er sich nicht wohlfühlte.

Als Grandpa Raines am Spätnachmittag immer noch sehr matt war, brachte Ted ihn zum Arzt.

Zwei Tage später verstarb Wild Bill Raines friedlich im Schlaf. Selbst ein großes Herz hört irgendwann einmal auf zu schlagen. Er hinterließ seinem einzigen Enkel Ted Day das kleine Haus im Stil einer Ranch, den blauen Cadillac Baujahr 1982, den Winnebago Chieftain und Aktien, die dank kluger Anlagen im Lauf von sechzig Jahren vier Millionen Dollar wert waren.

Am Freitag, den zwanzigsten Juli, stand Ted mit knapp der Hälfte der Bevölkerung von Crossing Trails am Grab seines Großvaters. Einer nach dem anderen trat zu Ted, schüttelte ihm mit Tränen in den Augen die Hand und berichtete von seinen persönlichen Nöten. Jede Geschichte endete auf die gleiche Weise: Irgendwie hatte es Teds Großvater stets geschafft, einen Ausweg aufzuzeigen. Er wurde von allen gelobt; allerdings gab es auch ein paar Leute, die hinter vorgehaltener Hand flüsterten: »Ihr wisst ja wohl, warum sie ihn den Hai nannten.«

Nachdem alle ihre Geschichten erzählt hatten und heimgegangen waren, lehnte sich Ted an einen alten Baum und starrte auf die frisch umgegrabene Erde. Tränen rannen ihm über die Wangen. Jetzt gab es nur noch ihn und Argo.

Bald schmerzte ihm der Rücken vom vielen Stehen. Außerdem wusste er, dass Arbeit auf ihn wartete. Er ging zu dem alten Cadillac, mit dem er in den vergangenen Tagen herumgefahren war, und setzte sich ans Steuer. »Mach's gut, Wild Bill«, flüsterte er. »Dein Leben hatte Bedeutung. Danke, dass du es mit mir geteilt hast.«

Als er fünf Monate später zu dem Grab zurückkehrte, sollte seine Dankbarkeit noch größer sein. Noch viel größer.

2. Kapitel
Angel Two Sparrow

Am Rand des Lakota-Sioux-Reservats in South Dakota

Anfang Juni saß Angel Two Sparrow auf der schattigen Veranda und spielte auf der alten Gibson, die ihre Mutter ihr kurz vor ihrem Tod geschenkt hatte. Larsen saß neben seiner jungen, hochgewachsenen Tochter und bemühte sich, in seinem brüchigen, vom Rauchen rauen Bariton mitzusingen. Wie üblich trug Angel Hippieklamotten. Ihre langen schwarzen Haare hatte sie mit einem Stück Hanfschnur zusammengebunden, das bei einem halb fertigen Kunstprojekt übrig geblieben war.

Als die letzten Töne von Stevie Wonders »A Place in the Sun« verklungen waren, lehnte sie die Gitarre an die Wand des Wohncontainers und fragte: »Können wir reden, *Age*?« Angel nutzte das Lakota-Wort für Vater nur in ganz besonderen Fällen wie diesem, nämlich, wenn sie Larsen um etwas bitten wollte.

In den Ohren von Weißen hätten Larsens Worte schlicht geklungen, ja beinahe platt. »Gut, reden wir.«

»Ich würde gern verreisen.«

»Wohin?«

»Ich würde gern mit Bertha herumtouren und meine Geschäftsidee verwirklichen. Ich wäre länger unterwegs, vielleicht sogar ein Jahr.«

»Welche Geschäftsidee?«

»Ich bin eine spirituelle Beraterin.«

Larsen bedachte seine Tochter mit einem sorgenvollen Blick. Er wusste, dass es vielen Seelen gutgetan hätte, wenn man sie geheilt hätte, aber er bezweifelte, dass der umgebaute Bücherbus seiner Tante, der den Namen Bertha trug, das richtige Fahrzeug für Angels Unternehmen war. »Wie kommst du darauf, dass das eine gute Idee ist?«

»Ich hatte eine Vision.«

Angel war fest davon überzeugt, dass ihre Visionen sie weit mehr als das Erbgut zu einer richtigen Lakota machten. So war es auch bei ihrer Mutter gewesen. Larsen hegte den Verdacht, dass sie gern die Visionen-Karte ausspielte, wenn sie ihn dazu bringen wollte, etwas zu tun, wozu er keine Lust hatte. »Hat dir deine Vision auch gesagt, wie du diese Reise finanzieren kannst?«

»Nein, das nicht, aber ich habe einen Geschäftsplan.«

»Erklär ihn mir bitte.« Larsen vermutete, dass seine Tochter viel Raum brauchen würde, um eine rationale Erklärung für diese hirnrissige Idee zu liefern. Deshalb lehnte er sich weit zurück und wartete auf ihre Antwort.

Angel war gut vorbereitet. »So sieht mein Plan aus, *Age*: Ich fahre Bertha in die Werkstatt, und auf die eine Seite von ihr male ich mein Logo, auf die andere meine Visitenkarte. Du wirst schon sehen, Bertha wird super ausschauen.« Angel hielt die Hände hoch und legte Mittelfinger und Daumen aneinander. »Angel Two Sparrow, Native American, Spirituelle Beraterin.« Sie legte die Hände wieder in den Schoß und fuhr fort: »Darunter kommen meine Telefonnummer und der Hinweis: Die ersten zehn Minuten gratis.« Sie sah ihren Vater an. »Was hältst du davon?«

»Ich weiß nicht, ob du das wirklich wissen willst.« Larsen ging davon aus, dass die Frauen in der Familie Two Sparrow mit Problemen zu kämpfen hatten, die weit über Visionen hinausgingen. Er glaubte, dass in ihrem Erbgut ein Spinner-Gen schlummerte. Bei seiner Tante Lilly hatte sich dieses Gen in einem eigenbrötlerischen und später sogar gewalttätigen Verhalten ausgedrückt, und bei seiner Frau, Angels Mutter, war es der Alkohol gewesen, der sie das Leben gekostet hatte, als Angel ein Teenager war. Bei Angel war er sich noch nicht ganz sicher, aber er misstraute ihrem rastlosen Drang nach Abenteuern, ihrer zwanghaften Seelenerforschung und ihrer Unfähigkeit, einen Job zu behalten. Angel schien einfach schlecht gerüstet für ein Leben in einer normalen Welt, in der Männer und Frauen pünktlich zur Arbeit gingen.

»Wie sieht dieses Logo aus?«, fragte er dennoch geduldig.

Angel schob den Ärmel hoch und zeigte ihm stolz ein Tattoo, das sie selbst entworfen hatte. Es war ein Affe, der an einer Kokosnusspalme schaukelte. Am Fuß des Baumes meditierte ein weiblicher Swami. »So!« Sie zog den Ärmel wieder herunter und erklärte: »Die Black Hills bilden den Hintergrund.« Ihre braunen Augen leuchteten aufgeregt in ihrem frischen, ungeschminkten Gesicht.

Schon allein aus Prinzip versuchte Larsen, Angels Tattoo nicht eingehender zu mustern. Lakota-Frauen sollten keine Tattoos von Affen in Kokosnusspalmen tragen. Wenn schon Tattoos, dann indianische. Angels Mutter hatte sich einen galoppierenden Büffel auf die rechte Brust tätowieren lassen. Das war ein anständiges Tattoo. Lange, bevor sich das Spinner-Gen offenbarte, hatte er den Kopf gern auf die Brust seiner Frau gelegt, während sie Angel stillte, und sich vorgestellt, wie die Kraft des Büffels auf den Geist seiner Tochter überging. Der Kraft von Affen in Kokosnusspalmen misstraute er.

Er seufzte leise. Vielleicht war das Tattoo nicht so wichtig. Er zog die Brauen hoch und forschte weiter nach. »Was macht ein spiritueller Berater, und was meinst du mit ›herumtouren‹?«

Angel war davon ausgegangen, dass sich diese beiden Dinge selbst erklärten, aber sie erklärte sie ihm trotzdem. »*Age*, die Seelen der meisten Menschen sind so kaputt wie die Pick-ups in deiner Werkstatt.« Sie ließ den Blick umherschweifen. »Überall gibt es Leute, die Hilfe brauchen, und die werde ich ihnen geben, als spirituelle Beraterin.« Ohne so zu tun, als wäre dies ein ernst gemeinter Vorschlag, fügte sie hinzu: »Du kannst ja mitkommen. In Bertha gibt es genug Platz für dich und No Barks.«

Larsen musste nicht lange über eine Antwort nachdenken. »Ich bin kein Pilger. Ich reise nicht gern mit Hunden, vor allem nicht mit dem Wolfshund deiner Tante Lilly, der Männer ständig anknurrt. Ich habe einen Job. Ich bezahle unsere Rechnungen damit, dass ich kaputte Autos repariere.«

»In einem Jahr oder so bin ich wieder da, versprochen.«

»Darf ich etwas zu deiner Geschäftsidee sagen?«

»Na klar, *Age*.«

»Ich biete eine Dienstleistung an. Ich repariere Autos und Trucks. Es klingt, als ob auch du eine Dienstleistung anbietest. Du willst Seelen reparieren. Meine Arbeit funktioniert, weil die Leute wissen, wo sie mich finden können. Ich bin schon seit vielen Jahren hier. Ich kann meine Dienstleistung nicht aus einem alten Bücherbus heraus anbieten, mit dem ich quer durch Amerika fahre. Die Leute würden ja gar nicht wissen, wo sie mich finden können.«

Angel sprang auf. »Meine Dienstleistung wird wie ein Abschleppwagen funktionieren. Ich komme zu den Leuten.«

Larsen war nicht überzeugt. So sehr er seine Tochter liebte, so wenig traute er ihr zu, diesen Plan in die Tat umzusetzen. »Angel, wenn man unterwegs eine Panne hat, dann ruft man einen Abschleppdienst an. Wenn jemand eine kranke oder zerbrochene Seele hat, woher soll er dann wissen, dass er sich an die spirituelle Beraterin Angel Two Sparrow wenden soll?«

»Daran arbeite ich noch, aber ich glaube, die Freunde in meiner Arbeitsgruppe werden mir helfen.«

»Die Kokosnüsse?«, fragte Larsen zweifelnd und überlegte, ob das Spinner-Gen dominant oder rezessiv war.

Tante Lilly war sehr stolz gewesen auf Bertha, den Bücherbus, den sie im Reservat geparkt und zu ihrer persönlichen Behausung umfunktioniert hatte. In ihrer Jugend hatte Angel Tante Lilly oft eine Woche lang besucht. Lilly hatte Angel davon überzeugt, dass Bertha Zauberkräfte innewohnten. Das war ihr nicht schwergefallen, da Angel nachts in dem Bus stets sehr lebhafte, ungewöhnliche Träume gehabt hatte. Tante Lilly erklärte ihr, dass Bertha ein Traumfänger auf Rädern sei, ein heiliger Ort, an dem die Welt der Geister in unser Leben eintreten könne. Außerdem versicherte sie ihr, dass der Bücherbus eines Tages an sie übergehen würde. Es war genau das richtige Geschenk einer Tante an ihre Nichte.

Allerdings hatte nicht Tante Lillys Übertritt in die Welt der Geister zum vorzeitigen Besitzerwechsel von Bertha dem Bücherbus geführt, sondern das Spinner-Gen. Larsen plagte das schlechte Gewissen, weil er nicht stärker darauf geachtet hatte, obwohl er schon bei seinem letzten Besuch vor zwei Jahren hätte merken müssen, dass Lillys Zustand sich verschlechterte. Er hatte auf einer nahezu leeren Straße einen langen Weg zurückgelegt, bis er Lillys Zufahrt erreicht hatte, die nur aus einem schmalen Trampelpfad, von dem die größeren Steine weggeschafft worden waren, inmitten hoher Gräser bestand. Bei seiner Ankunft thronte Lilly auf einem Gartenstuhl neben Bertha, trällerte ein altes Lakota-Lied über die Weiße Büffelfrau und steckte zwei 45er-Pistolen weg. Das Gesicht der Alten war von tiefen Furchen durchzogen, und ihre braunen Augen schienen keine Lust mehr zu haben, sich auf etwas Bestimmtes zu richten. Larsen fiel ein seltsames, selbst hergestelltes Kleidungsstück auf, das sie als ihren Harnisch bezeichnete. Als Larsen sie danach fragte, erklärte sie: »Mein Energiepegel ist ziemlich niedrig. Ich brauche die Kraft von Mutter Erde, um meinen Geist mit neuen Kräften aufzutanken.«

Quer über ihrem Oberkörper lag ein breiter Patronengurt. Als sie Larsen anlächelte, zeigte sich, dass sie auch den Zahnarzt des Reservats aus ihrem Leben verbannt hatte, so wie sie es mit den meisten anderen Dingen aus der Welt der Weißen getan hatte.

Was es mit ihrem Harnisch auf sich hatte, war Larsen nicht so recht klar. Eine zerrissene, fleckige, orangefarbene Jagdweste schien der Grundbestandteil zu sein. Aus der vordersten Tasche lugte eine Dose Kautabak heraus wie ein scheues Kängurujunges. Auf der Brust und an den Seiten waren mit Klebeband diverse Dinge befestigt – Knochen, Drähte, Patronenhülsen, Angelköder und Habichtfedern. An einem Haken auf dem Rücken der seltsamen Weste war ein grüner Gartenschlauch befestigt, der sich über den Hof schlängelte, bis er unter einem großen Stein verschwand. Larsen konnte nicht glauben, dass die Kraft der Erde sich so einfach einfangen ließ, doch er wusste, dass er nicht alles wusste. »Hast du es schon mit Kaffee probiert, um deinen Energiepegel zu steigern, Tante Lilly?«

Als sie den Kopf schüttelte, fragte er weiter nach: »Vielleicht fehlt etwas in deiner Ernährung?«

»Ich mag Kaffee nicht. Hab ihn noch nie gemocht. Bei meiner Ernährung passt alles.«

Larsen legte die Hand auf die Schulter seiner Tante. Sie hielt sie sanft fest. »Mutter Erde hat viele Heilkräfte. Sie verschenkt sie großzügig an diejenigen, die sie annehmen.«

Als Larsen versuchte, ihr seine Hand zu entziehen, hielt sie sie fester. »Würdest du dich gern aufladen? Es ist gut gegen Blähungen, und vielleicht kannst du auch lernen, weniger verkrampft zu sein.« Sie tätschelte seine Hand. »Du wirkst verspannt.« Sie taxierte ihn mit ihrem stahlgrauen Blick. »Der Harnisch lässt dein Herz singen.«

Larsen hatte sich noch nie aufgeladen. Er war zwar ziemlich skeptisch, war sich aber nicht sicher, ob ihm noch einmal so eine Gelegenheit geboten würde. Abgesehen davon war niemand in der Nähe, der ihn dafür hätte verspotten können, dass er dem Spinner-Gen seiner Tante nachgab. »Ja, Lilly, ich würde deinen Harnisch gern mal tragen und mich aufladen.«

Die alte Frau erhob sich. »Gut. Ich mache uns währenddessen einen Tee.«

Larsens Onkel Harry, der sich vor etlichen Jahren von Tante Lilly hatte scheiden lassen, hatte Larsen vor dem Besuch gewarnt. »Sie ist schwer bewaffnet, verrückter als ein tollwütiges Stinktier und doppelt so boshaft. Hüte dich vor dieser Wölfin, No Barks. Sie mag Männer nicht.«

Als Lilly ihren Harnisch abstreifte und Larsen überreichte, fielen ihm etliche Blutergüsse an ihrem Arm auf. Als er sie danach fragte, erwiderte sie nur ausweichend: »Ärger mit einem Mann.«

Nach dem Besuch bei Lilly rief Larsen seinen Onkel an, den er kaum kannte, und sie überlegten gemeinsam, ob es für Lilly nicht zu gefährlich sei, so völlig allein in der hintersten Ecke des abgeschiedenen, trostlosen und von Armut heimgesuchten Reservats zu hausen. Wie die meisten anderen, die in dem ländlichen Teil des Reservats lebten, hatte Lilly weder Strom noch genügend Wasser. »Ich bringe ihr einmal die Woche etwas zu essen vorbei«, erklärte Onkel Harry. »Sie will ihre Sozialhilfemarken nicht ausgeben. Sie ist verrückt. Was kann ich machen?«

Larsen zögerte, doch dann beschloss er, seinen Onkel direkt danach zu fragen. »Sie hatte Blutergüsse auf dem Arm. Weißt du, woher die stammen?«

»Wahrscheinlich ist sie hingefallen. Sie trinkt, und zwar nicht zu knapp.«

Als Tante Lilly Larsen vor drei Monaten angerufen hatte, war er überrascht und gleichzeitig verlegen gewesen. Soviel er wusste, hatte seine Tante nie ein Telefon besessen. Er hatte die arme Frau viel zu lange vernachlässigt.

»Larsen«, begann Tante Lilly, »du hast mich schon lange nicht mehr besucht, und ich fürchte, ich werde umziehen müssen. Ich möchte dir mein Land, Bertha den Bücherbus und meinen Hund No Barks geben – und außerdem meine neue Adresse im Frauenheim in Pierre.«

Ein sanftes Lüftchen wehte die dünnen Spitzengardinen beiseite. Larsen starrte auf die Felder, auf denen der Weizen in der Sommersonne reifte, und fragte sich, ob Tante Lilly jetzt völlig übergeschnappt war. »Warum musst du nach Pierre umziehen, Tante Lilly? Bist du krank?«

»Nein. Die Stammespolizei aus Pine Ridge hat mich abgeholt.«

In Larsen Two Sparrow regten sich ernste Sorgen. »Warum das denn?«

»Ich hatte eine Traumvision. Mein Bär hat mir gesagt, dass dein Onkel Harry kommen und versuchen würde, mir mein Zuhause, mein Geld, No Barks und mein Land wegzunehmen. Bei seinem nächsten Besuch habe ich ihn erschossen. Entweder er oder ich …«

Larsen wäre lieber davon ausgegangen, dass seine Tante als natürliche Nebenwirkung des Spinner-Gens in irgendeinen Wahn geraten war. Dennoch fragte er: »Wen hast du erschossen, Lilly?«

Ihre Stimme wurde lauter, als dächte sie, Larsen wäre schwerhörig. »Deinen Onkel Harry. Ich habe ihn erschossen.«

»Bist du dir sicher?«

»Er hat sich seit zwei Wochen nicht mehr gerührt. Ich bin mir sicher.«

»Aha.«

»Larsen«, fuhr Tante Lilly fort, »wirst du dich um Bertha und No Barks kümmern? Sie waren gut zu mir. No Barks ist zum Teil ein Wolf, aber das bin ich auch, genau wie deine Tochter. Wie nennst du sie?«

»Angel.«

»Richtig, so nennst du sie. Du bist ein guter Mensch, Larsen. Ich möchte, dass du diese Dinge bekommst. Und jetzt such dir einen Stift.«

Sie nannte ihm die Adresse des Frauengefängnisses in Pierre, dann war die Leitung tot, so tot wie Onkel Harry.

Und nun war seine einzige Tochter so weit, dass sie in

Lillys Bücherbus zu diesem dubiosen Geschäft als spirituelle Beraterin aufbrechen und dabei quer durch Amerika »touren« wollte. Larsens Vorfahren hatten Büffel gejagt, und die Familien hatten zusammengelebt, sich am Feuer gewärmt und sich Geschichten erzählt. Und jetzt? Jetzt reparierten die Leute alte Autos, brachten andere um, Töchter rannten weg, und Spinner-Gene trieben ihr Unwesen.

Larsen grub in seinen Taschen nach den Schlüsseln. Er zögerte. Angel war zwar alt genug, selbst Entscheidungen zu fällen, aber er wollte die schlechten nicht fördern. Spinner-Gen hin oder her, er war stolz auf seine Tochter. Ihr Geist war einzigartig, und sie liebte die Welt so, wie es die meisten anderen nicht verstanden.

Larsen drückte Angel den Schlüsselbund in die Hand. »Ich liebe dich sehr. Ich weiß, dass du es seit dem Tod deiner Mutter nicht leicht gehabt hast. Nimm Bertha und male sie an, wie es dir gefällt. Male Berge als Hintergrund. Ich richte dir einen Werkzeugkasten her. Besorg dir eine Versicherung, und wenn du dazu bereit bist, dann fährst du mit No Barks los. Vielleicht gibt es ja etwas, was du ›reparieren‹ kannst.«

Angel umarmte ihren Vater. »Danke, *Age*. Du bist der Beste.«

Nach dem Mittagessen beschloss Larsen, Tante Lilly zu schreiben. Seit sie im Gefängnis saß, hatte er zwei Mal mit ihr telefoniert. Da sie die Kaution nicht stellen konnte, musste sie bis zur Verhandlung, also noch etliche Monate, in Pierre bleiben. Ihr Pflichtverteidiger, der sich redlich bemühte, sie davon zu überzeugen, dass Träume keine Verteidigungsgrundlage waren, gefiel ihr nicht. Larsen wollte ihr von Angels Reise erzählen und herausfinden, ob er etwas für sie tun konnte.

3. Kapitel

In Erwartung seines Ausflugs in die Natur und der Fahrt von zwölf Stunden nach New Mexico hatte Ted Flohpulver für Argo und ein Mittel gegen Reisekrankheit für sich selbst eingepackt. Vor der Abzweigung auf den Highway 56 nach Südwesten fuhr er zu einer Raststätte, tankte und überprüfte Ölstand und Reifendruck. Während sich der Tank langsam füllte, rückte er ein gelbes Blatt Papier zurecht, das auf dem Armaturenbrett klebte. Ganz oben stand: »Was macht man im Urlaub?«

Laut mehrerer Reiseführer, die er gekauft hatte, boten sich in Santa Fe und Umgebung viele ausgezeichnete, hundefreundliche Möglichkeiten. Man konnte dort wandern, und es gab hervorragende Fischgründe. Nach der Auflistung der Dinge, die man im Urlaub tun konnte, kamen die Namen und Anschriften mehrerer empfohlener Campingplätze auf dem Weg.

Das Erstellen der Liste und andere Vorsichtsmaßnahmen hatten Teds Aufbruch aus Crossing Trails etwas verzögert. Nun wehte ein starker Wind von einem völlig klaren Himmel und prallte auf die Karosserie des Wohnmobils. In solchen Fällen war es ratsam, etwas langsamer zu fahren. Um sieben Uhr ging die Sonne unter, und Ted hinkte eine Stunde hinter seinem Plan her. Er verwechselte Argo mit jemandem, dem das wichtig war, und verkündete: »Bald wird es dunkel. Wir müssen den nächsten Campingplatz ansteuern.«

Der alte Terrier hob das Kinn einen Zentimeter über den Boden, gähnte und schlief wieder ein.

Etwa eine Viertelstunde später tauchte unerwartet und ohne die leiseste Vorankündigung einer der von Ted für gut befundenen Campingplätze, Perfect Prairie RV Park, vor ihm auf. Während er sich dem Eingang näherte, überlegte er, ob er daran vorbeifahren, bei der nächsten Gelegenheit wenden, zurückfahren und aus der anderen Richtung kommend korrekt einbiegen sollte. Doch er entschied sich dagegen, bremste scharf und begann abzubiegen. Die Strahlen der untergehenden Sonne auf der Windschutzscheibe erschwerten ihm den Blick auf die Straße.

Ungefähr in dem Moment schoss ein getarntes, fliegendes, panzerartiges Gefährt auf ihn zu.

Erschrocken keuchte Ted auf, riss den Lenker noch entschlossener nach links, beschleunigte beim Abbiegen und hoffte, dass das seltsame Fahrzeug ausweichen und der Chieftain nicht umkippen würde.

Angel fuhr mit siebzig Meilen pro Stunde in dem klapprigen Bücherbus durch die Gegend und meditierte zum Klang von Lakota-Trommeln, als sie merkte, dass auch sie die Abzweigung verpasst hatte, an die sie ursprünglich gedacht hatte. Da sie glaubte, dass hinter allem ein Sinn steckt, fuhr sie einfach weiter. Auf der unbekannten Straße warteten die Abenteuer, und so war sie mit dem Bücherbus in einer sehr abgelegenen Ecke von New Mexico gelandet. No Barks schlief neben ihr auf einem alten Stück Büffelfell, das Tante Lilly immer als Vorhang gegen die grelle Sonne aus dem Westen benutzt hatte, wenn diese hinter den Black Hills verschwand.

Angel konzentrierte sich auf die Verringerung ihrer Alpha-Wellen und reagierte deshalb etwas langsam auf das schwerfällige Gefährt, das vor ihr abbog. Als sie den Winnebago direkt vor sich bemerkte, bremste sie scharf ab. Bertha war in etwa so beweglich wie ein Panzer, wog gut das Doppelte des Chieftain und hatte viel Schwung. Deshalb ging sie aus dem nun erfolgenden Zusammenstoß klar als Siegerin hervor.

4. Kapitel

Nachdem Ted den Winnebago auf dem ersten Stellplatz gleich am Rand des Highways geparkt hatte, war er erleichtert – immerhin lebte er! –, aber auch sehr erschrocken. Wie hatte ihm, dem aufmerksamsten Fahrer der Welt, so etwas passieren können? Er warf einen Blick auf Argo und fragte ihn: »Bist du verletzt?«

Der Chieftain wippte noch immer auf seinen Stoßdämpfern wie ein junger Marine-Soldat, der Liegestützen macht. Plötzlich fiel etwas klirrend zu Boden. Ted entriegelte die Fahrertür und stieg aus. Er rechnete damit, dass überall Leichen herumlagen. Zum Glück war das nicht der Fall. Deshalb konzentrierte er sich auf den Sachschaden.

Die rechte hintere Seite seines Wohnmobils wies eine beträchtliche Delle auf. Die hintere Hälfte des Wassertanks lag auf dem Boden. Offenbar hatte sich der Tank vom Fahrzeuggehäuse gelöst. Es hätte schlimmer kommen können, viel schlimmer. Das Geräusch eines Motors mit defekten Schalldämpfern erregte Teds Aufmerksamkeit. Das ungewöhnliche Fahrzeug, das ihn gerade gerammt hatte, näherte sich langsam, vom Highway kommend. Offenbar wollte es dem Chieftain, den es bereits verwundet hatte, den Todesstoß versetzen.

Doch Angel parkte hinter dem beschädigten Wohnmobil und dachte über die Bedeutung des personalisierten Nummernschildes aus Kansas nach: *Hai*. Ein seltsamer Name für ein Gefährt, das sich auf dem Land bewegt, überlegte sie. Plötzlich fiel ihr etwas ein, was ihr Vater ihr geraten hatte. Sie zuckte zusammen, als sie seine viel zu sanften Worte in ihrem Kopf hörte. Dann beugte sie sich vor, schlug mit der flachen Hand auf das Armaturenbrett und zischte: »Büffelmist!« Sie konnte es kaum fassen – sie hatte vergessen, eine Versicherung abzuschließen.

Falls jemand verletzt worden war, könnte das großen Ärger bedeuten. Angel kletterte aus dem Wagen und näherte sich vorsichtig und mit angehaltenem Atem dem Winnebago. Sie konnte nur hoffen, dass sie ihre Geschäftsidee nicht gleich gründlich würde überdenken müssen.

Sie rechnete mit einem älteren Fahrer. Stattdessen umkreiste ein verängstigt wirkender junger Weißer benommen sein Fahrzeug. Er war sehr ordentlich gekleidet und etwa so groß wie sie. Mit seinen blauen Augen und den braunen, sorgfältig geschnittenen Haaren war er nicht unattraktiv und wirkte wie ein Mitglied einer Studentenverbindung. Schließlich sah er sie an und fragte: »Was ist passiert?«

Angel warf einen Blick auf den eingedellten rechten Kotflügel des Chieftain und lieferte eine kurze Zusammenfassung. »Ich glaube, wir hatten einen Unfall. Ist mit Ihnen und Ihrer Familie alles in Ordnung?«

Ted starrte die große, dunkelhaarige Frau verständnislos an, dann erwiderte er: »Ich bin nur mit meinem Hund unterwegs, und uns geht es gut. Ich habe eher gemeint, was wir jetzt tun sollen. Sollen wir die Polizei rufen? Wie geht es Ihnen? Sind Sie verletzt?«

Angel drückte die Hand auf die Hüfte. »Mein Kreuz ist etwas verschoben, und Ihr Wohnmobil ist ein bisschen eingedellt.« In der Hoffnung, das Versicherungsdebakel zu vermeiden, beugte sie sich versuchsweise zu den Zehen hinab, zuckte übertrieben gequält zusammen und gab auf. »Vielleicht sollten wir es einfach als fairen Tauschhandel bezeichnen – mein Rückenschaden gegen Ihre kleine Delle.«

»So funktioniert das aber nicht, schließlich waren Sie an dem Unfall schuld«, entgegnete Ted.

»Ich?«, fragte Angel, die Hand immer noch auf die Hüfte gepresst.

»Ja, ich glaube, es war Ihre Schuld. Mein Name ist Ted Day.«

»Ich glaube, Sie sind direkt vor mir abgebogen. Angel Two Sparrow.« Sie streckte die Hand aus.

Weil Ted nicht recht wusste, wie man jemanden in so einem Fall angemessen begrüßte, kramte er in seiner Brieftasche und reichte Angel seine Versicherungskarte. »Sagen Sie Ihrem Versicherungsagenten, dass er meinen anrufen soll. Es hat keinen Zweck, wenn wir uns jetzt darüber streiten.«

Angel überging Teds Angebot und entfernte sich. »Diese Versicherungsgeschichte finde ich überflüssig. Wir regeln die Sache morgen.«

Ted schüttelte den Kopf. *Siehst du, Grandpa, aus eben diesem Grund mache ich nicht gern Urlaub*, dachte er. Abgesehen von seiner Benommenheit bemerkte Ted jedoch noch etwas: Diese Frau hatte etwas sehr Ungewöhnliches an sich. Um diesen Gedanken zu Ende zu denken, musste er sie noch einmal genauer betrachten.

Er drehte sich um und beobachtete Angel, während diese zu ihrem seltsamen Gefährt zurückkehrte und hineinkletterte. Ein Blick reichte Ted. Es war ihre Kleidung. Die Frau trug eine bizarre Kombination von Dingen, die einfach nicht gleichzeitig getragen werden sollten. Es war nicht nur eine Frage der Kombination falscher Muster, zum Beispiel Karos mit Streifen. Nein, es war weit mehr. Schwarze Kampfstiefel passten einfach nicht zu mit Spitze gesäumten Kniestrümpfen, und Jeansshorts sollten nicht mit fluoreszierendem Klebeband geflickt sein. Um den Hals trug sie ein Lederband mit dem Schriftzug IMAGINE, wie Ted sich erinnerte. Das fand er unter diesen Umständen besonders irritierend. Beim Fahren und bei den meisten anderen Dingen im Leben ging es um Wissen, nicht um die Vorstellungskraft. Diese Angel Two Sparrow – was war das überhaupt für ein Name? – sollte sich unbedingt weniger vorstellen und dafür mehr aufpassen.

Nachdem er genug gesehen hatte, um Angel Two Sparrow abzuhaken, wandte sich Ted wieder dem Wohnmobil seines Großvaters zu. Jahrzehntelang hatte dieser das Fahrzeug tadellos gepflegt und instand gehalten. Und er als der neue Besitzer hatte am ersten Tag seiner Reise einen Unfall gebaut. Aufgewühlt, wie er war, verspürte Ted eine kindische Anwandlung, die Urlaubsgötter zu verfluchen.

Stattdessen kletterte er in den Chieftain, knallte die Tür hinter sich zu und erklärte Argo: »Kaum aus Kansas raus, ist unser Urlaub schon ruiniert.« Argo schloss sich seiner Schimpferei nicht an, aber damit konnte Ted leben.

Je mehr er über das eingedellte Wohnmobil und das Halsband dieser Frau nachdachte, desto frustrierter wurde er. So viel war klar: Angel war eine New-Age-Spinnerin. Als ginge es hier um einen Rechtsstreit, der analysiert und nach ausreichender Analyse gelöst werden konnte, kramte Ted einen Stift und einen gelben Schreibblock aus der Schublade links neben dem Waschbecken und notierte seine Optionen zusammen mit einer offenen Einschätzung derselben.

1. Verklage sie auf einen hohen Schadensersatz.
   Schlechte Option, sie hat offenkundig nicht sehr viel Geld. Außerdem war der Unfall vielleicht sogar meine Schuld.
2. Kehre nach Crossing Trails zurück und mach nie wieder Urlaub.
   Diese Option im Hinterkopf behalten und darauf zurückgreifen, falls sich keine bessere ergibt.
3. Richte den Wagen und verfolge bestehende Urlaubspläne weiter.
   Denk daran, was Grandpa gesagt hat – auf einer Reise erlebt man immer ein paar Abenteuer.

So richtig zufrieden war Ted mit keiner seiner Optionen. Er hörte kurz auf, darüber nachzugrübeln, und dachte stattdessen über die Halskette dieser merkwürdigen jungen Frau nach. Er stellte sich vor, dass man mit Großbuchstaben auch ein anderes Wort schreiben könnte, und kritzelte WISSEN! als Überschrift in seinen Notizblock.

Dann legte er den Stift weg und beschloss seufzend, sich an die dritte Option zu halten. Es hatte keinen Zweck, sich dagegen aufzulehnen – der Unfall war seine Schuld gewesen. Er konnte von Glück sagen, wenn sie ihn nicht auf Hunderttausende Dollar Schmerzensgeld verklagte wegen Rückenoperationen, die sie nicht brauchte. Schließlich griff er wieder zum Stift, weil ihm noch eine vierte Option eingefallen war.

4. Mach dich mitten in der Nacht aus dem Staub und versuche, Angel Two Sparrow nie wieder zu begegnen.
Auch diese Option im Hinterkopf behalten. Vielleicht sogar besser als Nummer drei.

Argo wachte auf und gesellte sich schwanzwedelnd zu Ted an den kleinen Küchentisch. Er wirkte auf einmal sehr interessiert an Teds katastrophalem Urlaub.

»Bist du aufgeregt, alter Junge?«

Argo fuhr ihm mit der Vorderpfote übers Schienbein.

»Ist Urlaub nicht was Tolles?« Ted stand auf und grub in der Küchenschublade nach einer Leine. »Ich hoffe, er hat dir gefallen. Vielleicht probieren wir's in fünf oder zehn Jahren noch mal.«

Draußen holte Ted einen Campingstuhl aus dem an der Karosserie angebrachten Stauraum und klappte ihn neben dem grünen Picknicktisch aus Plastik auf, der freundlicherweise vom Campingplatz gestellt wurde. Durch das Drücken eines Kippschalters gleich neben der Tür ließ sich eine Markise ausfahren, die Ted und Argo vor den letzten gleißenden Strahlen der untergehenden Sonne schützte.

Sie hatten den ganzen Campingplatz mehr oder weniger für sich. Der Bücherbus parkte am anderen Ende, gut sechzig Meter entfernt, sodass Ted Argo ohne Leine herumschnüffeln ließ. Der Hund entfernte sich nie sehr weit von ihm.

Ted sank in seinen Stuhl zurück, schloss die Augen und versuchte, sich im Freien wohlzufühlen. Er warf einen kurzen Blick auf eines der Bücher, die er mitgenommen hatte, *Religionen der Welt für Dummies*. Kurz nach dem Tod seines Großvaters hatte Ted ein Formular ausfüllen müssen, auf dem nach der Religionszugehörigkeit seines Großvaters gefragt wurde. Ted hatte keine Ahnung, und er wusste auch nicht so recht, welche er selbst hatte. Aber im Moment hatte er nicht die Kraft, sich mit seiner Erlösung zu beschäftigen. Er wollte einfach nur entspannen und über seine sorgfältig aufgezeichneten Optionen nachdenken.

Doch kaum hatte er sich fünf Minuten entspannt, da wurde er von einem riesigen Hund, der uneingeladen auf ihn zutrabte, aus diesem Zustand herausgerissen. Argo war nirgends zu sehen. Ted starrte das Biest fassungslos an. Es rückte immer näher. Als es so nah war, dass man seine volle Größe erfassen konnte, merkte Ted, dass es eher ein Wolf war als ein Hund. Ein riesiger Wolf.

Er blinzelte in der Hoffnung, dass diese gigantische grauweiße Erscheinung einfach verschwinden würde. Vielleicht lag es ja an seinen Kontaktlinsen. Vielleicht waren sie leicht verschmiert, und dann sah man so etwas wie die Jungfrau Maria auf der Oberfläche einer ganz normalen Tasse Kaffee. Vielleicht war es auch nur ein seltsames Spiel von Licht und Schatten. Doch die Erscheinung wollte nicht verschwinden. Ted klammerte sich an die Stuhllehnen und fragte sich, wie das möglich sein konnte. Ein Wolf, hier auf diesem Campingplatz?

Innerhalb weniger Stunden hatte er seinen ersten Autounfall gehabt und eine sehr seltsame Frau kennengelernt, und jetzt verfolgte ihn ein Wolf. Ob die Leitung des Campingplatzes wusste, dass hier Wölfe frei herumspazierten? Der Wolf rückte immer näher. Ted warf einen kurzen Blick auf die Tür seines Wohnmobils und verlagerte sein Gewicht auf den Rand des Stuhls, bereit, sich in den Chieftain zu flüchten.

Der Wolf blieb etwa zwanzig Meter entfernt stehen, starrte Ted aus gespenstisch grünen Augen an und spitzte die Ohren. Vermutlich versuchte das Biest, den Nährstoffgehalt seiner Beute einzuschätzen. Plötzlich drehte es den Kopf nach rechts, und dann brach das totale Chaos aus.

Aus den Augenwinkeln sah Ted, wie Argo mit gefletschten Zähnen und gesträubtem Fell um die Ecke raste. Er näherte sich dem Wolf mit einem bedrohlichen, tiefen Knurren.

Während Argo das Biest ablenkte, stürmte Ted in sein Wohnmobil. In dem schmalen Einbauschrank gleich neben der Tür fand er einen langstieligen Besen, eine Kehrschaufel und einen Mopp.

Diese Dinge taugten als Waffen nicht sehr viel, aber mehr hatte er nicht. Entschlossen packte er den Mopp und trat damit ins Freie. Die zwei Hunde umkreisten sich, den jeweiligen Gegner taxierend. Ted schrie, so laut er konnte, und rannte auf die beiden zu.

Der beängstigende Weiße, der sie und den gelben Hund, der sie umkreiste, mit einem Mopp in der Hand bedrohte, war der schlauen Wölfin zu viel. Sie nahm Reißaus. Argo jagte ihr nach.

Die Hunde verschwanden hinter dem Chieftain, und als sie wieder auftauchten, war aus dem tödlichen Kampf eine ruppige Schnüffelbekanntschaft geworden. Ted sank auf seinen Campingstuhl, erleichtert, dass er am Leben war, doch noch immer seine Mopp-Lanze umklammernd. Man konnte ja nie wissen.

Urlaub kann die reine Hölle sein.

Bevor Ted sich wieder einigermaßen erholt hatte, tauchte wie aus dem Nichts Angel auf ihrem Abendspaziergang auf, setzte sich uneingeladen neben seinem Picknicktisch auf den

Boden, starrte den fahrenden Ritter an und fragte: »Sind Sie wirklich mit Ihrem Mopp auf meinen Wolf losgegangen?«

Unter gewöhnlichen Umständen hätte Ted diese Frage sehr gedemütigt. Männer griffen Wölfe wohl kaum mit einem Mopp an; dafür gab es großkalibrige Gewehre, Hohlspitzgeschosse und Kampfhubschrauber. Aber in Angels munterem Lächeln und den funkelnden braunen Augen lag etwas, das ihm sagte, dass sie den Mann aus La Mancha, Kansas, gar nicht so übel fand und beeindruckt war, dass jemand sein Leben für einen alten gelben Hund aufs Spiel setzte.

Ted betrachtete die lange Lanze in seiner Hand mit den struppigen Stoffpuppenhaaren und grinste. »Ich weiß nicht, was ich mir dabei gedacht habe. Ich lege meine Waffe nieder. Ist das Ihr Wolf?«

»Sie heißt No Barks, und sie tut Ihnen nichts.« Angel deutete auf Teds Bier. »Haben Sie in Ihrer Blechburg noch so eines?«

5. Kapitel

Als Ted mit einem Bier in der Hand zurückkehrte, fläzte Angel in seinem Campingstuhl und blätterte in *Religionen der Welt für Dummies*. Diese Lektüre war ziemlich persönlich, und Ted hatte nicht die geringste Lust, mit Angel darüber zu reden. Mittlerweile stand die Sonne schon ziemlich tief. Ted trat an die Tür des Chieftains und schaltete das Außenlicht an, dann kehrte er zurück und reichte Angel, die nun wieder auf dem Boden saß, das Bier.

Sie nahm es ihm ab und fragte: »Sind Sie an Religion interessiert?« Als Ted stumm blieb, fuhr sie fort: »Wenn das der Fall ist, sollten Sie das hier« – sie deutete auf das Buch – »lieber zurückgeben. Sie glauben wohl, dass Sie nichts von Religion verstehen, aber ich denke nicht, dass das Ihr eigentliches Problem ist.«

Ted war wegen des Unfalls, seines ruinierten Urlaubs und seiner Begegnung mit einem Wolf noch immer ziemlich geschafft. Deswegen brauchte er ein wenig Zeit, um zu reagieren. »Wie meinen Sie das?«, fragte er schließlich.

»Haben Sie je versucht, mit einem Boot auf dem Rücken auf einen Berg zu steigen?«, fragte Angel, gestikulierte wild und grinste bei dieser Vorstellung.

»Nein«, erwiderte Ted und vermutete, dass diese Frau auf dem Weg in eine Nervenheilanstalt gewesen war, bevor sie und ihr Wolf ihm begegnet waren.

»Na also. Deshalb brauchen Sie dieses Buch nicht.«

Ted sah sich nervös auf dem Campingplatz um. Ob es auf dem Perfect Prairie RV Park wohl bewaffnete Sicherheitskräfte gab? Er musste sich dazu zwingen, der jungen Frau in die Augen zu schauen. Dabei bemerkte er jedoch, dass sie sehr attraktiv war, so seltsam sie auch sein mochte. »Es tut mir leid, aber ich habe nicht die geringste Ahnung, wovon Sie reden. Ich soll mit einem Boot auf dem Rücken auf einen Berg steigen?«

Angel hatte sich umgezogen. Sie trug jetzt ein lose sitzendes geblümtes Kleid in verblassten Brauntönen, doch ihre schlammverkrusteten Kampfstiefel hatte sie anbehalten. Ihre langen schwarzen Haare waren zurückgebunden und gaben den Blick auf ein hübsches, olivfarbenes Gesicht frei, das von einem breiten Lächeln, bei dem sich weiße Zähne zeigten, noch verschönert wurde. Diese standen allerdings ein wenig schief. Auf ihrer rechten Wange direkt unter dem Auge befand sich ein kleiner Fleck, entweder eine Narbe oder ein Muttermal.

Ted setzte sich Angel gegenüber auf den Boden, grinste nervös und fragte noch einmal nach. »Es tut mir leid, aber ich kapiere es einfach nicht. Warum sollte jemand mit einem Boot auf dem Rücken auf einen Berg steigen?«

»Na ja, ich kann Ihnen wenig dazu sagen, zumindest nicht umsonst, aber das eine sage ich Ihnen: Oft ist eine religiöse Lehre das Boot, das uns über einen See trägt. Sehr hilfreich, ja sehr wichtig am Anfang unserer spirituellen Reise. Aber wenn wir an Land gehen und bereit für die nächste Phase sind, kann das Boot ziemlich lästig werden, wenn wir nicht gewillt sind, es zurückzulassen.«

Da hatte Ms. Erleuchtung in Kampfstiefeln wohl recht,

und das gab Ted auch gerne zu. »Sie meinen also, es geht weniger ums Kapieren als vielmehr ums Nicht-Brauchen.«

»Na ja, wahrscheinlich hängt es davon ab, ob man gerade erst das Ufer hinter sich gelassen oder den See bereits überquert hat. Meine Klienten befinden sich an unterschiedlichen Orten auf ihrer spirituellen Reise. Es kommt also ganz darauf an, wo Sie sich befinden.«

»Ihre Klienten?«, fragte Ted.

»Ganz recht. Ich bin eine spirituelle Beraterin.« Angel deutete auf ihre auf Bertha aufgemalte Visitenkarte, die selbst aus dieser Entfernung noch schwach zu erkennen war. »Dort steht die Telefonnummer und alles Weitere. Vorausgesetzt, Sie wollen meine Dienste in Anspruch nehmen. Vielleicht kann ich Ihnen helfen. Glauben Sie mir, in diesem Buch finden Sie nicht das, was Sie brauchen.«

Ted war sich nicht sicher, was er von Angel halten sollte. Sie war so völlig anders als die Frauen, die er kannte. »Ich habe noch nie von spirituellen Beratern gehört.«

»Es gibt nicht sehr viele von uns, und wir machen keine Werbung, auch wenn wir das eigentlich sollten. Wir haben keine Lobby in Washington, und man kann uns auch nicht von der Steuer absetzen. Wir bewegen uns außerhalb des Radars des öffentlichen Bewusstseins.«

»Was macht ein spiritueller Berater denn?«, fragte Ted.

»Ich weise meinen Klienten den Weg. Ich helfe ihnen auf ihrem spirituellen Pfad.« Sie beugte sich etwas weiter zu Ted vor. »Wie war doch gleich noch mal Ihr Name? Ich habe ihn vergessen«, sagte sie und streckte die rechte Hand aus.

Diesmal schüttelte Ted ihr die Hand. »Ted. Ted Day.« Ihre Hand fühlte sich warm und weich an. Ted ließ sie nur ungern wieder los.

»Angel Two Sparrow. Nennen Sie mich einfach Angel.«

»Ja, ich weiß.«

Sie lehnte sich wieder zurück. »Sehen Sie, Ted Day, die meisten Leute stecken irgendwo fest, sie kommen nicht vom Fleck. Sie brauchen Hilfe, sonst wachsen sie nicht.«

Angel hatte einen Akzent, den Ted nicht recht einordnen konnte. Schließlich beschloss er, dass es wohl kein Akzent war, sondern einfach ihre Sprechweise. Angels Sprache zeichnete sich durch einen ungewöhnlichen Rhythmus und eine ebenso ungewöhnliche Wortwahl aus. »Ich würde mich eher als Agnostiker bezeichnen. Deshalb bin ich mir nicht sicher, ob mein Pfad irgendwohin führt«, erklärte er.

»Dann sind Sie ein echter Glückspilz.«

»Ein Glückspilz?«, fragte Ted und dachte gleichzeitig darüber nach, wo sein Hund und dieser Wolf wohl steckten.

»Sie sind ein Traumklient für einen spirituellen Berater. Sie haben kein Gepäck, nichts, was ich auspacken müsste, nur um Sie zum Ausgangspunkt zu bringen. Sie können sich direkt daranmachen, Ihr unerkanntes Selbst zu erkennen.«

Ted runzelte die Stirn. »Ich habe für heute genug erkannt«, erwiderte er ein wenig schroff. Dennoch fragte er sich, ob er Angel nicht falsch eingeschätzt hatte. Sie wirkte zwar ein bisschen ungewöhnlich, und sie hatte ihn mit ihrem panzerartigen Fahrzeug gerammt und es zugelassen, dass ihr Wolfshund ihn beinahe zerfleischt hatte, aber vielleicht waren alle spirituellen Berater so: *ungewöhnlich*. Abgesehen davon fand er sie ziemlich faszinierend, und er hörte ihr gern beim Reden zu, selbst wenn er das, was sie sagte, kaum verstand. Obwohl er wusste, dass es gefährlich war, mit jemandem, der einem etwas verkaufen wollte, ein Gespräch über dessen Waren zu führen, tat er es trotzdem. »Verlangen spirituelle Berater denn ein Pauschalhonorar, oder haben sie einen Stundensatz?«

»Es kommt darauf an, was Sie wollen …«, stammelte sie. »Ich meine, was Sie erreichen wollen.«

»Was ist, wenn es mir dank Ihnen schlechter geht und mein Selbst genauso eingedellt ist wie mein Kotflügel? Bekomme ich dann mein Geld zurück? Haben Sie für solche Fälle eine Haftpflichtversicherung, oder interessieren Sie derartige Details genauso wenig wie bei Ihrem Auto?«

Angel starrte ihn ausdruckslos an. Dieser Weiße war schlauer, als sie gedacht hatte.

Ted befürchtete, dass sie mit seinem Humor nichts anzufangen wusste. »Das mit der Delle habe ich nicht ernst gemeint.«

»Da bin ich aber froh«, erwiderte Angel. »Für einen so schlechten Autofahrer wie Sie ist das Leben sicher nicht leicht«, fuhr sie selbstbewusst fort. »Ich würde gern etwas für Sie tun. Fangen wir mit einer zehnmütigen Gratis-Beratung an.«

»Ach ja? Da bin ich aber gespannt. Worüber sollen wir denn reden?«

»Na ja, das eine kann ich Ihnen verraten: Ich habe ein paar sehr wertvolle Geheimnisse, und ich warte nur auf die richtige Person, der ich helfen kann. Das könnten Sie sein.«

Als stammten die Worte von einem anderen, hörte Ted sich sagen: »Da bin ich aber neugierig. Besitzen Sie denn irgendeine Art von Ausbildung, oder sind Sie ein Naturtalent?«

Angel merkte, dass sie bei ihrer Geschäftsidee ein paar Eckpunkte außer Acht gelassen hatte. Nun rang sie krampfhaft um die passende Antwort. »Beide Ihrer Fragen kann ich bejahen. Die erste Sitzung kostet hundert Dollar. Ich verspreche Ihnen nichts, aber vielleicht kann ich Ihnen helfen.« Sie kramte in ihrer Handtasche, die wie aus einer alten Armeedecke genäht aussah, bis sie auf einen Druckbleistift und eine Rechnung von *Paradise Diner* stieß, wo sie vor ein paar Tagen einen Kaffee getrunken hatte. Rasch kritzelte sie ein paar Zahlen und ihren Namen auf die Rückseite der Rechnung. »Das hier ist meine Telefonnummer, falls Sie einen Termin mit mir ausmachen wollen. Natürlich erst, nachdem wir Ihr Wohnmobil und meinen Rücken haben richten lassen.«

Ted zog seine ordentlich bedruckte Visitenkarte aus der Brieftasche. »Meine Handynummer steht auch drauf.«

Angel bedankte sich, steckte die Finger in den Mund und stieß einen lauten Pfiff aus. No Barks und Argo kamen sofort angesaust. Sie stand auf, verzog ein wenig das Gesicht und sagte: »Danke für das Bier. Wir sehen uns dann morgen früh.«

Ted stand ebenfalls auf. »Sind meine zehn Minuten denn schon um?«

»Jawohl.«

Angel und No Barks verschwanden in der untergehenden Sonne. Ted verbrachte den Rest des Abends mit Lesen und mit dem Lösen von Sudoku-Rätseln auf seinem Handy. Er war ziemlich gut darin und freute sich, wenn er eines gelöst hatte. In dem Moment, als er beschloss, sich schlafen zu legen, verkündete sein Handy, dass er eine SMS erhalten hatte. Er versuchte, sich daran zu erinnern, wann so etwas zum letzten Mal passiert war. »Gute Nacht vom anderen Ende des Campingplatzes«, lautete die Nachricht. »Der Unfall tut mir leid – auch wenn er Ihre Schuld war. A. Two Sparrow.«

Ted schrieb zurück: »Überlassen Sie das der Jury. Gute Nacht. Ted.«

Wenige Sekunden später läutete sein Handy. »Drehen wir noch eine kleine Runde mit den Hunden?«

6. Kapitel

Ted und Angel spazierten am Rand des Campingplatzes entlang. Der Mond leuchtete an einem wolkenlosen, mit Sternen übersäten Himmel. Ted legte den Kopf in den Nacken und starrte nach oben. »Erstaunlich, nicht wahr?«

»Es ist gut, wenn man so etwas sieht«, sagte Angel.

Schweigend liefen sie weiter, bis Angel die Aufmerksamkeit behutsam auf irdische Dinge zurücklenkte. »Was führt Sie nach New Mexico?«, fragte sie, während No Barks an ihr vorbeistrich.

»Urlaub«, grummelte Ted.

Angel merkte, dass er gereizt klang, und ließ sich etwas Zeit mit einer Erwiderung. Ihrem Zögern entnahm Ted, dass sie auf eine Ausführung seiner rätselhaften Antwort wartete. Doch er hatte keine Lust, ihr zu erzählen, dass es auf seinem Urlaubsschachbrett mehr schwarze Quadrate gab als weiße. Wie er es oft tat, wenn er verlegen war, wechselte er in seinen Anwaltsmodus und hielt sich strikt an die Fakten. »Als mein Großvater starb, hat er mir sein Wohnmobil hinterlassen.« Er deutete in die Richtung des Chiefain. »Kurz vor seinem Tod habe ich ihm versprochen, dass ich eine Fahrt nach New Mexico unternehmen würde. Und was ist mit Ihnen?«

»Ich habe einfach eine Abzweigung verpasst.«

Ted überlegte, ob Angel diesem Thema auswich. »Machen Sie denn auch Urlaub?«, bohrte er nach.

»Eigentlich nicht.« Angel wusste nicht recht, was sie ihm sagen sollte. Ted – und auch jeder andere, wie ihr allmählich aufging – würde nicht verstehen, warum sie mit Bertha in der Gegend herumkurvte.

Da Ted mit Angel ein Gespräch führen wollte und kein Kreuzverhör, versuchte er sanft, hinter ihre ausweichende Antwort zu dringen. »Wenn Sie hier keinen Urlaub machen, was dann?«

Sie beschloss, ihm die ungeschönte Wahrheit aufzutischen. »Meine Tante sitzt im Knast, weil sie ihren Exmann erschossen hat. Der Bücherbus war ihr Zuhause, bevor sie ihn meinem Vater gegeben hat. Dort stand er nur nutzlos am Rand unserer Zufahrt herum. Deshalb habe ich genau wie Sie beschlossen, einen kleinen Ausflug zu machen.«

Ted erschauderte. Bei der Erwähnung eines Mordes schien die Nachtluft kühler geworden zu sein. »Ihre Tante hat Ihren Onkel erschossen?«

Obgleich sich Ted redliche Mühe gab, hatte Angel das Gefühl, in einem Gerichtssaal zu stehen. »Ja, ich fürchte, so war es.«

»Kommt so etwas in Ihrer Familie öfter vor?«

Angel versuchte es mit einem kleinen Scherz. »Eigentlich nicht. Unser letztes Familienmassaker fand am Little Bighorn statt.«

Ted umfasste Angels Ellbogen und machte sich über seine eigene Angst lustig. »Ist es denn sicher, mit Ihnen im Dunkeln spazieren zu gehen?«

Sie hob die Hände. »Ich habe kein Kriegsbeil dabei.«

Bei dieser Feststellung entspannte sich Ted ein wenig. »Was ist denn zwischen Ihrem Onkel und Ihrer Tante vorgefallen? Sie muss wirklich furchtbar wütend auf ihn gewesen sein.« Erneut blieb Angel stumm, und Ted bohrte weiter nach. »Haben sie sich über die Fernbedienung gestritten? Oder darum, wer an der Reihe war, die Katze zu füttern?«

Angel gefiel Teds Humor. Er war zwar ein bisschen unsensibel, aber witzig. Ein langer Seufzer entwich ihr, bevor sie antwortete: »Das werden Sie wahrscheinlich nicht verstehen.«

»Das kommt bei Mordfällen häufig vor.«

»Stimmt«, gab Angel zu. »Tante Lilly hat machtvolle Träume, und sie steht in einer engen Verbindung zu ihrem Totemtier, einem Bären. Ein Traum, in dem ihr Totemtier erscheint, ist besonders machtvoll. Ich gehe davon aus, dass Sie sich kaum an Ihre Träume erinnern und auch kein Totemtier haben. Hab ich recht?«

»Absolut.«

»Deshalb werden Sie es, wie gesagt, wohl kaum verstehen.«

»Vielleicht ja doch.«

»Drei Nächte hintereinander ist Tante Lilly ihr Totembär erschienen und hat sie vor Onkel Harrys bösen Absichten gewarnt. Am dritten Morgen tauchte Onkel Harry auf. Sie hatte so große Angst vor ihm, dass sie ihn erschossen hat. Mehr wissen wir leider nicht.«

Ted spürte, wie bekümmert sie war. Trotzdem fragte er ungläubig: »Soll das heißen, dass sie ihn aufgrund eines Traums erschossen hat?«

»Ja. Und ihr lausiger Pflichtverteidiger beharrt darauf, dass in den Gesetzestexten nichts von Träumen steht.«

»Vielleicht ist er ja gar nicht so lausig.«

»Er behauptet, dass sie nie mehr aus dem Gefängnis rauskommt.«

»Und deshalb fahren Sie jetzt einfach so in dem Bücherbus Ihrer mörderischen Tante durch die Gegend? Haben Sie das gemeint, als Sie mir erklärten, Sie hätten die falsche Abzweigung genommen?«

»Vielleicht«, erwiderte Angel.

Ted versuchte, das Thema zu wechseln. »Erklären Sie mir doch mal, was eine spirituelle Beraterin eigentlich macht. Ich habe noch nie von diesem Beruf gehört.«

»Das kann ich mir gut vorstellen.«

»Glauben Sie, die Leute sehen Ihre Anzeige und rufen Sie an, weil sie wirre Vorstellungen über Gott oder den Sinn des Lebens haben?«

Als Angel Ted gegenüber ihren Plan in Worte fasste, wurden ihr dessen Mängel deutlich bewusst. Sie tat es trotzdem. »Viele Leute haben sich verirrt, und deshalb helfe ich, wo ich kann. Ich habe ein paar Freunde, die Ähnliches tun. Die möchte ich besuchen und mir ein paar Tipps bei ihnen holen. Sie werden mir helfen, mein Geschäft zum Laufen zu bringen.«

»Wie denn?«, fragte Ted.

»Wir sind alle an spirituellen Dingen interessiert. Ich versuche, mir als eine Art reisende spirituelle Beraterin meinen Lebensunterhalt zu verdienen. Die meisten anderen gehen theoretischer vor. Sie schreiben Bücher und halten Vorträge. Die Leute kommen zu ihnen. Vielleicht funktioniert das ja besser. Das wird sich mit der Zeit schon zeigen. Vorläufig bin ich guten Mutes, es einmal so zu versuchen. Meine Freunde sind sehr erfolgreich«, fügte sie respektvoll hinzu.

Ted rammte sie sachte. »Sind Sie sich sicher, dass spirituelle Arbeit und Autofahren zusammenpassen?«

Angel rammte etwas kräftiger zurück. »Leute, die über die durchgezogene Linie fahren, bauen oft Unfälle. Nur ein kleiner Tipp.«

»Ich werde versuchen, mich daran zu erinnern.«

Angel blieb stehen, legte den Kopf zurück und betrachtete wieder die Sterne. »Eine Reise im Gedenken an Ihren Großvater ist eine gute Sache. Wollte er denn, dass Sie so etwas machen?«

Angels Selbstauskünfte waren zwar seltsam gewesen, doch sie hatte sie so offen vorgetragen und sich Ted gegenüber so verletzlich gezeigt, dass dieser seine anwaltsmäßige Vorsicht aufgab. »Er meinte, ich würde mich auf völlig eingefahrenen Gleisen bewegen und müsse mal von der Arbeit wegkommen und mich der Welt öffnen. Manchmal neigen Argo und ich dazu, uns ein wenig zu sehr zurückzuziehen.«

»Sie verlassen also Ihr Haus nur, wenn es unbedingt nötig ist?«

»Mehr oder weniger. Deshalb war es eine richtige Herausforderung für mich, in den Chieftain zu klettern und loszufahren. Es gibt nur wenige Umgebungen, in denen ich mich wohlfühle, und ein Wohnmobil gehört nicht dazu.«

»Ihr Großvater muss Sie sehr geliebt haben, wenn er Ihnen einen solch mutigen Rat gegeben hat.«

»Ich glaube schon. Er hat immer versucht, mit mir über das Leben als Ganzes zu reden. Ich kümmere mich lieber um die Details. Ich stecke meine Nase in die Arbeit, die auf meinem Schreibtisch liegt. Leider habe ich es nie geschafft, ihm richtig zuzuhören. Ich habe es immer für Alte-Leute-Geschwätz gehalten. Komisch, obwohl er nicht mehr da ist, höre ich ihn noch in meinem Kopf. Deshalb versuche ich jetzt, ihm besser zuzuhören.«

Angel spürte, wie sich Ted öffnete, und versuchte, die Tür noch etwas weiter aufzustoßen. »Was sagt er denn so?«

»Überwiegend Kleinigkeiten, Dinge wie …« Ted senkte seine Stimme um eine Oktave und versuchte, wie ein entschlossener alter Mann zu klingen. »Ted, reiche diesen Schriftsatz lieber gleich ein, sonst bekommst du Ärger vom Richter.«

»Diese Stimme versucht also, Sie dazu zu bringen, das Richtige zu tun?«

Ted dachte kurz nach. »Ja, das stimmt. Wir haben ein paar Jahre zusammengearbeitet, bevor er in den Ruhestand ging. Ich bin zwar nicht halb so gut als Anwalt, wie er es war, aber ich bin gut darin, die Kanzlei zu verwalten und alles zu organisieren. Wir waren ein wirklich gutes Team.«

Angel nutzte die Gelegenheit, das Gespräch in eine Richtung zu lenken, aus der Ted vielleicht einen Nutzen ziehen konnte. »In unseren Köpfen hören wir viele Stimmen«, erklärte sie. »Manchmal sind diese Stimmen sehr streng, und wir müssen es ihnen mit gleicher Münze heimzahlen, sonst verfolgen sie uns ein Leben lang. Wir müssen sagen: ›Verschwinde! Raus aus meinem Kopf!‹«

»Aber es gibt doch bestimmt Stimmen, auf die wir hören sollten?«

»Nicht unbedingt. Ich höre zum Beispiel sehr oft meinen Vater Larsen. ›Besorg dir einen richtigen Job. Trag normale Kleider. Sei realistischer.‹ Ich liebe und achte ihn sehr, und seine Stimme ist eine gute Stimme, aber im Grunde geht es nicht darum, die richtige Stimme, sondern unsere eigene innere Stimme herauszufiltern und die anderen zu überhören.«

Ted berührte Angel am Arm. »Hey, bleiben Sie mal kurz

stehen und schließen Sie die Augen.« Er legte seine Hand auf ihre Augen.

Angel fragte lächelnd: »Und jetzt?«

»Hören Sie ganz genau hin, und dann sagen Sie mir, was Ihre innere Stimme Ihnen sagt.«

Angel wartete, bis ihr Geist ganz ruhig war, dann antwortete sie: »Hüte dich vor einem leichtsinnigen Weißen, der in einem Wohnmobil nach Westen fährt.«

Nun schloss Ted selbst die Augen. »Ich höre: Sich etwas vorzustellen ist ja ganz schön, aber nicht beim Autofahren.«

Angel drückte das Kreuz ein wenig durch. »Beabsichtigen Sie, sich wie Ihre Vorfahren zu verhalten und mir im Austausch für die Gesundheit, die Sie mir geraubt haben, ein paar Perlen und anderen wertlosen Plunder in die Hand zu drücken?«

Ted hörte wieder die Stimme seines Großvaters. *Diese Angel gefällt mir viel besser als deine kleine Blondine. Die hat Mumm.* Er beugte sich vor und tätschelte No Barks vorsichtig. »Mein Großvater hätte Sie sehr geschätzt, Angel Two Sparrow. Meine Frau hat ihm nicht so gut gefallen. Er konnte sich nie an ihren Namen erinnern.«

»Sie sind verheiratet?«, fragte Angel überrascht.

»Nein, nicht mehr. Sie hat mich wegen eines anderen verlassen.«

»Sind Sie deswegen traurig?«

Ted schob die Unterlippe vor und seufzte theatralisch. »Am Boden zerstört.« Er erholte sich rasch. »Eines Tages sind wir aufgewacht und haben beide gemerkt, dass ein Fremder neben uns liegt. Sie hat das Leben in einem kleinen Kaff in Kansas gehasst. Nach einem Wochenendausflug nach Chicago, ihrer Heimatstadt, ist sie nie mehr zurückgekommen. Aber sie hat es sehr fair gehandhabt und nicht viel von mir verlangt, eigentlich nur die Chance auf einen Neuanfang. Sie hatte recht.«

»Was hat Sie denn zu ihr hingezogen?«, fragte Angel.

»Sie würde sagen, es war eines von drei Dingen.«

»Die alle mit dem Körper zu tun haben?«

Er warf die Hände hoch. »Woher wussten Sie das?«

»Die meisten Männer achten bei einer Frau erst mal auf die Figur.« Angel legte die rechte Hand auf ihre Brust und ließ sie dann zu ihrem Bauch hinabwandern.

»Das war aber noch nicht alles.«

»Lassen Sie mich raten: Ihre Frau wollte gern ein Kind, und Sie waren noch nicht bereit dazu.«

»Ich fing gerade in meiner eigenen Kanzlei an; es war einfach ein ungünstiger Zeitpunkt.«

»Immer das Gleiche.«

Stumm setzten sie ihren Weg fort, bis Angel wieder stehen blieb und ihn aufzog: »Wie läuft das so für Sie, als geschiedener, eindimensionaler, die Öffentlichkeit scheuender Workaholic-Rechtsanwalt, der versucht, in einem kleinen Kaff in Kansas die Liebe zu finden?«

Ted weigerte sich, nach dem Köder zu schnappen. »Fantastisch. Könnte gar nicht besser ein. So ein Leben will doch jeder.«

Sie gab ihm einen spielerischen Klaps auf den Arm. »Sie stehen gar nicht so schlecht da, Ted Day. Sie haben einen guten Job, und Sie müssen nicht darauf warten, dass Ihre Tante Ihren Onkel umbringt, um an ein eigenes Fahrzeug zu kommen. Es könnte viel schlimmer sein.«

»Ich habe mich beim Justizministerium und beim FBI beworben. Wahrscheinlich werde ich bald von denen hören, und bis dahin habe ich genug Arbeit. Ich bin der einzige Anwalt im Ort.«

»Und ich wette, Sie schaffen es, mit Ihrer Arbeit sehr beschäftigt zu sein.«

»Jetzt klingen Sie schon wieder wie mein Großvater. Warum soll man denn nicht beschäftigt sein?«

»Gewöhnlich stehen gute Dinge großartigen Dingen im Weg.«

»Was denken Sie, Ms. Spirituelle Beraterin – bin ich auf dem Holzweg?«

»Könnte schon sein, aber ich brauche erst eine Anzahlung, bevor ich das mit Sicherheit sagen kann. Seelen zu retten ist harte Arbeit. Ich bestehe darauf, im Voraus bezahlt zu werden.«

»Wie schwer ist so etwas denn wirklich?«

»Sie könnten mich ziemlich viel Zeit kosten.«

»Das habe ich schon befürchtet.«

»So viel sage ich Ihnen jetzt mal gratis: Manche Leute verbringen ihr Leben damit, Landkarten zu studieren, ohne je eine Reise zu unternehmen. Andere rasen los, ohne über ihren Weg nachgedacht zu haben. Den meisten von uns würde es guttun, wenn zwischen Planung und Tun eine gewisse Balance besteht. Sie sind ein Macher, Ted Day. Aber ich bin mir nicht sicher, ob Sie die geringste Ahnung haben, wohin Sie unterwegs sind. Dort würde ich einhaken – ich würde Ihnen einen besseren Plan in die Hand drücken.«

Ted beugte sich nach unten und tätschelte Argo. »Vielleicht haben Tiere es leichter. Sie müssen nichts planen, sie geben sich damit zufrieden, einfach zu leben.«

Als sie sich Teds Wohnmobil näherten, deutete Angel auf die Delle, die selbst im Mondlicht deutlich zu sehen war. »Sind Sie sich sicher, dass die nicht schon da war? Sie kommt mir wie eine alte Wunde vor.«

Beeinflusst vom Mond und den Hormonen überkam Ted eine Anwandlung von Großmut. »Hören Sie, Angel – vergessen Sie den Unfall. Diese Reise ist wahrscheinlich der letzte Tanz des Chieftain ums Lagerfeuer. Ich bin kein Wohnmobil-Fan. Warum sich wegen einer kleinen Delle aufregen? Ich sorge dafür, dass jemand den Wassertank richtet, und dann ziehe ich weiter. Es ist ja nichts Schlimmes passiert.«

Erleichtert beugte sich Angel vor und küsste Ted sanft auf die Wange. »Gute Nacht, Ted Day, Herr des Mopps, nachsichtig bei Dellen. Danke für den Spaziergang.« Sie machte kehrt, doch dann blieb sie noch einmal stehen, drehte sich um und lächelte ihn an. »Komisch, aber ich glaube fast, meinem Rücken geht es schon viel besser. Morgen früh ist er vielleicht wieder heil.«

»Das hoffe ich sehr.« Als sich Angel etwa zwanzig Meter entfernt hatte, rief Ted ihr nach: »Gute Nacht, Angel Two Sparrow, Heilerin menschlicher Seelen und Hüterin von Wölfen. Träumen Sie schön!«

Vor dem Einschlafen meditierten Angel und No Barks noch zwanzig Minuten gemeinsam. Angel vergrub die Hände in No Barks dichtem silbergrauem Nackenfell, atmete tief ein und aus und murmelte ihr Mantra. Sie war sich ziemlich sicher, dass No Barks ein Naturtalent war, was die Meditation anging. Die Hündin schien mühelos in den Alpha-Zustand zu gelangen. Erst baute sich eine gewisse Spannung am oberen Ende ihrer Wirbelsäule auf, dann wanderte diese entlang ihres Ischiasnervs nach unten. Vielleicht hatte sie in diesem Bereich einmal eine Verletzung erlitten.

Angel hatte sich die Meditationstechnik eines buddhistischen Mönchs aus Burma angeeignet, den sie bei einem ihrer fehlgeschlagenen Versuche eines Auslandssemesters kennengelernt hatte. Diese Technik hatte sie leicht abgewandelt, basierend auf mehreren Einsichten, die sie in ihrem Kabbala-Arbeitskreis gewonnen hatte. Sie hatte festgestellt, dass die Polarität ihres Nervensystems sich umkehrte, wenn sie systematische Atemmuster befolgte. Doch in dieser Nacht kam es zu einem ziemlich beunruhigenden Lichtspektakel in der Gegend ihrer Wirbelsäule und ihres Kleinhirns. Mit anderen Worten: Diese Gegend wurde hell. Das Licht – einer der objektiven und verifizierbaren Aspekte der Erleuchtung – begleitete sie bis kurz vor Mitternacht.

Um zwölf Uhr läutete Angel ein sehr altes tibetisches Glöckchen, das ihr ein Freund aus dem nordindischen Dharamsala mitgebracht hatte. Sie wartete, bis der Ton als Erinnerung daran, dass alles miteinander verbunden war, im Kosmos aufgegangen war. Als sich ihr Bewusstsein völlig entspannt anfühlte – ein ruhiges Meer, auf dessen Oberfläche sich nichts mehr kräuselte –, kam die Antwort wie von selbst.

Angel brauchte einen Klienten. Ted brauchte eine gute spirituelle Beraterin. Tante Lilly mochte keine Anwälte, die nicht an Träume glaubten. Die Teile lagen direkt vor ihr.

Es gab keine Zufälle.

7. Kapitel

Teds bevorzugtes Frühstück bestand aus Porridge, das er in der Mikrowelle des Chieftain zubereitete. Die doppelte Portion passte hervorragend in eine der roten Plastikschüsseln, die er in einem Sportgeschäft gekauft hatte. Als er mit dem Abwasch fertig war und alles wieder ordentlich verräumt hatte, zog er seine neuen Wanderklamotten an. Warum nicht all diese Neuerwerbungen nutzen, bevor er nach Crossing Trails zurückkehrte und sich wieder an die Arbeit machte? Schon jetzt vermisste er die Energie, die Ordnung und die Verlässlichkeit seiner Anwaltskanzlei.

Er öffnete die Tür und trat zusammen mit Argo ins Freie. Der Anblick und die Geräusche dieser von Wölfen heimgesuchten Gegend und das sanfte, vielversprechende Morgenlicht lockten ihn in die Wildnis des Campinglatzes. Er ließ seinen Hund ein paar Minuten herumtollen, dann gesellte er sich zu ihm, und sie wanderten gemeinsam zu Angels Bücherbus. Es gab noch etliches zu klären.

Als er sich Bertha näherte, musste er stehen bleiben, um einzuschätzen, was er sah. Angel saß nicht an, sondern auf ihrem Picknicktisch aus grünem Plastik, mit denen die Stellplätze hier standardmäßig bestückt waren. Ted winkte Angel zu, doch sie bemerkte ihn wohl nicht, denn sie hatte die Augen geschlossen und die Lotusstellung eingenommen. Offenbar war sie in tiefe Meditation versunken.

Ted starrte sie an, beeindruckt von der Ruhe, die sie umgab. Zuerst fragte er sich, ob aus ihrem Scheitel nicht eine Art heller Schein aufstieg, doch dann wurde ihm klar, dass es nur das Licht war, das sich im Morgentau brach.

Da er sie nicht stören wollte, rührte er sich erst einmal nicht vom Fleck, aber schließlich ging er doch näher heran. Als er die Grenze zu ihrem Stellplatz erreicht hatte, schlug Angel die Augen auf und bedachte Ted mit einem beunruhigend wohlwollenden Lächeln. Sie entflocht sich aus der Lotusstellung, ließ die Beine baumeln und winkte ihm zu. »Guten Morgen, Ted. Ich habe dich schon erwartet.«

Ted starrte auf ihre langen Beine, die vor und zurück wippten, und bemerkte, wie wohlgeformt sie waren. Er kicherte nervös und fragte dann: »Ach ja? Bin ich so berechenbar?«

Angel lehnte sich zurück und deutete auf die große Visitenkarte auf Berthas Seite. »Wenn du bereit bist, sollten wir unsere gemeinsame Arbeit aufnehmen. Du hast letzte Nacht einen beträchtlichen Fortschritt gemacht, findest du nicht auch?«

Ted vermutete, dass Angel den Grund für seinen Besuch falsch deutete. »Könntest du mich zu einer Werkstatt fahren, damit wir jemanden auftreiben, der meinen Wassertank reparieren kann? Und deinen Rücken können wir auch untersuchen lassen – falls er noch wehtut.«

Angel hopste vom Tisch. »Ich habe richtig gute Neuigkeiten für dich, Ted.«

»Geht's deinem Rücken besser?«

»Es ist mir wie Schuppen von den Augen gefallen, gestern Nacht, nach unserem Spaziergang.«

Offenbar wollte Angel sich nicht auf das Thema einlassen,

das er angeschnitten hatte. Ted gab auf. »In Ordnung, lass mich deine guten Nachrichten hören.«

»Ich weiß, dass das seltsam klingen könnte, aber hör mir erst mal zu. Wie viel Urlaub hast du noch?«

»So um die zwei Wochen.«

»Perfekt. Das ist nicht viel Zeit, aber es sollte für einen Crashkurs reichen. Du scheinst ziemlich schnell zu lernen. Ted, ich habe beschlossen, dich als meinen Schüler aufzunehmen.«

»Wovon redest du da?«

Angel hatte gehofft, dass sie das nicht näher erläutern müsste, doch offenbar blieb ihr nichts anderes übrig. »Die Sache ist doch perfekt: Ich kann deine persönliche spirituelle Beraterin sein, und du kannst meiner Tante Lilly bei dieser Mordgeschichte helfen, und damit ist uns allen geholfen.« Als Ted stumm blieb, fuhr sie fort: »Übrigens, eines muss ich dir gleich noch sagen: Nicht, dass mich der Name deines Wohnmobils als Indianerin stört, aber ich glaube trotzdem, dass Bertha für uns zum Arbeiten besser geeignet ist. Sie ist praktisch eine Schule auf Rädern.« Ted sagte immer noch nichts, deshalb nickte sie und fuhr fort: »Es ist doch für alle Seiten ein Gewinn, oder? Du brauchst Beratung, Tante Lilly braucht einen gewitzteren Anwalt, und ich brauche einen Klienten.« Schließlich sah sie ihm direkt in die Augen und gab ihr Bestes, ihn von ihrer genialen Idee zu überzeugen. »Ich kann dich den faszinierendsten Leuten vorstellen, die du je treffen wirst. Es wird eine einzigartige Pilgerreise für dich werden. Anschließend kannst du dann all deinen reichen Freunden von mir und deinem perfekten Urlaub erzählen.« Sie erwärmte sich immer mehr für ihre Idee, doch wie so oft überzeugte das Verkaufsgespräch den Verkäufer stärker als den Kunden. »Was meinst du? Ich versichere dir, dass du voll auf deine Kosten kommen wirst.«

Ted runzelte die Brauen. »Das leuchtet mir alles überhaupt nicht ein.« Schon allein die Vorstellung, zu Angel und ihrem Wolfshund in diesen Bücherbus zu steigen – nein, damit würde er sich viel zu weit aus seiner Komfortzone herauswagen müssen.

Angel wunderte sich ein wenig, dass der Kunde den Wert ihrer Ware nicht schätzte, aber sie versuchte, geduldig zu bleiben. Schließlich hatte ihr Vater ähnlich verblüfft reagiert. »Es ist doch ganz einfach, Ted. Verstehst du denn nicht, dass du zusammen mit mir als deiner spirituellen Führerin eine Pilgerreise unternehmen musst, eine Reise, um deine wahren religiösen Wurzeln zu finden? Darum geht es dir doch, oder? Deshalb liest du dieses Buch. Deshalb machst du Urlaub – um herauszufinden, was in deinem Leben fehlt, und um die letzte Bitte deines Großvaters zu befolgen. Ich kann dir dabei helfen. Es war kein Zufall, dass wir« – Angel zögerte, weil sie nach den passenden Worten suchte – »zusammengestoßen sind. Und wenn du meiner Tante Lilly helfen würdest, müsstest du mir für meine Dienste nicht einmal etwas bezahlen. Es wäre doch eine Supersache für uns alle. Vielleicht könntest du eine Kleinigkeit für Benzin und Essen beisteuern. Ich bin nämlich momentan etwas knapp bei Kasse. Das könntest du doch, oder?«

»Angel, ich fürchte, du weißt nicht, was Anwälte tun. Deine Tante Lilly erwartet ein Mordprozess in South Dakota. Ich arbeite als Anwalt in Kansas. Ich habe nie jemanden in einem Mordprozess vertreten. Mein Fachgebiet sind eher die Recherche, das Erstellen von Schriftsätzen, Scheidungen und kleinere Delikte. Ich könnte deine Tante gar nicht vertreten. Außerdem wollte ich einfach nur mal Urlaub machen. An eine spirituelle Suche habe ich überhaupt nicht gedacht. Es ist zwar nett von dir, mir das anzubieten, aber Argo und ich hatten so etwas einfach nicht geplant.«

Angel kam sich vor, als hätte jemand einen Eimer kaltes Wasser auf ihre Psyche gekippt. Ihr wurde klar, dass sie es wieder mal geschafft hatte: geniale Ideen, schlechte Umsetzung. Sie senkte den Blick. »Verstehe.«

Nun war Ted verlegen. »Angel, ich glaube, dass du mich falsch verstanden hast. Argo und ich wollen ein bisschen wandern, ein bisschen fischen. Ich habe keine so hoch gesteckten Ziele wie du. Unter der Woche gehe ich in meine Kanzlei, an den Wochenenden schau ich mir im Fernsehen ein paar Footballspiele und im Winter Basketballspiele an. Wenn ich die Gelegenheit habe, verabrede ich mich mit einem Mädchen aus dem Ort. Mehr will ich gar nicht. So leid es mir tut, ich sehe einfach nicht ein, warum alle glauben, dass mir in meinem Leben etwas fehlt.«

Angel hatte nicht mit Widerstand von jemandem gerechnet, der ihre Hilfe brauchte. Sie versuchte, ihm ein wenig Sicherheit zu vermitteln. »Keine Angst, ich werde dich nicht auffordern, eine komische Kutte anzuziehen, zu singen oder Räucherstäbchen anzuzünden. Ich werde dir so helfen, dass es einen Sinn für dich ergibt. Das ist mein Job als spirituelle Beraterin.«

Als Teds Schock darüber nachließ, dass ihm diese Frau einen Kurs in Spiritualität anbot – insgeheim führte er dafür die Abkürzung *Spirit Tech* ein –, kehrte seine Skepsis zurück. Vielleicht hatte sie herausgefunden, dass er eine stattliche Summe geerbt hatte, und das Ganze war ein raffinierter Plan, um an sein Geld zu kommen? Vielleicht hatte sie recht, und der Unfall war tatsächlich nicht zufällig passiert? »Tut mir leid, aber daraus wird nichts, Angel.«

Doch sie ließ nicht locker. »Würdest du es gern ein paar Tage ausprobieren, um zu sehen, wie es läuft?«

Angel war eine Mischung aus die Schöne und das Biest – sie erregte Ted, und gleichzeitig flößte sie ihm Angst ein. »Eher nicht. Eine Pilgerreise als Urlaub – das ist nichts für mich. Ich wüsste überhaupt nicht, wo ich bei deiner Tante Lilly anfangen sollte. Ich denke, es wäre für uns beide das Beste, wenn wir den Chieftain reparieren lassen und sich unsere Wege danach trennen, bevor ich in eine weitere Katastrophe stolpere.« Da er sah, wie enttäuscht sie war, wich er ihrem Blick aus. »Ich mache jetzt ein paar Anrufe, um herauszufinden, wer mir mit dem Wohnmobil helfen kann.«

Doch dazu sollte es nicht kommen.

Als er sich abwandte und gehen wollte, verhedderte er sich in Argos Leine, die sich um den Fuß eines Betongrills gewickelt hatte, und stürzte in einer donnernden Kapitulation vor den Urlaubsdämonen zu Boden. Der Boden war hart und trocken, und zum ersten Mal in seinem Leben blieb ihm die Luft weg. Der plötzliche Sauerstoffmangel versetzte ihn in Panik. Er keuchte.

Während er mühsam um Atem rang, trat Angel zu ihm und hielt ihm die Hand, Argo schleckte ihm das Gesicht, der Wolfshund bohrte ihm die Schnauze in die Rippen. Angels Stimme klang beruhigend, jedoch wie aus weiter Ferne. »Entspann dich einfach mal kurz, Ted, und lass dir von mir helfen.«

Als er wieder ausreichend mit Sauerstoff versorgt war, setzte sich Ted auf und tastete seinen Kopf ab. »Ich glaube, mir fehlt nichts. Ich bin einfach nur gestolpert.«

»Egal – ruh dich kurz in meinem Bus aus, bevor du deine Wanderung antrittst.« Ted ließ sich von Angel auf dem Weg zu dem seltsamen Vehikel stützen, das sie Bertha nannte. Das Innere sah genau so aus, wie er es sich vorgestellt hatte – ziemlich chaotisch. Angel räumte einen Platz neben ihrem Schlafsack frei. »Hier kannst du dich kurz hinlegen.«

Als Ted sich ausstreckte, schob ihm Angel ein Kissen unter den Kopf. »Geht es dir besser?«

Ted gefiel die Aufmerksamkeit. Er ächzte Mitleid erregend. »Ich glaube, es wird bald wieder. Du hattest recht, ein bisschen Ruhe tut mir gut.«

Sanft massierte Angel Teds rechte Hand. Er fühlte sich etwas schläfrig, deshalb wusste er nicht, wie viel Zeit verstrichen war, bevor er ihre Stimme wieder hörte. »Ich möchte, dass du dich einzig und allein auf eines konzentrierst.« Sie fing am unteren Nagelrand seines rechten Ringfingers an und strich hin zum Handteller über den Finger. »Ich möchte, dass du ausschließlich auf das Gefühl achtest, das sich einstellt, wenn meine Finger deine berühren. Ist es ein sanftes oder ein festes Gefühl? Kitzelt es oder kratzt es? Ist meine Berührung kalt und trocken oder warm und feucht? Stell dir vor, dass deine gesamte Wesenheit, alles, was Ted Day ausmacht, in diesem einen Raum steckt, wo sich unsere Hände berühren. Versuche, es dir auszumalen: Blut, Muskeln, Knochen, Nerven, Haut. Hier interagieren Milliarden von Zellen. Versuche, dein ganzes Bewusstsein auf diesen scheinbar winzigen Aspekt deines Selbst zu richten. Versuche, wenn du kannst, es dir bildlich vorzustellen und zu spüren, wie deine gesamte Lebenskraft sich auf diesen einen klitzekleinen Fleck in deinem unendlichen Wahrnehmungsfeld konzentriert. Denk an nichts anderes, Ted, denk nur an deinen Finger und wie er sich anfühlt.«

Ihre Stimme klang irgendwie hypnotisch, während sie weiter seinen rechten Ringfinger massierte.

Ted war noch nie aufgefordert worden, so intensiv auf einen einzigen Aspekt seines körperlichen Seins zu achten. Die Wirkung stellte sich unmittelbar ein. Ihm war, als wäre ihm eine schreckliche Last wie ein schwerer Rucksack nach einem langen Wandertag abgenommen worden. Als sein Bein unwillkürlich zuckte, wusste Angel, dass er kurz davorstand einzuschlafen.

Sobald er schlief, versuchte sie, Bertha aufzuräumen. Anschließend grub sie aus ihrem Werkzeugkoffer ihr tragbares Schweißgerät aus und ging nach draußen.

Als Ted aus seinem kleinen Vormittagsnickerchen erwachte, fühlte er sich ziemlich wohl. Gleichzeitig war er jedoch ein wenig bestürzt, dass er in Angels seltsamem Fahrzeug eingeschlafen war. Er sah sich verwirrt um. Es dauerte ein paar Sekunden, bis er sich an alles erinnerte.

Er war nicht nur eingeschlafen, sondern hatte auch noch einen sehr lebhaften Traum in den schillerndsten Farben gehabt. Die Stimmen waren ganz deutlich zu hören gewesen. Aber jetzt war der Traum vorbei. Argo lag ruhig neben ihm, als wäre nichts passiert. Dabei war doch wirklich eine Menge passiert, auch wenn es nur ein Traum gewesen war, der sich jedoch irgendwie merkwürdig angefühlt hatte. Bevor ihm die Bilder entglitten, versuchte Ted, sie in Worte zu fassen.

Ted war noch ein Kind gewesen. Er saß auf dem Schoß seines Großvaters, und der alte Mann las ihm aus dem Buch *Der König von Narnia* vor. Im Traum regte sich der kleine

Teddy plötzlich auf und bettelte: »Hör auf, Grandpa. Bitte hör auf zu lesen.«

»Was ist denn los?«, fragte Grandpa Raines.

»Lucy soll nicht durch die Tür auf der Rückseite des Schrankes gehen! Sie weiß doch gar nicht, was auf der anderen Seite ist.«

Grandpa Raines, der quicklebendig war, lachte gutmütig. »Lucy will aber durch diese Tür.«

Die Bilder waren so echt, dass sich Ted fragte, ob es gar kein Traum, sondern irgendeine uralte Erinnerung aus seiner Kindheit gewesen war, die sich aus ihrer Verankerung gelöst hatte und an die Oberfläche seines Bewusstseins geschwebt war.

Er sah sich nach Angel um. Da er sie nicht finden konnte, streckte er sich und stand auf. »Komm, Argo, schauen wir mal, wo Angel steckt. Ich habe keine Ahnung, warum ich mitten am Vormittag geschlafen habe.«

Als er Angel auch draußen nirgends entdecken konnte, lief er zum Chieftain. Dort angekommen, sah er No Barks am hinteren Ende des Fahrzeugs neben einer grauen Kiste sitzen, die wie ein abgenutzter kleiner Metallkoffer aussah. Unter dem Wohnmobil ragten zwei lange braune Beine hervor, die in schwarzen Kampfstiefeln steckten. Ted hörte etwas knistern. Er spähte unter das Wohnmobil und fragte: »Was machst du denn da?«

»Keine Sorge. Ich bin eine richtige Künstlerin, wenn es ums Schweißen geht. Schau es dir ruhig an.«

Ted rutschte unter das Fahrgestell und legte sich neben Angel. Er bemerkte, dass die tiefer liegende hintere Hälfte des Wassertanks mit dem Geschick eines Schönheitschirurgen am Rahmen befestigt worden war. Er war tatsächlich hervorragend geschweißt worden. Außerdem sicherten zwei nagelneue Schrauben das Metallband, mit dem der Wassertank befestigt war. Zwei verrostete, krumme Schrauben lagen auf dem Boden. Ted klopfte mit den Knöcheln an den Tank. Er wirkte sehr fest. »Ich bin beeindruckt.« Er wusste genug vom Schweißen, dass ihm klar war, dass es weit schwieriger war, als es aussah. »Ich denke fast, du solltest ›mobile Schweißerin‹ in deine Visitenkarte aufnehmen.«

Angels Nacken war ein wenig verspannt. Sie legte den Kopf auf Teds Brust und starrte die Schweißnähte an wie ein Bild von Rembrandt. »Das habe ich wirklich bestens hingekriegt. Mein Vater überlässt mir immer alte Autoteile, die ich zu Kunstwerken zusammenschweiße. Deshalb habe ich auch angefangen, mich für Schweiß-Skulpturen zu interessieren.«

»Du hast wirklich viele Talente.«

»Die meisten zahlen sich allerdings nicht aus.«

Angel rutschte unter dem Wagen hervor und klopfte sich den Staub von den Shorts. Als Ted neben ihr auftauchte, umarmte sie ihn flüchtig und sagte: »Jetzt kannst du wieder weiterfahren. Viel Glück.«

Ted war sehr dankbar, dass er Angel getroffen hatte, und fühlte sich ein bisschen schuldig, weil er einen kurzen Moment lang gedacht hatte, sie versuche, ihn zu betrügen. Er lächelte. »Es war richtig schön, mit dir zusammenzustoßen.«

»Komm, No Barks.« Ohne ein weiteres Wort lief Angel Two Sparrow davon.

Ted fragte sich, warum es in Crossing Trails keine Frauen wie Angel gab. Er setzte sich an den Picknicktisch und wartete, bis er Berthas Motor hörte und der Kies unter ihren Reifen knirschte, als Angel auf den Highway einbog und

Richtung Westen davonfuhr. Wahrscheinlich hatte sie ihre Trommelmusik wieder auf volle Lautstärke aufgedreht. Ted verspürte einen kurzen Impuls, ihr nachzurennen und zu schreien, dass sie warten sollte. Vielleicht hatte er einen Fehler gemacht. Eine Pilgerreise war doch eigentlich gar keine so schlechte Idee. Na ja, vermutlich war sie es doch. Angel war einfach nur eine hübsche Handleserin, eine reisende Tarot-Kartenlegerin. So eine Frau war nichts für ihn. Er hatte die richtige Entscheidung getroffen. Nur keine Risiken eingehen – damit war er bislang doch ganz gut gefahren. Angel mochte ja eine tolle Frau sein, aber sie lebte in einer völlig anderen Welt als er. Ted schloss die Augen. Plötzlich fiel ihm der zweite Teil seines seltsamen Traumes ein.

Angel, Ted und die zwei Hunde saßen mitten im Wald an einem Lagerfeuer neben einem gluckernden Bach, umgeben von Bergen, die im Vergleich zu den Rockies zwar klein waren, jedoch wunderbar geformt. Ganz anders als alles, was er je gesehen hatte. Knallrote Funken flogen in den Himmel wie Fallschirme im Aufwind und verschwanden im schwarzen Nichts der Nacht. Der Mond war beinahe voll. Sie tanzten im Dunkeln einen Mondtanz.

Ted lächelte. Hunde tanzen nicht auf den Hinterbeinen eine Polka, und auch Ted Day konnte nicht Polka tanzen. Was hatte dieser verrückte Traum zu bedeuten? Mit Angel und den Hunden unter dem Vollmond in einem seltsamen Wald Polka zu tanzen war definitiv kein normaler Traum. Solche Träume waren Ted unheimlich. Er beschloss, dass dieser Traum nichts zu bedeuten hatte. Gar nichts. Seit wann sagten Träume Ted oder auch anderen Leuten etwas? Zu glauben, dass Träume einem etwas sagen wollten, konnte ganz schön gefährlich sein. Das hatte Tante Lilly ins Gefängnis gebracht. Aber vielleicht wussten spirituelle Berater ja mehr über Träume?

Ted schüttelte den Traum ab, wie ein Hund Wasser von sich abschüttelt. Dann zog er sein Handy heraus und sah nach, ob ihm jemand eine Nachricht hinterlassen hatte. Das war nicht der Fall. Doch als er Angels SMS von der vergangenen Nacht sah, stellte er fest, dass er sie vermisste. Wetten, dass Angel etwas über Träume wusste? Er kratzte jede Faser seines Selbstvertrauens zusammen und beschloss, sie anzurufen, ihr noch einmal zu danken, dass sie seinen Wassertank geschweißt hatte, und sie wegen des Traums zu fragen.

Geduldig wartete er darauf, dass sie seinen Anruf entgegennahm. Beim dritten Klingeln tat sie es.

»Hallo?«

»Angel, Ted Day hier. Ich wollte dir noch mal dafür danken, dass du den Tank repariert hast. Das hast du wirklich gut gemacht. Außerdem wollte ich dir noch sagen … Ich fand es richtig schön mit dir, auch wenn wir nicht sehr viel Zeit miteinander verbracht haben.« Ted hielt inne und überlegte, ob er professionell genug klang, dann fragte er: »Übrigens, was weißt du über Träume?«

»Ich bin eine Lakota. Träume sind sehr wichtig für uns. Ich weiß eine ganze Menge darüber. Frag mich einfach.« Angel stellte ihre Trommelmusik leiser.

»Auf dem Boden in deinem Bücherbus hatte ich zwei sehr seltsame Träume. Solche Träume hatte ich noch nie.«

»Das wundert mich nicht. Bertha ist eine Traumfängerin. Unter ihrem Dach kommt es zu bedeutsamen Träumen. Außerdem können machtvolle Träumer – wie Tante Lilly und ich – die Traumräume erweitern. Möchtest du mir deine Träume erzählen?«

Ted seufzte, dann versuchte er nach Kräften, die Träume zu schildern. Hin und wieder unterbrach ihn Angel, um nach Details zu fragen, und als er fertig war, bat sie ihn: »Bevor ich etwas dazu sage, Ted, solltest du mir erzählen, was diese Träume dir deiner Meinung nach sagen wollten. Das ist ganz wichtig.«

Plötzlich wurde Ted glasklar, was seine Träume bedeuteten. Angel musste es ihm gar nicht sagen – es lag auf der Hand. Es ging um dasselbe, was sein Großvater und auch seine Exfrau ihm häufig gesagt hatten. Obwohl er es nicht hören wollte, sagten ihm seine Träume das nun auch. Die Anziehung, die er Angel gegenüber verspürte, war der letzte Anstoß, den Ted brauchte. »Ich verstehe, was diese Träume zu bedeuten haben. Angel, steht dein Angebot noch? Argo und ich könnten uns zu dir und No Barks gesellen. Du könntest meine Lehrerin sein.« Er war sich zwar nicht sicher, ob das überhaupt möglich war, doch er wollte gern auch seinen Teil zu der Abmachung beitragen. »Ich werde mein Bestes tun, um deiner Tante Lilly zu helfen. Aber ich kann dir nichts versprechen. Wenn es nicht klappt, bezahle ich für deinen Unterricht, und selbstverständlich steuere ich auch etwas für Benzin und Essen bei. Das ist überhaupt kein Problem.«

Angel war sehr aufgeregt über ihren ersten Klienten – die erste Seele, die sie heilen sollte. Dennoch wollte sie sich vergewissern, dass Ted es ernst meinte. »Diese Arbeit ist nicht leicht. Bist du dir sicher, dass du dich darauf einlassen möchtest?«

»Das hat mir mein Großvater immer zu erklären versucht, und jetzt versuchst du, es mir zu erklären. Ich glaube, das haben mir auch meine Träume sagen wollen. Vielleicht ist es an der Zeit, dass ich darauf höre. Ich bin bereit, es zu versuchen.«

»Gut. Die Träume sind günstige Vorzeichen für deine Bereitschaft, dich auf die vor uns liegende Arbeit einzulassen. Wir können damit anfangen, wann immer du willst.«

»Ich habe in meiner Kanzlei etwa zwei Wochen lang eine Urlaubsvertretung. Reicht diese Zeit?«

»Ich arbeite seit über zehn Jahren in diesem Bereich. Zwei Wochen sind wirklich lächerlich kurz, aber wenn du bereit bist, dich tüchtig ins Zeug zu legen, kannst du beträchtliche Fortschritte machen.«

Angel war schon einen ganzen Monat lang herumgekurvt in der Hoffnung, jemand würde sie anrufen. Nachdem sie jetzt endlich einen Klienten hatte, ging ihr auf, dass sie einen Lehrplan entwickeln musste, und zwar schnell. Sie dachte an Pater Chuck, einen ihrer Lieblinge in ihrer kleinen spirituellen Gruppe. Er war stets ausgezeichnet organisiert, vielleicht würde das ein wenig auf sie abfärben. »Ted, wie wär's, wenn wir uns um fünf Uhr vor dem Benediktinerkloster in Pecos, New Mexico, treffen würden? Dann können wir alles Weitere besprechen.« Damit blieben ihr ein oder zwei Stunden, in denen sie mit Pater Chuck reden konnte, bevor Ted eintraf.

Ted zögerte. Er wollte ihr sagen, dass er erst noch ein paar Informationen brauchte, bevor er halb New Mexico durchquerte. Aber er wusste auch, dass er ihr als Schüler vertrauen musste, wenn er sie als Lehrerin haben wollte.

»Wie war das gleich noch mal? Wo sollen wir uns treffen?«, fragte er und suchte in seinem Navi nach der Adresse.

»Beim Benediktinerkloster am Stadtrand von Pecos. Mein Freund Chuck – er ist Priester – hält sich dort gerade zu einer Klausur auf. Er ist ein Mitglied meiner Gruppe, und ich wollte ihn ohnehin besuchen. Ich werde dort auf dich warten. Ach, übrigens, Ted …«

»Ja?«

»Nimm's nicht persönlich, aber fahr bitte vorsichtig.«

Nach dem Telefonat machte Ted die Schotten am Chieftain dicht und bereitete sich auf seine Weiterreise vor. Warum sollte *Spirit Tech* bei Angel anders sein als alle anderen akademischen Studienfächer? Es gab keinen Grund zur Sorge. Oder etwa doch? Abermals kam er ins Grübeln. Hatte er sich für diesen Kurs entschieden, weil er ihn spannend fand oder weil die Lehrerin lange Beine hatte? Aber vielleicht spielte das ja vorerst keine Rolle. Irgendetwas zog ihn zu Angel hin.

Ted drehte den Zündschlüssel und erweckte den kraftvollen Motor zum Leben. »Grandpa, jetzt geht's los! Auf der Straße erlebt man so manches Abenteuer – genau, wie du mir gesagt hast.«

Ein paar Stunden später bog er in den Parkplatz des Klosters ein und erblickte Angel, die neben Bertha stand und sich mit einem Priester unterhielt. Die beiden hatten nicht viel Zeit gehabt zu reden. Pater Chuck hatte Angel ermutigt, ihren Unterricht etwas zu strukturieren, doch sie sollte ruhig zulassen, dass er sich gleichzeitig auch intuitiv entfaltete. Außerdem hatten sie über drei mögliche Hindernisse gesprochen, die Teds Fortschritten im Weg stehen konnten: mangelnde intellektuelle Fähigkeiten, ein zu schwach ausgeprägter Wunsch nach sowie die Angst vor Veränderung.

Als Angel Ted zuwinkte, entfernte sich der Priester, und sie fragte sich, ob sie und Ted der vor ihnen liegenden Aufgabe gewachsen waren.

8. Kapitel

Ted saß auf dem Meditationskissen – ein braunes Cordsamtteil, das sich anfühlte, als wären Klettverschlüsse auf ein Wolfsfell genäht worden – und wartete auf weitere Anweisungen. Schon allein, sich in der neuen Umgebung wohlzufühlen, war für ihn eine ziemlich große Aufgabe. Berthas Inneres bestand aus einer bunt zusammengewürfelten Mischung: Stahl, Felle, Räucherstäbchen, Kerzenständer, Kalender aus dem vergangenen Jahrhundert, Knochen von irgendeiner archäologischen Ausgrabung, alte Bücherregale, eine Bücherei-Theke aus Metall – die an der Wand der Fahrerseite angeschraubt war –, Decken, Kissen, Kleidung, Werkzeug, Handtücher und Dinge, die so aussahen, als wären sie kaputt oder abgelegt, jedenfalls von keinerlei Wert für die zivilisierte Welt. Die meisten Regale waren von den Wänden entfernt worden, aber es hingen noch ein paar Halterungen herum. Ebenfalls an der Wand der Fahrerseite befand sich ein vom Boden bis zur Decke reichendes Regal, das rund hundert von Angels Lieblingsbüchern enthielt. Zwischen dem Fahrer- und dem Beifahrersitz gab es eine leere Stelle, auf der No Barks gern ruhte.

Angel begann ihre erste Lektion damit, dass sie Taschenbücher, die ihrer Meinung nach spirituelle Klassiker waren, aus dem Regal zog und Ted zuwarf. Er schaute kurz auf die ersten drei Titel, die vor seinen Füßen landeten – *Buddhis-*

mus für Ungläubige von Stephen Batchelor, *Pure Präsenz: Sehen lernen wie die Mystiker* von Richard Rohr und *Schwarzer Hirsch – Ich rufe mein Volk* von John Neihardt. Zu ihrer Wahl bemerkte Angel: »Diese Bücher mögen recht unterschiedlich wirken, aber auf seine Weise birgt jedes die gleichen Wahrheiten zu der Frage, warum wir hier auf diesem Planeten leben und welchen Sinn unser Leben hat.« Schließlich hörte sie auf, Bücher zu werfen, und meinte: »Lesen ist kein Ersatz für das Tun, aber es ist ein Anfang.« Sie begann, einige ihrer Besitztümer auf einen Haufen aufzutürmen und diesen in den Vorderbereich von Bertha zu schieben. »Vorläufig nimmst du den hinteren Teil und ich den vorderen. Wir werden erst einmal hier auf dem Klosterparkplatz arbeiten, und später werden wir in die Berge fahren. Pater Chuck und ich haben uns eine Übung für dich ausgedacht, die dir sicher gefallen wird.«

Bei dem Versuch, eine Bestandsaufnahme von seiner Umgebung zu machen, war Ted einiges ganz besonders merkwürdig vorgekommen, was allerdings eher durch seine Abwesenheit glänzte: Es gab kein Bett, keine richtige Küche, nur ein äußerst karges Bad, keine Mikrowelle, keine Geschirrspülmaschine, keinen Kühlschrank, keine Lautsprecherboxen, keinen Flachbildschirm, keine Aufladestation für ein iPhone und nur eine einzige Steckdose. Ted seufzte. Wenn er für seinen Unterricht zahlen müsste, wäre eine Gebührenminderung angezeigt. Dieses Fahrzeug war schrottreif.

Sobald Angel aufgehört hatte, Ted Bücher wie Spielkarten zuzuwerfen und ihr Hab und Gut neu zu ordnen, holte sie sich ein Kissen und setzte sich neben Ted in den leeren Bereich hinter dem Fahrersitz. »Bist du bereit für deine erste Stunde auf der *Spirit Tech* – der Hochschule für geistige Lehren?«, fragte sie.

»Jawohl.«

»Pater Chuck und ich sind der Meinung, dass du erst einmal ein paar einführende Lektionen bewältigen solltest, bevor du dich an die eigentliche Arbeit machen kannst. Jede der drei einführenden Lektionen – wir bezeichnen sie als Erkenntnisse – besteht aus einem theoretischen und einem praktischen Teil. Ich könnte versuchen, dir die drei Erkenntnisse gleich heute beizubringen, aber das ist ziemlich viel Arbeit und würde etliche Stunden in Anspruch nehmen. Glaubst du, nach der langen Fahrt kannst du so viel Arbeit schaffen?« Sie starrte ihren Schüler fragend an.

Ted sah sich in dem Bücherbus um. Er hatte noch immer erhebliche Bedenken, was die *Spirit Tech* auf Rädern anging. Sein Hund schien diese Bedenken jedoch nicht zu teilen. Argo hatte sich an No Barks gekuschelt und schleckte ihr die Ohren ab. Wenn sich Argo bei einer Wölfin wohlfühlte, dann sollte sich Ted eigentlich auch bei einer spirituellen Beraterin vom Stamm der Lakota wohlfühlen, die ihren Unterricht in einem heruntergekommenen Bücherbus abhielt. »Na, dann leg mal los.«

Angel sammelte sich kurz und sagte: »Machen wir an dem Punkt weiter, den wir heute Vormittag erreicht hatten. Du hast das Bewusstsein verloren, bevor ich mit der Theorie für die erste Erkenntnis fertig war.« Sie nahm seine Hand. »Weißt du noch, was passiert ist, als ich das heute früh gemacht habe?«

Ted wurde nervös. Er hoffte, nicht noch einmal das Bewusstsein zu verlieren. »Ich bin eingeschlafen, oder?«, fragte er zögernd.

Sie legte die andere Hand auf sein Handgelenk und erklärte mitfühlend: »Ich fürchte, es war etwas Ernsteres, Ted.« Dann legte sie die Hände in den Schoß, seufzte etwas lauter, als sie beabsichtigt hatte, und blickte auf No Barks, als ob sie sich von ihr einen Rat erhoffte. Als die Wölfin stumm blieb, fragte sie laut: »Wie kann ich das am besten in Worte fassen?«

Ted überlegte, welche beschämenden Dinge er in seinem tranceähnlichen Zustand wohl getan hatte. Eine peinliche Liste von Möglichkeiten schoss ihm durch den Kopf. Schließlich fragte er: »War es denn so schlimm?«

»Wie bei den meisten Menschen döst ein Großteil deines dir zur Verfügung stehenden Bewusstseins auf der Startbahn. Es wird Zeit, dass du abhebst. Erst dann bist du wirklich lebendig, wach, gesund und ganz.«

Eine gewisse Herablassung, die Ted in ihrem Ton zu entdecken glaubte, drängte ihn in die Defensive. »Vielleicht bin ich ja wacher, als du glaubst.«

»Um es deutlicher zu sagen – mit ›wach‹ meine ich nicht, dass deine Augen offen sind. Ich meine etwas ganz anderes.«

»Meinst du, wach gegenüber den Möglichkeiten?«

»Nein, das trifft es auch nicht ganz. Bei den meisten Menschen ist nur ein kleiner Teil ihres Bewusstseins richtig bewusst. Mit ›dösen‹ meine ich, dass dein Unbewusstes die Kontrolle innehat und sich dein wahres Selbst noch nicht herauskristallisiert hat. Es sitzt stumm ganz hinten im Hörsaal und macht sich nicht bemerkbar.« Angel klang immer aufgeregter. »Jetzt wird es Zeit, dass es ins Zentrum befördert wird, dorthin, wo es die Kontrolle übernehmen kann. Darin wird der Kern unserer gemeinsamen Arbeit bestehen. Das kann für dich sehr aufregend werden.«

Ted zuckte mit den Schultern. Ihm war noch nicht so ganz klar, warum das Aufwachen so toll sein sollte, und er fragte sich, wie Angel es schaffte, in dieser komischen Haltung mit verschränkten Beinen so lässig und natürlich zu wirken. Wenn er sich so hinsetzen würde, würde er bestimmt bald wie ein schlecht geschichteter Holzstoß umkippen. »Na gut, dann lass den Wecker klingeln und weck mich auf!«

»Manches von dem, was ich dir erzählen werde, wird dir an diesem Punkt deiner Reise vielleicht nicht ganz logisch vorkommen. Mach dir deswegen keine Sorgen. Du bist ein schlauer Bursche, und mit der Zeit wird dir alles klar werden.« Sie nahm wieder sein Handgelenk, als wolle sie ihn trösten. »Jetzt hörst du mir einfach mal eine Weile zu. Meinst du, das geht?«

Ted sah sie lange an. Den Vorschlag, Angel einfach zuzuhören, ohne zu versuchen, sie zu verstehen, fand er zwar etwas seltsam, ja sogar bedenklich, aber er bemühte sich, kompromissbereit zu sein. »Na klar.«

»Gut. Wir fangen am Anfang an. Wir nennen es die erste Erkenntnis.«

»Wir?«, fragte Ted nach.

»Ja, Pater Chuck, meine übrigen Freunde und ich. Die Arbeitsgruppe, von der ich dir erzählt habe.«

»Ach so.«

»Wenn wir über die ersten zwei Erkenntnisse gesprochen haben, fahren wir zu einem Pfad, der zu einem See führt, und unterwegs werde ich dir deine erste praktische Übung erklären.«

»Ich muss Übungen machen?«

»Ja. Man kann zwar verstehen, dass man mit einem Fahrrad fahren kann, aber sich daraufzusetzen und tatsächlich damit zu fahren ist etwas ganz anderes. Das Gehirn zu trainieren erfordert Zeit und Übung.«

Die Nachmittagssonne spiegelte sich in Angels schwarzen Haaren. Tausende Lichtpunkte schillerten darin. Ted hatte zwar gewisse Bedenken, was den Lehrplan anging, aber das galt nicht für seine große, dunkle, selbstbewusste Lehrerin. Er spannte die Armmuskeln an, als müsste er schwere Gewichte stemmen, und meinte: »Ich habe nichts gegen ein paar Übungen.«

»Was wäre, wenn ich dir sagen würde, dass du aufwachen und mit deinem vollen Bewusstsein oder deinem wahren Selbst handeln könntest? Würdest du das gern tun?«

»Na klar, warum nicht?«

»Gut. Weißt du, was das Wort Buddha bedeutet?«

Ted hatte keine Ahnung. »Vielleicht Buddy in irgendeinem Hindu-Slang?«

»Nicht ganz. Es bedeutet der Erwachte oder auch der Erleuchtete.«

»War Buddha denn wacher als wir anderen?«

»Vielleicht verstehst du das Konzept des Aufwachens besser, wenn du das Bewusstsein als eine Variable in einer Hierarchie der wachen Wahrnehmung betrachtest. An einem Ende des Spektrums ist das tiefe Koma angesiedelt, am anderen das voll erwachte, erleuchtete Sein.«

»Wenn ich es recht verstehe, glaubst du, dass ich am falschen Ende des Spektrums dahinvegetiere. Du hältst mich für eine Art Zombie, oder?«, fragte Ted.

»Das geht nicht nur dir so, sondern den meisten von uns. Auch mir. Die erste Erkenntnis, dass wir nicht wach sind, ist leicht zu begreifen. Diese Erkenntnis musst du akzeptieren, sonst wird nichts anderes von dem, was wir gemeinsam erreichen wollen, einen Sinn ergeben. Eine spirituelle Suche hat immer mit einer Wandlung zu tun, mit einer Steigerung der Bewusstheit.«

»Allmählich verstehe ich, was du meinst: Manche Menschen gehen offenbar bewusster durchs Leben als andere. Trotzdem muss ich dir noch ein paar Fragen stellen, um es wirklich zu kapieren.«

»Schieß los.«

»Beruht das, was du da beschreibst, auf Maslows Konzept der Selbstverwirklichung?«

Angel stand auf, trat vor ihr Bücherregal und überreichte Ted ein Exemplar aus ihrer mobilen Bücherei. Auf dieses Buch war sie bei ihrem langjährigen Psychologiestudium an der Haskell Indian Nations University gestoßen. Sie fand Maslows Einsichten in den Entwicklungsweg, den wir in unserem Leben beschreiten, sehr hilfreich. Maslow meint nämlich, dass wir erst dann eine höhere Stufe erklimmen, uns entfalten oder unser Selbst weiter verwirklichen können, wenn die Bedürfnisse der darunterliegenden Stufe gestillt sind. »Du bist ziemlich nah dran, Ted. Ohne Bewusstsein gibt es kein voll verwirklichtes Leben«, erklärte sie und setzte sich wieder hin.

»Worin unterscheidet sich dann die spirituelle von der psychologischen Arbeit?«

»Meiner Meinung nach dadurch: Die Psychologie arbeitet mit dem, was wir haben. Sie erklärt uns, wie wir zu einem möglichst gesunden Ego gelangen können. In der spirituellen Arbeit wird von dir verlangt, dass du dich vom Ego entfernst, ja sogar, es hinter dir lässt, es loslässt, also dich davon befreist. Und da wären wir wieder bei Maslow – erst braucht man ein gesundes Ego, bevor man stark genug ist, es hinter sich zu lassen.«

»Na gut, Angel, die erste Erkenntnis leuchtet mir ein. Wie bringe ich mehr Bewusstheit in mein Leben? Soll ich mehr Kaffee trinken, eine Safran-Robe kaufen oder Mantras in einer Höhle im Himalaja chanten?«

»Ich wünschte, es wäre so einfach! Um deine Frage zu beantworten, müssen wir uns der zweiten Erkenntnis zuwenden. Aber erst machen wir einen kleinen Spaziergang mit den Hunden und strecken unsere Beine aus. Außerdem will ich noch einen Blick in die Buchhandlung des Klosterladens werfen.« Sie erhob sich. »Für die erste Erkenntnis bekommst du eine Eins mit Stern. Die erste Lektion wäre geschafft, zwei liegen noch vor uns. Ein spiritueller Urlaub ist doch gar nicht so übel, oder?«

Angel war bereits mit No Barks auf dem Weg nach draußen, bevor Ted ihr eine Antwort geben konnte. Auch von hinten bot sie einen sehr erfreulichen Anblick. Ted kramte einen Notizblock aus seiner geistigen Küchentischschublade und schrieb seine erste, gänzlich unbestrittene Erkenntnis auf: Angel Two Sparrow ist scharf.

Er stupste Argo an. »Steh auf, sonst ziehen sie ohne uns los.« Er tätschelte ihn liebevoll. »Schon am ersten Tag schleckst du der Wölfin die Ohren ab. Ich bin schwer beeindruckt. Glaubst du, dass ich mir bei Professor Two Sparrow Hoffnungen machen kann?«

9. Kapitel

Angel und Ted wechselten sich beim Aufpassen auf die Hunde ab, während einer von ihnen durch den Klosterladen streifte. Da Ted bereits mit einem beängstigenden Berg von Büchern beworfen worden war, beschränkte er seine Einkäufe auf Snacks, Obst und zwei Flaschen Wasser, während Angel draußen auf einer Bank wartete. Ted bot ihr eine Flasche Wasser und einen roten Apfel an und sagte: »So macht man das doch am ersten Schultag, oder?«

Angel ignorierte den Apfel und griff stattdessen nach einer Tüte ungesalzener Erdnüsse in seiner anderen Hand. »Danke, die sind jetzt genau das Richtige.«

Obgleich die Bank kaum für zwei Leute reichte, ließ Ted sich neben Angel nieder und stellte ihr eine Frage, die ihn schon länger beschäftigte. »Über etwas wundere ich mich sehr.«

»Über was denn?«

»Du hast gesagt, im Zentrum der spirituellen Arbeit steht die Bewusstseins- oder Bewusstheitssteigerung. Von Gott oder dem Himmel war bislang überhaupt nicht die Rede. Warum nicht?«

Angel stupste Ted mit ihrer Schulter an. »Wow, Ted, du dringst ja direkt zum Kern der Sache vor.«

Er rückte ein wenig von ihr ab. »Du weißt doch, ich habe nur zwei Wochen.«

»Wir haben alle ein Problem mit Gott«, stellte Angel fest. »Aber darüber sollte man nicht am ersten Tag sprechen.«

»Ein Problem mit Gott?«, fragte Ted verständnislos.

»Wir wollen gern an einen persönlichen, eigenständigen Gott glauben, der irgendwo herumsitzt und die Welt für uns richtet. Aber wenn wir älter – und klüger – werden, merken wir, dass wir einen Gott anbeten, den wir selbst erschaffen haben, einen Übervater.«

Ted hatte bislang noch mit keinem über seine Enttäuschungen bezüglich dieses Themas gesprochen, aber da er nicht glaubte, dass er so bald eine weitere spirituelle Beraterin kennenlernen würde, stellte er seine Wasserflasche auf den Boden, holte tief Luft und ließ eine seiner höchst seltenen Schimpftiraden los. »Gott ist das unlogischste und im Grunde auch unwahrscheinlichste Konzept, das man sich nur vorstellen kann. Etwas, das alles weiß, überall sein kann, alles tun kann und trotzdem nicht auf eine verständliche Weise mit uns kommunizieren kann, ist eine riesige Farce. Warum sollte Gott beschließen, sich wie ein Phantom in der Oper zu verhalten und sich ständig nur im Schatten unseres Lebens herumzudrücken, statt sich uns zu erkennen zu geben? Das leuchtet mir überhaupt nicht ein. Genauer gesagt: Das macht mich richtig wütend. Wenn man in den Klub eintreten will, muss man an etwas Albernes glauben.«

»Ich würde mal sagen, du hast ein ernstes Problem mit Gott«, stellte Angel grinsend fest.

Ted versuchte, sich wieder etwas zu beruhigen. »Wenn es einen Gott gibt, warum nimmt er dann nicht einfach Gestalt an und verschafft sich Gehör? Wie schwer kann das denn für ein allmächtiges Wesen sein? Ich bin mir sicher, dass die meisten großen Rundfunksender ihm ausreichend

Sendezeit anbieten würden. Er müsste nicht mal höflich darum bitten.«

»Jetzt bewegst du dich auf das entgegengesetzte Ende des Gottesproblems zu. Du gehst davon aus, dass jeder wahre Gott sich an unsere Regeln halten muss. Gott wie ein Objekt zu definieren scheint immer dazu zu führen, dass man sich verlassen und irgendwie unwürdig fühlt. Du weißt schon, so in der Art: Alle anderen scheinen Gott zu verstehen, bloß ich nicht.«

Ted versuchte, seinem grundlegenden Gefühl der Ablehnung Ausdruck zu verleihen. »Es ist, als würde man den beliebtesten Jungen der ganzen Schule zu sich einladen und alles Mögliche dafür vorbereiten, und dann kreuzt er einfach nicht auf.«

»Ich möchte, dass du eines verstehst: Unser Problem mit Gott ist ein Teil unseres Problems mit unserem Selbst. Die Menschen haben im Hexenkessel ihres Denkens immer irgendwelche Götter erschaffen. Wir müssen die Stärke aufbringen zuzugeben, dass es keine Einhörner gibt, keine Weihnachtsmänner und auch keine Götter wie diejenigen, die wir uns ausgedacht haben. Götter können nicht erschaffen werden, man kann sie nur erleben oder erkennen.« Angel legte lächelnd die Hand auf Teds Handgelenk. »Wir alle kennen diese Enttäuschung, aber sie ist ein wichtiger Schritt auf dem Weg. Morgen wirst du Pater Chuck kennenlernen.« Ihre Stimme wurde warmherziger. »Er ist ein richtiger Segen in meinem Leben gewesen, vor allem in Bezug auf dieses Thema.«

»Wie ist er denn so?«

»Er ist ein katholischer Priester. Deshalb lebt er momentan auch hier im Kloster. Er hat mir geholfen zu verstehen, dass wir eigentlich gar kein Gott-Problem haben, sondern eher ein Wissensproblem. Wenn man versucht zu begreifen, worum es bei Gott geht, ist es, als würde man versuchen, mit Hilfe eines Mikroskops eine Ente zu finden. Das ist ein falsches Instrument und eine falsche Blende. Man ist zwangsläufig enttäuscht, bis man das richtige Werkzeug findet.«

»Legst du das richtige Werkzeug zu meinen Schulsachen?«

»Ja, aber vorerst haben wir ein viel einfacheres Ziel: Wir wollen dein Bewusstsein aufwecken und erweitern, über das reine Wissen hinaus. In dem erweiterten Bewusstseinszustand wird dir vieles klarer werden. Wer weiß, vielleicht ja auch Gott.«

»Angel, offen gesagt habe ich vor langer Zeit beschlossen, dass das mit der Kirche einfach nicht funktioniert. Ich stimme dir zu, dass man Gott nicht kennen kann, aber ich komme aus einem ganz anderen Grund zu dieser Feststellung: Meiner Meinung nach gibt es keinen Gott.«

»Ein völlig vernünftiger Ausgangspunkt.«

Ted stand auf. »Es tut mir leid, wenn ich dir vorgreife oder dich ablenke. Einstweilen bin ich mit der ersten Erkenntnis zufrieden: Die meisten von uns sind nicht völlig wach. Das wird wohl kaum einer bestreiten.« Er beugte sich nach unten, schnürte die Schuhsenkel an seinen Stiefeln neu und fragte dann: »Wie lautet die zweite Erkenntnis?«

Angel leerte erst einmal die Erdnusstüte und nahm einen tiefen Schluck aus der Wasserflasche. Schließlich stand sie auf und begann, zum Parkplatz zurückzuschlendern. »Lass mir ein bisschen Zeit.«

Ted und Argo folgten ihr. Sie ging langsam und versuchte, ihre Gedanken zu der zweiten Erkenntnis zu bündeln. Auf dem halben Weg zurück zu Bertha stand eine weitere Bank. Sie setzte sich und bedeutete Ted, neben ihr Platz zu nehmen. Dann sammelte sie sich und ließ Ruhe in ihren Geist einkehren. Ihr Kopf war beinahe leer. Schließlich stellte sie sich ein Tuch gewebt aus liebevoller Akzeptanz vor, in das Ted und sie eingehüllt waren, und erklärte: »Ted, zu diesen Erkenntnissen gelangt man nacheinander, jede basiert auf der vorherigen. Die nächste ist vielleicht ein bisschen schwieriger. Dafür musst du offen und sehr neugierig sein.«

Ted verschränkte die Finger und streckte die Arme hinter sich aus. »Für dich schaffe ich das. Wissen bleibt außen vor.«

»Um die zweite Erkenntnis auch nur ansatzweise zu begreifen, musst du etwas aufgeben, was dir sehr lieb ist.«

»In Bier marinierte Bratwürste? Gefüllte Donuts?«, fragte Ted.

Angel überlegte, ob Ted mit seinem Humor versuchte, sich vor der Arbeit zu drücken, doch dann beschloss sie, dass nichts daran auszusetzen war, wenn er die Arbeit mit ein paar Scherzen auflockerte. Sie nahm No Barks Pfote. Die Wolfshündin wedelte mit dem Schwanz, weil sie sich über die Berührung freute. »Die zweite Erkenntnis wirkt auf den ersten Blick vielleicht sehr sonderbar. Es geht dabei um die wesentliche Natur des Selbst.«

»Warum soll ich meine wesentliche Natur aufgeben?«

Angel erhob sich und versuchte ihr Bestes, die Abwurfbewegungen eines Baseball-Pitchers nachzumachen. »Da bitte – ein frontaler Softball. Mach dir keine Sorgen, wenn du ihn nicht erwischst. Lass diese Konzepte einfach in deinem Kopf ruhen, ohne zu versuchen, sie zu begreifen oder zu erkennen. Wie du Gott und dich selbst siehst, ist überwiegend ein Benennungsproblem.«

Ted rutschte an den Rand der Bank und hob die Arme, als hielte er darin einen Baseballschläger. »Schieß los. Teddy DiMaggio ist ganz Ohr.«

»Hoffentlich kann ich es irgendwie einleuchtend erklären.« Sie setzte sich vor der Bank auf den Boden und zog No Barks zu sich heran. »Sehr vereinfacht ist deine linke Gehirnhälfte dafür zuständig, Konzepte und Ideen zu definieren, sie in Worte zu kleiden und sie mit Kurzbezeichnungen oder Begriffen zu versehen. Das tut sie bei jedem Objekt und jeder Begegnung. Sobald du das Konzept für ein Objekt in Worte gekleidet und es ein paar tausend Mal benutzt hast, ist es in deinem Denken fest verankert, und der Unterschied zwischen dem eigentlichen Kieselstein und dem Symbol oder dem Zeichen, mit dem du ihn versehen hast, verschwimmt. Das ist der Preis, den du für eine rasche mentale Verarbeitung zahlst. Wenn du mehr darüber erfahren willst, lies mal Daniel J. Siegel, *Das achtsame Gehirn*. Der erörtert dieses Thema sehr spannend und gründlich.«

»Leuchtet mir ein«, sagte Ted. »Auf diese Weise muss Romeo nicht jeden Kieselstein, den er an Julias Fenster werfen will, erst einmal gründlich erforschen.«

»Ganz genau. Es gibt keinen Grund, jedes Mal, wenn man einen Stein werfen, eine Schleuder bestücken oder mit Julia flirten will, die Eigenschaften eines Kieselsteins zu analysieren. So kann unser Denken in Lichtgeschwindigkeit funktionieren. Die Software der linken Gehirnhälfte benutzt Wörter als praktische Platzhalter, um unsere Umgebung zu verarbeiten. Die meisten Konzepte in unserem Universum – Gott, Steine, Ted, Argo – werden irgendwann einmal mit einem Begriff versehen. Doch sobald das passiert ist, werden diese Konzepte starr und unveränderlich.«

»Was macht denn eigentlich die rechte Gehirnhälfte in der Zeit, in der die linke damit beschäftigt ist, Dinge mit Begriffen zu versehen?«, fragte Ted.

»In der rechten Gehirnhälfte werden neue Begegnungen verarbeitet. Sobald wir glauben, dass wir ein Konzept verstanden haben, ist es uns bekannt und wird von der rechten Gehirnhälfte, in der noch alles offen ist für die Erforschung, in die linke Hälfte verschoben, in der die bekannten Dinge lagern. Deshalb beanspruchen Kinder ihre rechte Gehirnhälfte stärker. Sie haben noch nicht die Zeit gehabt, ihr ganzes Universum in Worte zu kleiden und in die linke Gehirnhälfte zu verschieben.«

»Willst du damit sagen, dass wir für das Benennungssystems unseres Gehirns einen Preis bezahlen müssen?«

»Ganz genau. In spirituellen Begriffen gesprochen, wirst du deine linke Gehirnhälfte dahingehend trainieren müssen, dass sie etwas lockerer wird. Damit gewinnst du die Freiheit, einen interessanten Schatz zu entdecken, der sehr lange weggesperrt war.«

Ted war sich nicht sicher, ob ihm dieses Konzept gefiel. »Aber meistens funktioniert unser logischer, bewusster Verstand doch ganz gut. Er hat mich durch mein Jurastudium gebracht und sorgt dafür, dass ich meine Rechnungen bezahlen kann.«

»Es ist ja nicht so, dass mit deinem logischen Verstand etwas nicht stimmt, Ted. Aber parallel dazu gibt es ein brillantes geistiges System, das viel zu wenig genutzt wird. Die Weltsicht aus deiner linken Gehirnhälfte hat dein höheres Selbst vereinnahmt und dich dazu verleitet zu glauben, dass Teds linkes Gehirn die Gesamtheit von Ted ausmacht und nichts anderes von Bedeutung oder real ist. Du bestehst nicht nur aus deiner linken Gehirnhälfte, Ted, du bist viel mehr. Unser Job ist es, den ganzheitlichen, wahren Ted ins Spiel des Lebens zurückzuholen.«

»Das klingt ja, als ob ich von etwas besessen wäre.«

»Neurologen erklären uns, dass wir kein vereinheitlichtes Gehirn haben. Es wäre richtiger zu sagen, dass unser Gehirn aus vielen Teilen besteht, die manchmal miteinander streiten. Hier wären wir wieder bei der grundlegenden Frage, was wir eigentlich damit meinen, wenn wir uns auf uns selbst beziehen – wenn wir sagen ›ich‹ oder ›Ted‹.«

»Du meinst also, dass ich die Summe meiner Teile bin und nicht nur ein Teil, nämlich die linke Gehirnhälfte, die alles in Begriffe fasst.«

»Richtig. Wir unterscheiden uns nicht nur durch eine größere Gehirnmasse von anderen Primaten, sondern auch dadurch, dass wir uns überwiegend auf unsere linke Gehirnhälfte verlassen.«

»Können wir uns denn bewusst entscheiden, welchen Bereich wir nutzen wollen?«

»Bei unserem Gehirn ist es dasselbe wie bei unseren Muskeln – was wir nicht benutzen, baut sich ab.«

»Aber bei dem, was du sagst, sehe ich ein Problem, Angel: Ohne die linke Gehirnhälfte könnten wir dieses Gespräch doch gar nicht führen.«

»Du reagierst genauso wie ich, als ich zum ersten Mal von dieser Sache erfuhr. Wir werden noch mehrmals darauf zurückkommen, aber vorläufig bitte ich dich, einfach für die Möglichkeit offen zu sein, dass du weit mehr Verarbeitungskapazitäten hast, als dir klar ist. Das ist doch aufregend, oder?«

Ted lehnte sich zurück und legte die Hand auf Argos Rücken. »Wenn du recht hast und meine linke Gehirnhälfte ein unverschämter Eindringling ist, der sich unbefugt alles Mögliche unter den Nagel reißt, werde ich dann von meinem eigenen Betriebssystem betrogen, oder wie soll ich das verstehen?«

»Wenn du den Begriff ›ich‹ benutzt, um dich selbst zu beschreiben, oder den Begriff ›Gott‹, um das Göttliche und das Mysterium im Universum zu beschreiben, hast du dich selbst und all die Schönheit des Lebens auf ein separates, alleinstehendes Objekt reduziert, das von der linken Gehirnhälfte in Worte gekleidet und identifiziert werden kann. In vielerlei Hinsicht ist die Verwendung angemessener Substantive eine sehr korrekte, praktische und hilfreiche Denkweise über uns oder das Göttliche – genau wie bei den Steinen.«

Ted deutete auf sich und sagte: »Die Verwendung meines Ted-Etiketts erleichtert es meinem Gehirn, dieses philosophische Gespräch mit dir zu führen.«

»Wie praktisch und konventionell es auch sein mag, wenn wir uns oder Gott als eigenständige, getrennte Objekte begreifen – im Grunde ist es eine Verzerrung oder zumindest eine Verwässerung der Realität. In der Sprache meiner Vorfahren hat sich die Verbundenheit aller Dinge besser ausgedrückt: Bruder Bär, Mutter Erde, Vater Sonne, Schwester Wind und so weiter. Eine bessere Möglichkeit, Ted wirklich zu verstehen, läge darin, ihn als ein sehr komplexes System von miteinander verbundenen und voneinander abhängigen biologischen und emotionalen Teilen zu begreifen, die alle an einem Prozess, genannt das Leben, mitwirken. Eine zutreffendere Möglichkeit, über Gott nachzudenken, könnte in einem Verb und nicht in einem Substantiv bestehen, vielleicht auch in einer Kraft, etwa der Liebe. Deshalb sollten wir Gott nicht als Objekt verehren, sondern vielmehr versuchen, das göttliche Wirken zu erleben.« Angel hatte durch ihre buddhistische Arbeitsgruppe viele Einsichten in das wahre Wesen des Selbst gewonnen. Auch ihre Kabbala-Gruppe hatte ihr zu einem reiferen und klareren Verständnis des göttlichen Mysteriums verholfen. *God is a Verb: Kabbalah and the Practice of Mystical Judaism* von Rabbi David A. Cooper und *Everything is God: The Radical Path of Nondual Judaism* von Jay Michaelson waren Bücher, die sie besonders hilfreich fand.

»Aber meine ich das denn nicht, wenn ich ›Ted‹ oder ›Gott‹ sage?«

»Ich will damit nur sagen, dass die Art, in der wir Worte benutzen, die Sichtweise von uns selbst und der Welt um uns herum als Objekte und nicht als komplexe Systeme verstärkt. Das ist nicht nur irreführend, sondern es ist der Kern der psychologischen, spirituellen und religiösen Probleme, die uns verwirren. Es ist ein Hindernis, das der natürlichen Entwicklung des Bewusstseins im Weg steht – dem Aufwachen von Ted. Es ist etwas, das du hinter dir lassen musst. Der Kern der zweiten Erkenntnis lautet: Wir irren uns, wenn wir uns als eigenständige, getrennte Objekte begreifen.«

»Du behauptest also, dass wir uns selbst eigentlich nicht kennen?«

»Nicht nur ich. Aus diesem Grund hat sich jeder spirituelle Lehrer von Buddha bis zu Jesus auf Aphorismen und Metaphern verlassen. Sie haben Metaphern benutzt, um unser Begrifflichkeits-Problem zu umgehen.«

Ted zuckte mit den Schultern, womit er ihr zu verstehen geben wollte, dass ihre Worte zumindest plausibel klangen.

Er zog Argo zu sich heran. »Was meinst du, Argo? Sollen wir aufwachen und herausfinden, was es wirklich bedeutet, Ted und Argo zu sein?« Er hob die linke Pfote des Hunde hoch. »Argo meint, wir sind dazu bereit.«

»Gut. Lass uns mit einem Beispiel tiefer in diese zweite Erkenntnis vordringen.«

»Du bist ziemlich raffiniert, Angel. Ich weiß genau, was du vorhast. Gleich kommt noch so ein Gehirnhälften-Trick.«

»Lass dich einfach darauf ein.« Da Ted nicht widersprach, begann Angel, ihm die Übung zu erläutern. »Stell dir vor, dass dein Ringfinger – derjenige, den ich heute früh massiert habe, nennen wir ihm mal Mr. Digit – ein paar in der linken Gehirnhälfte angesiedelte logische Denkfertigkeiten besitzt. Er verfügt über die fünf Sinne und kann sprechen.«

»Meine Finger haben noch nie gesprochen.«

»Wenn dieser Finger über diese Möglichkeiten verfügen würde, würde er sich ein Betriebssystem oder eine Weltsicht aneignen, in der er sich als eigenständige Einheit begreifen würde. Und in gewisser Hinsicht hätte er recht – jeder Finger ist getrennt und einzigartig. Mr. Digit würde sich ziemlich rasch ein paar für einen Finger nötige Überlebensstrategien aneignen und sich über die nervigen Nachbarfinger ärgern: den unhöflichen Herrn Mittelfinger, den dicken Daumen und so weiter. Was, glaubst du wohl, würde Mr. Digits Körper diesem verwirrten, unwissenden kleinen Mr. Digit sagen?«

Ted hatte verstanden. »Krieg dich wieder ein, Mr. Digit. In Wahrheit bist du ein Teil meiner Hand, die ein Teil meines Arms ist, der ein Teil meines Oberkörpers ist. Es geht um den ganzen Menschen, Mr. Digit. Du bist nur ein sehr kleiner Teil davon.«

»Ganz genau. Und Mr. Digit würde sich von dem ihm innewohnenden Gefühl verabschieden müssen, ein toller kleiner Stummel eines Selbst zu sein, und auf all die Dramen, die die Weltsicht eines noblen, ringgeschmückten Fingers begleiten, würde er ebenfalls verzichten müssen. Höchstwahrscheinlich würde er sich auch sicher sein, dass er ein Ebenbild Gottes ist, was im Grunde genommen heißt, dass er sich als Mittelpunkt des Universums betrachtet. Ich versichere dir, dass er nichts kapieren würde von all dem, was du ihm über seine Rolle als Teil deiner Hand erzählen würdest. Mr. Digit würde es keine Sekunde lang kapieren. Es liegt im Wesen aller lebenden Organismen, blind gegenüber dem größeren Bild zu sein. Sie alle sind nicht dazu fähig, die Ebenen oder Systeme zu erkennen, die hinter ihrem kleinen, einzigartigen, getrennten Selbst existieren.«

»Du meinst also, ein Finger weiß vielleicht etwas über Fingernägel und vielleicht auch über andere Finger, aber er sieht nicht die ganze Hand. Hände kennen Hände, aber sie kennen keine Arme und so weiter.«

»So weit hast du es ganz gut begriffen. Wenn du dich eingehender damit befassen willst, lies mal *Psychologie der Befreiung* von Ken Wilber, Jack Engler und Daniel P. Brown:«

Ted fiel ihr ins Wort. »Wenn Mr. Digit kein selbstsüchtiger kleiner Stummel wäre, würde er vielleicht untergehen. Wenn die Teile sich nicht um sich selbst kümmern, kann es kein Ganzes geben, oder?«

»Die Teile sind wichtig, aber wenn wir uns spirituell entwickeln wollen, müssen wir erkennen, dass wir lebenssprühende Teile eines Ganzen sind.«

»Ja, das habe ich verstanden. Das ist spannender als mein Jurastudium.«

»Gut. Und jetzt zum nächsten Schritt: Unser von der linken Gehirnhälfte dominiertes Bewusstsein, unser Ego, ist so angelegt, dass es glaubt, wir sind die Krone der Schöpfung, wir sind alles, was zählt, und nicht nur ein kleiner Klumpen in der chaotischen Suppe des Lebens. Das Ego kann nicht über seinen Tellerrand blicken und sich nicht einmal vorstellen, dass darüber hinaus irgendetwas anderes existiert. Die linke Gehirnhälfte macht sich über das Nirwana lustig. Sie ist einfach nicht dazu fähig, das Ganze zu verarbeiten, denn sie sieht nur Teile davon. Vielleicht sieht sie sich auch bedroht von der Aussicht, als zentrales, dominantes Betriebssystem ausgeschaltet zu werden. Vermutlich wirst du auf erheblichen Widerstand stoßen. Ich könnte dich im weiteren Verlauf Ted Digit nennen, wenn dir das hilft, die Sache zu begreifen.«

Ted runzelte die Stirn. »Ich glaube, das ist nicht nötig, aber eines würde ich gern noch wissen: Wie kann es dazu kommen, dass sich die Perspektive weg von dem linksseitig dominierten Betriebssystem meines Mr. Digit verlagert? Wie kann ich es verhindern, dass ich mich aus meinem sehr persönlichen, getrennt bestehenden Ted-Sein heraus definiere?« Er lehnte sich zurück, wobei seine Hand noch immer auf Argo ruhte, und fuhr fort: »Du hast gesagt, es liegt in der Natur der Dinge, nicht zu erkennen, dass sie in ein größeres Bild passen. Ich glaube, Albert Einstein hat uns einmal gewarnt, dass man ein Problem nicht aus demselben Bewusstsein heraus lösen kann, das das Problem geschaffen hat.«

Angel stützte sich auf die Hände, lehnte sich zurück und lächelte zustimmend. »Wir müssen lernen, die Software umzuschreiben, sonst kommen wir ständig nur auf die gleichen

Antworten. Deshalb stecken die meisten Menschen spirituell fest.«

Diese Vorstellung schien Ted ein wenig zu erschrecken. »Es ist bestimmt nicht leicht, die Schaltkreise unseres Gehirns neu zu verdrahten. Laufen wir denn nicht Gefahr, ein paar gute Sachen zu verlieren, wenn wir das versuchen?«

»Es ist eine Reise, auf der wir uns bewusster werden, was stromaufwärts liegt, was umfassender und größer ist als wir selbst. Im Verlauf dieser Reise identifizieren wir uns immer weniger mit dem Schauspiel, das stromabwärts und hinter uns liegt. Unser Gehirn besitzt die Fähigkeit, seine Software umzuschreiben oder zu verbessern. In der Wissenschaft wird diese Fähigkeit als neuronale Plastizität bezeichnet.« Angel hatte viele Bücher zu diesem Thema gelesen, aber wenn sie nur einen raschen Auffrischungskurs brauchte, sah sie im Internet bei Wikipedia unter dem Stichwort Neuroplastizität nach. »Wenn wir älter werden«, fuhr sie fort, »neigen wir dazu, die Sicherheit der linken Gehirnhälfte mehr zu schätzen als die in der rechten Seite angesiedelte Neugier. Deshalb müssen wir üben, das Wissen loszulassen und eine offenere Einstellung zum Leben anzunehmen. Manche Leute bezeichnen das als Staunen. Leider ist es viel zu leicht, sich vom Studenten des Lebens, der sich von der rechten Gehirnhälfte leiten lässt, zum Experten oder Technokraten zu entwickeln, der sich auf die linke Seite verlässt. Wir häufen Fakten und Wissen an, greifen jedoch selten auf Lebensweisheiten zu.«

Ted konnte dieser Aussage nur teilweise zustimmen. »Meine Klienten bezahlen mich, weil ich ein Experte bin und kein Student.«

Angel nickte. »Vielleicht sollten wir in unserem jeweiligen Beruf Experten sein, aber abgesehen davon Studenten des Lebens.«

»Ich habe nichts dagegen, ein Student zu sein, aber mir ist es lieber, wenn ich das mit einem vollen Magen tun kann. Ich werde allmählich ziemlich hungrig.«

»Ich auch, aber eines möchte ich noch loswerden: Die meisten von uns wissen rein gefühlsmäßig, dass es auf der Welt mehr gibt als nur das eigene Ego, aber es fällt uns schwer, all dem, was außerhalb unserer direkten Reichweite liegt, einen Namen zu geben. Deshalb bezeichnet Pater Chuck die meisten religiösen Lehren als Wegweiser. Bestenfalls weisen sie uns den Weg in die richtige Richtung.«

»Das leuchtet mir ein.«

»Gut, dann bist du bereit für die dritte Erkenntnis. Aber zuerst besorgen wir uns einen kleinen Imbiss. Das Gehirn braucht viel Glukose, um zu funktionieren. Würdest du gern mit No Barks und Argo einen Spaziergang um den Klostersee machen?«

»Eine kurze Pause wäre meiner rechten und meiner linken Gehirnhälfte sehr recht.«

Zu Teds großer Freude sprang Angel auf und nahm seine Hand. Sie hielt sie einen Moment lang sanft fest, dann zog sie daran. »Los geht's! Auf der *Spirit Tech* gibt es keinen Müßiggang.«

»Wie erleuchtet kann man denn an einem Tag werden? Gibt es da irgendwelche Grenzen?«

Angel lachte. »Dein Eifer gefällt mir.«

10. Kapitel

Der Student, seine Lehrerin und die Vierbeiner spazierten am Ufer des kleinen Klostersees entlang, plauderten und genossen die Sonne auf ihren Gesichtern. Die Wasseroberfläche kräuselte sich im Wind, der den Duft von Wacholder, Zeder und Pinie aus der Wüste und von den nahe gelegenen Bergen mit sich brachte. Sie liefen Schulter an Schulter. Gelegentlich griff Angel nach Teds Ellbogen, vor allem, wenn sie einen überzeugenden Punkt vorbringen wollte. Ted hatte sich diesen Ellbogen bei dem schicksalsträchtigen Unfall geprellt, sodass der Kontakt ein wenig schmerzvoll, aber auch sehr beglückend war.

Als sie stehen blieben, warf Ted ein Steinchen ins Wasser und sagte: »Ich war schon lange nicht mehr in den Bergen. Grandpa Raines hat mich oft geschimpft, weil ich nie aus Crossing Trails rauskam. All diese Schönheit liegt nur knapp zwölf Stunden entfernt, und ich habe mir nie die Mühe gemacht, sie anzuschauen.«

»Wie bist du eigentlich in Kansas gelandet?«

»Als Junge habe ich den Sommer immer bei meinen Großeltern in Crossing Trails verbracht. Die beiden waren die einzigen Konstanten in meinem Leben. Als ich mit meinem Jurastudium fertig war, lief es wirtschaftlich nicht sehr gut, und das Jobangebot war beschränkt. Mein Großvater fragte mich, ob ich nicht nach Crossing Trails kommen und seine Kanzlei übernehmen wollte. Das habe ich dann auch getan. Kurz darauf kehrte Lisa nach Chicago zurück, um dort mit dem bestaussehenden Mann der Fakultät zusammenzuleben. Es hat für die beiden ganz gut funktioniert. Sie sind jetzt Partner in großen Konzernen und scheffeln haufenweise Geld.«

»Und wie hat es für dich funktioniert?«, fragte Angel.

»Ich kümmere mich um Verkehrsdelikte und Grundstückspläne in Crossing Trails. Muss ich mehr dazu sagen?«

»Aber du beschäftigst dich doch auch mit schwereren Delikten, oder?«

»Na klar. Warum fragst du?«

»Tante Lilly.«

Ted plagte ein kleines Schuldgefühl, weil er Angels spirituelle Talente schamlos nutzte. Nun wollte er ihr zeigen, dass auch er über einige Talente verfügte. »Erzähl mir doch ein bisschen mehr von deiner Tante Lilly.«

»Die arme Tante Lilly spinnt ein bisschen.«

»Das tut mir leid.«

»Ich weiß nicht, ob ihr Pflichtverteidiger die Fähigkeiten besitzt, sie aus diesem Schlamassel herauszuholen. Sie könnte einen guten, fürsorglichen Anwalt wie Ted Day gebrauchen.«

»Offen gesagt bin ich mir da nicht so sicher. Ich würde ihr ja gern helfen, aber wie ich dir schon heute Morgen erklärt habe, gilt meine Zulassung nicht in South Dakota. Außerdem finde ich es schwierig, sie auf der Grundlage von Träumen zu verteidigen.«

»Hast du mir nicht erzählt, dass du sehr lebhaft geträumt hast, als du in Bertha eingeschlafen bist?«

»Ja.«

»Hat dir dieser Traum denn nicht etwas Wichtiges mitgeteilt?«

»Wahrscheinlich schon, aber bei deiner Tante ist es doch etwas ganz anderes. Man kann nicht einfach losziehen und Leute erschießen, egal, wie kraftvoll ein Traum war.«

»Also hast du bereits beschlossen, dass sie schuldig ist?«

»Durch das Gerichtsverfahren – und nicht durch die Anwälte – wird entschieden, wer schuldig ist und wer nicht. Die Anwälte sorgen nur dafür, dass der Prozess fair verläuft.«

»Aha. Könntest du dir vorstellen, dafür zu sorgen, dass der Prozess meiner Tante Lilly fair verläuft?«

Ted glaubte nicht, dass er ihrer Tante viel helfen konnte, doch da Angel so beharrlich war, erwiderte er: »Ich werde ein paar Leute anrufen und herausfinden, ob ich etwas tun kann.«

Angel packte wieder Teds schmerzenden Ellbogen. »Unsere Familie würde das sehr zu schätzen wissen.«

Sie fand eine hübsche kleine Wiese unweit des Ufers. »Wir können uns hier hinsetzen und mit der Arbeit weitermachen, wenn du dazu bereit bist.«

»Klar, ich bin bereit. Aber etwas liegt mir noch auf dem Herzen.«

»Was denn?«

Ted wollte zwar nicht jammern, aber er hielt es für wichtig, aufrichtig zu sein. »*Spirit Tech* ist ein bisschen deprimierend.«

Mit dieser Bemerkung hätte Angel rechnen können, doch da Ted ihr erster richtiger Student war, war sie in dem Moment nicht darauf vorbereitet. »Ach ja?«, fragte sie deshalb ein wenig lahm.

»Zuerst erklärst du mir, dass ich schlafe. Dann teilst du

mir mit, dass ich nicht einmal weiß, wer ich bin. Das sind nicht gerade die passenden Übungen zur Stärkung des Selbstbewusstseins.«

»Ich bin froh, dass du darauf zu sprechen kommst, und ich möchte dir sagen, dass ich deine Beobachtungen sehr ernst nehme. Ich hatte natürlich nicht die Absicht, dich zu deprimieren, aber du hast vollkommen recht.«

»Soll das eine gute Nachricht sein?«

»Habe ich dir schon gesagt, wie Pater Chuck und meine restlichen spirituellen Weggefährten unsere kleine Gruppe nennen?«

Ted dachte kurz nach. »Nein, nicht dass ich wüsste.«

»Anfangs hättest du es wahrscheinlich gar nicht begriffen, aber jetzt sollte dir das leichter fallen. Aus zwei Gründen nennen wir uns *Kokosnüsse*. Zum einen machen wir uns über uns lustig. Die meisten Leute halten uns nämlich für ziemlich taube Nüsse. Aber auf einer tieferen Ebene geht es um etwas ganz anderes: darum, zur milchigen Essenz des Lebens zu gelangen. Man muss die raue, harte Schale des Selbst knacken. Die Kokosnuss ist eine Metapher für die spirituelle Reise.«

Ted grinste. »Das ist also das Kernanliegen?«

Angel knuffte ihm spielerisch gegen den Arm. »Für unsere Gruppe besteht die wichtigste Aufgabe des Menschen darin, die Schale zu knacken und sich zu wandeln. Und du hast vollkommen recht – es ist nicht unbedingt leicht oder lustig. Manchmal ist es sogar ausgesprochen schwierig. Aber die gute Nachricht ist, dass es für das Knacken der Schale gute Techniken gibt, die man erlernen kann.«

»Sind dafür die reisenden spirituellen Berater zuständig?« Ted zog den Kopf ein, als erwartete er einen Klaps.

»Nicht nur ich. Pater Chuck meint, dass es bei den Lehren Jesu im Grunde um die Verwandlung – das Knacken der Schale – geht. Meine Sufi-Freunde, vor allem Mashid Marabi, bezeichnen die Wege, die das Bewusstsein verwandeln, als innere Arbeit.« Angels Freundin Mashid engagierte sich sehr bei der Diamond Group, einer von A.H. Almaas gegründeten spirituellen Schule. Auch diese Gruppe beschreibt die spirituelle Reise als *Die Arbeit*. G.I. Gurdjieff, ein spiritueller Lehrer Anfang des zwanzigsten Jahrhunderts, hat ebenfalls den Begriff *Die Arbeit* verwendet, um den Prozess zu beschreiben, durch den wir uns aufwecken. »Der Älteste unserer Gruppen, Steve Singleton«, fuhr Angel fort, »weist gern darauf hin, dass der Buddhismus ein Weg der Verwandlung ist, der mit der ersten edlen Wahrheit beginnt: Alles Leben ist Leiden. Wir alle müssen Schalen knacken.«

»Ohne Schweiß kein Preis?«, fragte Ted.

Angel verdrehte die Augen. »So ist es vermutlich. *Die Arbeit* ist ein allgemeiner Begriff für den Schmerz, den wir auf uns nehmen, für die spirituellen Lektionen, die wir lernen müssen, um etwas zu erreichen oder um aufzuwachen und das Gute zu genießen, das unter der Schale verborgen ist.«

»Danke. Jetzt fühle ich mich ein bisschen besser auf der *Spirit Tech*, aber daraus ergibt sich eine weitere Frage. Hast du noch genug Energie dafür?« Da Angel stumm blieb, warf Ted einen Blick auf seine Uhr und bohrte nach: »Was ist los? Bist du in der Lehrergewerkschaft?«

»Also gut, eine noch, dann machen wir eine Pause.«

»Wie gehen wir bei dieser Arbeit, die Schale zu knacken, vor?«

»Wenn du genau hinsiehst, wirst du feststellen, dass die besten Anleitungen sich ziemlich ähneln.«

Überrascht von dieser Antwort fragte Ted: »Also sieht ein christliches Übungsbuch nicht anders aus als ein islamisches oder ein buddhistisches?«

»Ja, und es gibt weitere Anleitungen, die nicht religiöser Natur sind, zumindest nicht im strikten Sinne.«

»Zum Beispiel?«

»Ich beschreibe jetzt mal einen weit verbreiteten spirituellen Ansatz, um die Schale des Egos zu knacken. Das, was Mr. Digit braucht, um zu gedeihen und um seine Wurzeln in tiefe, fruchtbare Erde zu graben, ist ein weiteres praktisches Konstrukt der linken Gehirnhälfte, nämlich die Zeit.«

Da Ted täglich Arbeitszeiterfassungsbögen ausfüllen musste und einen Stundensatz für seine Arbeit verlangte, hatte er einen ganz besonderen Blickwinkel auf die Zeit. Für ihn steckte in der Zeit ein beträchtlicher Wert. »Die Zeit bringt Ordnung in unser Leben. Ohne Zeit wäre das Leben nicht wertvoll. Das Wissen, dass ich nur zwei Wochen auf der *Spirit Tech* habe, liefert uns eine Struktur für unsere Arbeit.«

»Aber wenn wir tiefer in die Zeit vordringen, stoßen wir auf etwas sehr Interessantes.« Angel lehnte sich zurück. Der Wind wehte ihr eine dicke Strähne ihres langen schwarzen Haars ins Gesicht. Ted strich die widerspenstige Strähne zurück, damit sie seine Lehrerin nicht ablenken konnte. Angel lächelte, dann fuhr sie fort. »Eckhart Tolle und andere spirituelle Lehrer machen einen wichtigen Unterschied zwischen der psychologischen Zeit und der Uhrzeit.«

Ted wollte nicht so leicht aufgeben. Er schob ihr die Haarsträhne wieder ins Gesicht. »Es ist doch sinnvoll, darüber nachzudenken, woher wie kommen und wohin wir gehen. Wir alle müssen das tun.«

»Ja, rein theoretisch ist das durchaus sinnvoll, aber so gehen wir nicht vor. Dein Verstand verarbeitet die Zeit eher wie in einer Gameshow im Nachmittagsfernsehen.«

»Willst du herausfinden, ob ich schlauer bin als ein Drittklässler?«

»Glaub mir, das bist du nicht.« Angel klaubte einen Grashalm von No Barks Rücken und warf ihn auf Ted. »In der Gameshow mit dem Titel *Teds Deal* geht es genauso zu wie in einer echten Show: Du kannst zwischen drei Türen wählen.«

Ted richtete sich auf, überzeugt davon, dass er den Hauptgewinn, eine Reise nach Disneyland, gewinnen würde. »Klingt lustig. Spielen wir es.«

»Schließ die Augen und stell dir eine Bühne mit drei großen Türen vor. Die attraktive Gameshow-Leiterin Vanna Digit wird eine der drei Türen öffnen.«

»Sie ist groß und hat lange schwarze Haare, oder?«

Angel starrte auf ihre Stiefel. »Kann sein, aber sie trägt andere Klamotten. Tür Nummer eins steht immer offen. Sie gibt den Blick frei auf das, was ist. Schau dir die Berge am Horizont an, Ted, und nimm deine momentane Umgebung wahr. Die Tür Nummer eins ist dein Leben, wie es in genau diesem Moment existiert, samt Warzen und Schluckauf.«

»Danke, Vanna.«

»Jetzt mach die Augen wieder zu und denke an etwas, was dich an deiner Exfrau extrem genervt hat – irgendetwas, was sie gesagt oder getan hat.«

»Das ist eine lange Liste.«

»Gut möglich, aber wähl einfach eine Sache aus. Diese Szene wartet darauf, wie auf einem Endlosband hinter der Tür Nummer zwei gespielt zu werden.«

»›In Crossing Trails ist einfach nichts los!‹«, jammerte Ted.

»Klingt gut. Jetzt zu Tür Nummer drei. Denk mal an etwas, was du gern haben möchtest oder dir wünschst.«

»Mit oder ohne Kleider?«

»Ganz wie du willst.«

Ted grinste frech. »Gut, das ist leicht. In meinen Gedanken sind alle drei Räume besiedelt. Und was soll ich jetzt tun?«

»Jetzt wird es ein bisschen grausam. Wenn die Türen aufgehen, siehst du nur große Plakate – Bilder auf der Bühne, nichts Reales. Du hast drei Möglichkeiten: das Leben hinter der Tür Nummer eins zu leben, dir eine Seifenoper mit dem Titel ›Ted ist genervt‹ hinter der Tür Nummer zwei vorzustellen oder dir bei einem Bild das Wasser im Mund zusammenlaufen zu lassen, das nicht real ist, ein Bild, von dem du dir nur wünschst, dass es existiert.«

»Gut, ich hab's kapiert. Um bei *Teds Deal* zu gewinnen, muss ich meinen Kopf in die Tür Nummer eins stecken. Das ist der einzige Ort, an dem die Dinge real sind.«

»Ganz genau.« Angel wartete kurz, damit sich Ted mit diesem Konzept anfreunden konnte, dann fuhr sie fort. »Das Bewusstsein des wahren Selbst ist nur in der Realität und im Hier und Jetzt präsent, es lebt niemals in einer Vorstellung davon. Mr. Digit hingegen gedeiht hinter den Türen zwei und drei.«

»Angel, aus deinem Mund klingt das, als könnte ich darüber entscheiden, wie mein Verstand arbeitet. Ich weiß nicht recht, ob das so funktioniert. Wie soll ich es denn schaffen, die Tür Nummer eins zu meinem ausschließlichen Lebensraum zu machen?«, fragte Ted. Er rutschte unruhig herum und sah auf die Uhr. War es Zeit für ein frühes Abendessen? Hatte er den Chieftain ordnungsgemäß geparkt?

»Nichts davon kann man allein durch ein Gespräch begreifen. Einstweilen kann ich dir nur sagen, dass es nicht zu einem erfüllten Leben führt, wenn man seinem Verstand erlaubt, wie eine Gameshow zu funktionieren.«

Ted zuckte zusammen. »Du meinst also, ich vergeude mein Leben?« Nachdem er etwas gründlicher darüber nachgedacht hatte, fragte er: »Habe ich das bislang getan?«

»Jeder hat ein Ego. Aus diesem Grund verbringen wir alle viel zu viel Zeit hinter den Türen zwei und drei. Urteile nicht zu hart über dich. Stattdessen solltest du einfach einen Weg finden, mehr in der Gegenwart zu leben. Erinnere dich an die erste Erkenntnis: Ein Großteil aller Menschen lebt in einer Traumwelt und führt das Drama des Verstandes auf, ist jedoch nicht wirklich offen gegenüber der Realität und der potenziellen Großartigkeit menschlichen Lebens.«

»Du nicht?«

»Doch, auch ich. Denk daran, Ted: Das Erwachen geht schrittweise vonstatten. Es ist ein langer Weg. Auch ich bin ein Projekt, ein Werk im Entstehen.«

Ted hielt seinen rechten Mittelfinger hoch. »Vielleicht hat Mr. Digit in einem recht: Ein Teil von uns sagt etwas ziemlich Unhöfliches zu einem anderen Teil von uns.«

Angel lächelte. »Hat dir schon mal jemand gesagt, dass du schlau bist?«

»Das kommt häufig vor, aber ich verstehe immer noch nicht, wie ich mich meiner Persönlichkeit entledigen kann. Selbst wenn ich es könnte, kommt mir diese Lösung ziemlich drastisch vor.«

»Wir können uns nicht unserer gesamten Ego-Struktur

entledigen, und ganz bestimmt nicht auf einen Schlag. Unser Ziel besteht nicht darin, den Finger von der Hand abzuhacken.«

»Also reden wir hier nur von einer kleinen Ego-Veränderung?«

»Ein bisschen mehr ist es schon. Aber das ist die dritte Erkenntnis, und dafür bist du noch nicht ganz bereit. Vielleicht heute Abend oder morgen früh, bevor du losziehst.«

»Wohin soll ich denn losziehen?«, fragte Ted besorgt.

»Wir werden dich dazu bringen aufzuwachen. Ich kann es kaum erwarten, den richtigen Ted Day kennenzulernen.«

»Ist diese Version denn so schlimm?«, fragte Ted. »Wenn ja, dann solltest du mir die dritte Erkenntnis vielleicht lieber gleich mitteilen. Außerdem hasse ich es, mit zwei Dritteln einer Gleichung im Kopf herumzuwandern. Davon bekomme ich Migräne.«

»Du schlägst dich wirklich wacker, und auf der logischen Ebene der linken Gehirnhälfte scheinst du eine ganze Menge zu kapieren. Aber bevor du weitergehen kannst, musst du die Konzepte und Etikettierungen der linken Gehirnhälfte hinter dir lassen. Wir haben ein paar Übungen, um dir dabei zu helfen. Meinst du, es ist die Mühe wert?«

»Ja. Aber ich weiß nicht, ob ich mit leerem Magen zu weiteren Erkenntnissen gelangen kann.« Ted verschränkte die Arme und schwankte ein wenig hin und her wie ein meditierender Swami. »Ein knurrender Magen ist zu keiner Erkenntnis fähig.«

»Ich glaube, dieser Satz stammt aus der Bibel.« Angel langte in ihre Tasche und reichte Ted einen Apfel. »Da, iss.«

Ted nahm den Apfel gern an. »An welche Übungen hast du denn gedacht?«

»Du wirst schon sehen. Gehen wir zurück zu Bertha. Wir können zum Ausgangspunkt des Weges fahren, bevor es dunkel wird.«

»Zum Ausgangspunkt des Weges?«, fragte Ted erstaunt.

»Geduld …«

11. Kapitel

Ted saß auf einem Kissen hinter dem Fahrersitz, schloss die Augen und begann mit seiner Übung. Was Angel mit »Nicht-Denken« gemeint hatte, versuchte er gar nicht erst zu verstehen. Während er das Universum seines Geistes nach einem Signal absuchte, das eindeutig nicht aus dem üblichen Ted-Gerede bestand, überquerte Angel mit dem alten Bücherbus nach Teds Meinung viel zu schnell den Parkplatz. Er riss die Augen auf und schrie: »Bist du dir sicher, dass du mich nicht fahren lassen willst?«

»Schon gut, alles bestens.«

»Hast du mir eigentlich gesagt, warum wir an diesen See fahren? Wenn ja, dann habe ich es überhört.«

»Schließ einfach die Augen und spüre allem nach, was nichts mit Ted zu tun hat. Schau mal, ob du entdecken kannst, was hinter dem üblichen Gerede liegt, und überlass mir den Rest.«

Auf den fünfundzwanzig Meilen zum Ausgangspunkt des Wanderwegs in einer abgelegenen Ecke des Pecos-Naturschutzparks drehte sich Angel gelegentlich um und erteilte Ted weitere Anweisungen. Ihrer Einschätzung nach bestanden ungefähr fünfundneunzig Prozent von Teds geistiger Aktivität im Wachzustand aus geistlosem Plappern, weshalb sie ihm immer wieder mal einen kleinen Tipp gab. »Deine Gedanken werden abschweifen. Kehre einfach stets zu der

Aufgabe zurück, in der Gegenwart zu bleiben und zu beobachten. Wenn es dir hilft, beobachte deinen Atem – wie er in deinen Körper strömt und wie er ihn wieder verlässt.«

Ted ärgerte sich allmählich über seine Unfähigkeit, konzentriert zu bleiben, und versuchte, etwas oder jemanden zu finden, dem er die Schuld daran geben konnte. »Du plapperst genauso viel wie mein Verstand. Ich hab's schon kapiert. Tür Nummer eins: in der Gegenwart leben.«

»Schaffst du es, den abschweifenden Verstand zu beruhigen?«

»Na ja, irgendwie schon«, schwindelte Ted. Er wäre lieber neben Angel auf dem Beifahrersitz gesessen.

Um Berthas laut brummenden Motor zu übertönen, schrie Angel: »Du kannst nichts falsch machen. Erlaube deinem Verstand einfach, sich zu entspannen, mal einen Kurzurlaub zu machen von seiner normalen Tätigkeit – der Einschätzung von Teds Bedürfnissen, Wünschen, Ängsten und Sehnsüchten.«

Ted wusste, dass Angel ihm etwas zeigen wollte, was sie für wichtig hielt. Deshalb versuchte er, seinen Verstand zu lockern, allerdings eher aus Respekt ihr gegenüber als aus dem Bemühen heraus, sein höheres Selbst zu finden. Aber ehe ihm dies gelang, merkte er, dass etwas auf Berthas Fußboden gegen seine rechte Gesäßbacke drückte. Er rutschte näher an Angel heran und bemerkte mit einem flüchtigen Blick, wie großartig sie aussah, während sie das alte, gepanzerte Gefährt auf der schmalen, kurvigen Straße den Berg hinauflenkte.

Die Waldluft war sehr angenehm, aber wieder einmal fragte sich Ted, was auf ihrer Reise wohl als Nächstes kam und warum sie überhaupt zu diesem See fuhren. Rasch schweifte sein Verstand weiter von seiner eigentlichen Aufgabe ab.

Plötzlich kam ihm der Gedanke, dass spirituelle Berater doch bestimmt eine Art Ausbildung hinter sich hatten, die sie zu ihrer Arbeit berechtigte. Wie war es um Angels Berechtigung bestellt? Er hätte auf dem Bewertungsportal *Yelp* nachschauen sollen. Sofort versuchte er, einen gewissen Argwohn beiseitezuschieben und offen gegenüber dem zu bleiben, was hinter seinen Gedanken lag. Diese Aufgabe fand er allerdings ziemlich langweilig und gleichzeitig extrem schwierig. Sobald sich die Absicht geformt hatte, ging ihm schon der nächste Gedanke durch den Kopf. Wo würden sie heute Nacht schlafen? Wo konnte er sich in Ruhe waschen? Was trug Angel wohl beim Schlafen? Ein paar verführerische Bilder tauchten vor seinem inneren Auge auf.

Angel ging zu Recht davon aus, dass Teds Gedanken weit abgeschweift waren. »Du wirst feststellen, dass es für deinen Verstand ganz natürlich ist, ständig zum Ted-Denken zurückzukehren. Wenn es dir hilft, kannst du ein Wort wiederholen, zum Beispiel ›offen‹, um konzentriert zu bleiben.«

»Sollte ich nicht irgendetwas aufsagen? Den Rosenkranz vielleicht oder ein Mantra?«, fragte Ted. Er befürchtete, dass er einen wichtigen Teil der Anleitung verpasst hatte.

»Nein. Versuche nicht, diese Übung religiös zu gestalten. Wir beobachten einfach nur unseren Verstand und sehen, wie er funktioniert oder eben nicht funktioniert. Das ist momentan alles.« Etwas später fragte sie: »Wie ist es dir damit ergangen?«

Ted öffnete die Augen und sah sich um. Anfangs war er richtig geblendet von dem intensiven Dunkelgrün der Bäume. Sie waren mittlerweile in eine beträchtliche Höhe gelangt. Er streckte sich und erwiderte lächelnd: »Ich war ziemlich frustriert. Ich bin doch kein Buddha. Mein Verstand war überhaupt nicht bereit, sich auf das zu konzentrieren, worum ich ihn gebeten hatte. Dennoch habe ich ganz kurz ein paar Momente des Schweigens hinter dem Plaudern erlebt.«

»Wie würdest du es beschreiben?«, fragte Angel.

»Es war friedlich. Irgendwie sehnsuchtsvoll, wie in einer anderen Zeit. Abgesehen davon war es schwierig, ja fast unmöglich, den inneren Dialog auszuschalten.«

»Sehr gut. Jetzt erinnere dich an die erste und die zweite Erkenntnis und denke im Zusammenhang mit dem, was du soeben erlebt hast, darüber nach.« Ted rutschte mit seinem Kissen noch etwas näher an Angel heran und sah ein bisschen verwirrt aus. Deshalb spezifizierte sie ihre Aufgabe. »Was hast du über deine Gedanken gelernt?«

»Anscheinend hat mein Kopf seinen eigenen Kopf.«

Angel hatte die Hand auf No Barks gelegt. Jetzt drehte sie sich um und erwiderte lachend: »Ausgezeichnet. Du hast soeben die ersten zwei Erkenntnisse erlebt. Wir sind nicht wach gegenüber einem großen Teil unseres Bewusstseins, und wir identifizieren uns zu sehr mit unseren Gedanken.«

»Das ist eigentlich eine ziemlich beängstigende Schlussfolgerung. Wenn ich nicht mein Verstand bin, was dann?«

»Das sind große Fragen, über die man nachdenken muss.« Angel ließ Bertha ganz langsam den Berg hinaufkriechen. »Aber einstweilen ist es genug. Jetzt ruhst du dich aus und genießt die Fahrt. Später werde ich versuchen, dir die Bedeutung dessen zu erklären, was du soeben erreicht hast.«

Ted kletterte auf den Beifahrersitz, schnallte sich an und beschoss, ihrem Rat zu folgen und den Rest der Fahrt zu genießen.

12. Kapitel

Angel parkte Bertha auf einem kleinen Zeltplatz in der Nähe des Ausgangspunktes für die Wanderung zum Stewart Lake. Sie zog die Handbremse an und schaltete den Motor aus. Dann reckte sie den Hals, um einen gründlichen Blick aus der Windschutzscheibe zu werfen. »Ist es nicht wunderschön? Ich werde hier auf dich warten. Morgen früh brechen du und Argo zu einer Wanderung auf, einer weiteren Übung, um dir zu helfen, deine Erkenntnisse zu verdauen. Die Natur ist eine ganz besondere Lehrerin, sie ist viel weiser als ich. Du musst lernen, Zeit mit ihr zu verbringen.«

»Allein in den Bergen?« Ted versuchte, sein Missfallen zu verbergen. Offene Räume hatten ihm schon immer Angst eingeflößt; selbst als Kind hatte er seine Burgen lieber in seinem Zimmer errichtet, und auch als Erwachsener fühlte er sich mit einem Dach über dem Kopf wohler.

Angel überhörte Teds Bedenken. »Du und Argo werdet diesen Berg erklimmen. Das höhere Selbst macht sich an Orten der Stille bemerkbar. Du hast versucht, es in deinem Verstand zu finden, und das ist dir wie den meisten von uns nicht gelungen. Deshalb wirst du jetzt ein wenig Unterstützung erhalten.« Sie deutete auf einen fernen Gipfel, der durch die Windschutzscheibe kaum sichtbar war, und fügte hinzu: »Es sind nur etwa fünf bis sechs Meilen dorthin.«

»Immer bergauf?«, fragte Ted.

»In einer Höhe von rund dreitausendfünfhundert Metern werdet ihr auf den Stewart Lake stoßen. Dort könnt ihr übernachten, und dort kannst du auch in eine bessere Verbindung zu der Stille treten, wo die Wahrheit, die ich dir zu schildern versuche, ruht.«

»Ist das dein Ernst? Sag mir bitte, dass es dort oben eine nette kleine Berghütte gibt.«

Angel schüttelte den Kopf.

»Ein Holiday Inn?«

»Ein heiliger Ort ist viel besser als ein Holiday Inn. Dort oben kannst du lauschen und erleben, was hinter deinem denkenden Verstand liegt. Wenn du bereit bist, kommst du zurück, und wir reden über deine Exkursion. Du wirst eine völlig neue Perspektive gewonnen haben.«

Teds innere Prozessoren summten eifrig, aber er nahm nichts wahr außer einem ziemlich panischen Gefühl des Verlassenwerdens. Die Meditation war für ihn eine merkwürdige, fast schon unangenehme Erfahrung gewesen, aber das hier war einfach unvorstellbar. »Was meinst du mit Exkursion? Soll die etwa zwei Tage dauern?«

»Keine Sorge, Ted, das schaffst du schon. Ich werde dir ein paar Sachen einpacken. Der Ausgangspunkt liegt gleich dort drüben. Ich bin die Strecke schon zwei Mal gewandert. Sie ist schwierig, aber genau darum geht es. Du wirst feststellen, dass die Erfahrung dich auf unerklärliche Weise verändert.«

Teds Ängste nahmen zu. »Argo und ich haben noch nie eine Rucksacktour gemacht. Was ist mit Essen, Wasser, sonstigen Vorräten?«

Lächelnd legte Angel den Finger auf die Lippen. »Psst! Keine Sorge, Ted, ich habe alles, was du brauchst. Du und

Argo werdet es genießen – sehr sogar. Glaub mir, es ist ein Teil des Aufwachprozesses. Wir Lakota sagen, dass die Schöpfung der beste Ort ist, um den Schöpfer zu finden. Heute Abend reden wir noch ein bisschen über die dritte Erkenntnis, und morgen früh wirst du in die Schöpfung aufbrechen. Es ist eine fantastische Übung, um dein wahres Selbst zu finden. Sie ist sogar noch besser als die Meditation.«

»Noch besser als die Meditation?« Der Sarkasmus in Teds Stimme war nicht zu überhören. »Wo steckt denn eigentlich dieser Pater Chuck, den du mir vorstellen wolltest?«

Angel legte den Finger erneut an die Lippen. »Auf der *Spirit Tech* entfalten sich die Dinge in ihrer eigenen Geschwindigkeit.«

»Was ist, wenn es regnet?«

»Merkst du, dass du momentan ausschließlich aus deinem auf Ängsten basierenden Ego heraus reagierst? Versuch doch mal, nicht mehr zu planen, dich zu sorgen, alles zu kontrollieren und dich stattdessen einfach zu entspannen. Darauf zu vertrauen, dass auf dieser Reise das, was als Nächstes kommt, einfach als Nächstes kommen soll. Darauf zu vertrauen, dass du jemandem oder etwas im Universum abgesehen von dir selbst die Kontrolle überlassen kannst.«

»Dir?«, fragte Ted.

»Ja, am Anfang mir. Irgendwann wirst du lernen, einem anderen Teil deines Selbst zu vertrauen.«

Ted wusste, dass Studenten wenig Mitspracherecht bei den Studieninhalten hatten, aber er erinnerte sich nicht daran, dass ein einsamer Ausflug in die Berge Teil des Lehrplans gewesen war. Dazu kam, dass ihn die Anziehungskraft, die Angel auf ihn ausübte, in unwillkommene Richtungen lenkte, und er war ein bisschen enttäuscht, dass sie ihn in diese Lage versetzte.

Ted stand auf, streckte sich und sah Angel an. Sie lächelte noch immer und verharrte selbstsicher und zuversichtlich auf dem Fahrersitz. Er dachte daran, dass diese Wanderung vielleicht erträglicher wäre, wenn sie sich zu ihm gesellte; denn eigentlich störte es ihn am meisten, dass er allein losziehen sollte. »Okay, ich vertraue dir«, sagte er schließlich widerwillig. »Argo und ich werden den Gipfel dieses Kilimandscharo erklimmen, in der Natur herumhocken und die Nacht am Ende der Welt verbringen, in Gesellschaft von Wölfen und Klapperschlangen. Vermutlich tut man so etwas im Urlaub.«

»Es ist dein Urlaub.« Angel deutete auf ein paar Haufen. »Unter diesen Decken liegen zwei Klappstühle. Trägst du sie bitte raus?«

Ted war klar, dass er sich zumindest zum Teil auf diese Geschichte einließ, um Angel zu beeindrucken. Aber er spürte auch, dass sie den Finger auf etwas Wichtiges legte, das er niemals von sich aus tun würde. Er schnappte sich die zwei Klappstühle und sagte zu Argo: »Auf geht's. Mutter Natur soll man nicht warten lassen.«

13. Kapitel

Angel stellte zwei Dosen, ihr Abendessen, auf den kleinen Campingklapptisch. »Lang zu.« Die Dosen waren eigentlich für den Notfall gedacht, aber Angel war so in ihre Arbeit mit Ted vertieft gewesen, dass sie vergessen hatte, Lebensmittel einzukaufen. Sie nahm sich vor, am nächsten Tag, wenn Ted unterwegs war, nach Pecos zurückzufahren und ihre Vorräte zu ergänzen.

Nun versenkte sie ihre Plastikgabel in der Dose mit Enchiladas. »Bon appétit!« Ted schien sich nicht sicher zu sein, wie man Essen aus einer Dose teilte. Angel nahm an, dass er so etwas noch nie gemacht hatte.

Noch vor kurzem hätte sie mit dem ersten Blick auf Ted beschlossen, dass er nicht ihr Typ war. Teds Lehrerin zu sein war eine gute Gelegenheit, um die buddhistische Tugend des Gleichmuts zu üben – dem Drang zu widerstehen, alle Erfahrungen als gut oder schlecht zu bewerten. Jetzt merkte sie, dass ihr das Zusammensein mit ihm ganz gut gefiel. Vielleicht lag es daran, dass sie all die Lehren, die ihr so wichtig waren, mit ihm teilte; vielleicht lag es aber auch noch an etwas anderem. Ted war kein Macho, was sie sehr an ihm schätzte. Sie hatte sich nie für einsam gehalten, aber vielleicht stimmte das nicht. Jetzt beim Sonnenuntergang in den Bergen und vor wenigen Stunden bei dem Spaziergang um den Klostersee hatte sie deutlich gespürt, um wie viel intensiver eine Erfahrung durch gute Gesellschaft werden konnte.

Als die Enchiladas verzehrt waren, wandte sich Angel einer Dose Fruchtcocktail zu. Während sie sich mit dem Dosenöffner abmühte, stellte Ted ihr eine Frage, die ihn schon länger beschäftigte. »Wie passt eigentlich die Religion zu den Erkenntnissen, die du beschrieben hast? Sind das Aufwachen und die Erlösung ein und dasselbe? Wäre es nicht einfacher, in eine Glaubensgemeinschaft einzutreten und all die spirituelle Arbeit zu vergessen? Kirchen gibt es an jeder Ecke, eine Angel Two Sparrow, spirituelle Beraterin indianischer Herkunft, die in einem Bücherbus herumkurvt, gibt es nur ein Mal. Vielleicht ist das Aufwachen zu viel Arbeit für Otto Normalverbraucher?«

»Oder für Ted Normalverbraucher?«, fragte Angel.

Ihm ging auf, dass seine Worte womöglich etwas zu hart gewesen waren, auch wenn er das gar nicht beabsichtigt hatte. »Die Kirche habe ich allerdings schon immer für eine Zeitverschwendung gehalten. Die *Spirit Tech* hingegen finde ich toll. Aber das bin eben nur ich.«

Angel stellte die Dose auf den Tisch und bot Ted an, den Fruchtcocktail mit ihr zu teilen. Ihre Antwort klang ziemlich abgeklärt. »Am Ende seiner spirituellen Reise ist der Reisende voll erwacht. Buddha, Jesus und Mohammed sind Beispiele dafür. Ihre Anhänger wollten ihr Leben und ihre Lehren verständlicherweise für eine breitere Zuhörerschaft verpacken und etikettieren. Daraus sind die Religionen entstanden.«

»Worin unterscheidet sich dann eine spirituelle Beraterin wie du von einem ganz gewöhnlichen Priester?«

Angel warf einen sehnsüchtigen Blick auf die Berge und

wandte sich dann wieder Ted zu. »In meiner Kindheit im Reservat in South Dakota waren wir so arm, wie du dir das wohl kaum vorstellen kannst. Unsere Kleider waren zerlumpt, und wir hatten oft Hunger. Mein Bruder und ich wechselten uns beim Trinken des süßen Sirups ab, der bei einem solchen Fruchtcocktail übrig bleibt. Es war ein köstlicher Nachtisch für uns.« Sie stellte die Dose ab. »Jetzt muss ich diesen Saft mit keinem mehr teilen. Schon allein dabei fühle ich mich reich. Mein Bruder und meine Mutter sind beide schon tot. Mein Vater, Larsen, ist im Moment weit weg von mir, in South Dakota. Ich hätte nichts dagegen, wieder hungrig zu sein, wenn ich diesen Saft mit meinem Bruder und meiner Mutter teilen könnte. Allein zu sein und ihn ganz allein trinken zu dürfen ist doch nicht so schön, wie ich es mir als Kind immer vorgestellt habe.« Sie reichte Ted die Dose. »Nimm einen Schluck.«

Der Sirup eines Fruchtcocktails kam Ted nicht wie ein besonders köstlicher Nachtisch vor, doch er wusste, dass dieses Angebot Angel etwas bedeutete. Er trank ein bisschen davon. Während ihm die süße Flüssigkeit durch die Kehle rann, stellte er sich Angel als kleines Mädchen in einer heruntergekommenen Hütte vor, wie sie diesen extrem süßen Saft mit anderen Leuten teilte. Er konnte sich solche Armut tatsächlich kaum vorstellen. Plötzlich spürte er ein drückendes Gefühl in seiner Herzgegend, wie ein Echo, das dort leise zu rumoren schien. Dumpf und traurig, überhaupt nicht fröhlich. Es kam ihm vor, als würde Angels plötzliche Schwermut in ihm widerhallen. Ihm gehörte ein Teil ihrer Traurigkeit.

Bevor er diesem Gefühl nachgehen konnte, kehrte Angel zu Teds Frage zurück. »Weißt du, Ted, ich möchte den spirituellen Saft mit anderen teilen. Wenn man teilt, wird alles im Leben besser, glaubst du nicht auch? Es ist nicht gut, wenn man alles für sich behält. So soll es einfach nicht sein.«

Ihre Worte klangen plausibel. Ted hatte nach seiner Scheidung und dem Tod seines Großvaters seine Gefühle stets für sich behalten und spürte jetzt eine schmerzliche Leere in sich. »Da stimme ich dir zu.«

»Mit dem Teilen hat es mehr auf sich, als uns klar ist. Erinnerst du dich noch, was ich gesagt habe, als du mich gefragt hast, wie du wacher werden kannst?«

»Ja. Du hast gesagt, dass es nicht leicht ist.«

»Ich hätte sagen sollen, dass es nahezu unmöglich ist, wenn du auf dich selbst gestellt bist. Wir Menschen verfügen über ein angeborenes Mitgefühl. Das ist ein weiterer Teil deines Bewusstseins, der darauf wartet, sich voll zu entfalten. Wir werden später noch ein bisschen meditieren, und zwar gemeinsam; dann wird es dir bestimmt leichter fallen, viel leichter. Bis zu einem gewissen Grad kannst du dich nämlich durch etwas, das die Neurologen als Spiegelneuronen bezeichnen, in mein Bewusstsein einklinken und es als Stütze benutzen, bis du diesen Zustand selbst gefunden hast. Deshalb braucht die Welt spirituelle Beratung, weil es wirklich verdammt schwierig ist, allein aufzuwachen.« Angel stand auf und blickte auf die Berge, während die Sonne am abendlichen Himmel immer tiefer sank. »Ich möchte einen so schönen Abend nicht mit Reden und weiterem Analysieren verbringen. Bewegen wir uns noch ein bisschen. Du wirst herausfinden, dass dein Gehirn nicht nur bei anderen Menschen, sondern auch in der Natur Resonanz finden kann. Versuche zu lauschen, und zwar nicht nur mit deiner logisch denkenden linken Gehirnhälfte. In der Natur redet alles. Manche Dinge singen sogar, aber nur wenige Menschen hören richtig hin. Wenn du magst, kann ich dir helfen, diese Musik zu hören.«

Ted fiel es nicht schwer, über sich zu lachen. »Du meinst, ich soll aufhören, so viel zu wissen?«

»Das würde helfen.«

Er stand auf. »Ich glaube nicht, dass Steine und Bäume reden können, aber ...« Er zuckte mit den Schultern, wie um damit zu sagen: Wer weiß das schon mit Sicherheit? »Ich werde mich nach Kräften bemühen, auch diesem Thema gegenüber aufgeschlossen zu sein.«

»Das ist schon mal ein guter Anfang.«

Argo begann mit dem Schwanz zu wedeln und sich aufgeregt im Kreis zu drehen. »Argo geht gern spazieren. Seltsam ist nur, dass er lange, bevor ich zur Leine greife, zu spüren scheint, wenn ich mit ihm Gassi gehen will. Er scheint es zu wissen, sobald sich in mir die Absicht formt.«

»Argo, danke, dass du meine Aussage bekräftigst. Hunde *wissen* sehr wenig, aber durch Spüren und intuitives Wahrnehmen schaffen sie es wunderbar durchs Leben.«

Ted leinte seinen wuscheligen gelben Hund an.

Angel umarmte den alten Terrier und flüsterte ihm ins Ohr: »Du kannst die Musik der Natur hören, stimmt's?«

Als sie sich über den Hund beugte, rutschte ihr ein Träger ihres schwarzen Tops über die Schulter. Ted schob ihn behutsam an seinen Platz zurück.

14. Kapitel

Die zwei Menschen brachen mit ihren Hunden zu einem Abendspaziergang in die Berge auf. Die Sonne ging unter, horizontale Strahlen beleuchteten die Blumen auf der Wiese und besprenkelten die felsige Landschaft mit roten, blauen und grünen Punkten.

Teds Frage zur Verknüpfung von Religion und Spiritualität war nicht leicht zu beantworten. Angel hatte Kirchen, Synagogen, Tempel und Moscheen wie Schuhe anprobiert, doch es war ihr nicht gelungen, dabei ihren gläsernen Schuh zu finden. Zudem war ihr klar, dass ihre Kindheit und Erziehung stark auf ihre Einstellung abgefärbt hatten. Sie betrachtete sich zwar als willkommenen Gast an vielen Orten, doch wirklich heimisch fühlte sie sich nirgends.

Sie berührte Teds Ellbogen, um seine Aufmerksamkeit auf sich zu lenken. Als er stehen blieb, setzte sie sich auf einen großen Stein und bedeutete ihm, sich neben sie zu setzen. In seinen Haaren hatte sich eine Spinnwebe verfangen. Angel entfernte sie behutsam. »Du hast beim Abendessen eine gute Frage gestellt«, sagte sie. »Die Beziehung zwischen Religion und Spiritualität ist ziemlich verwirrend. Meine Mutter hat immer gesagt, dass Religion etwas für die Reichen sei, die nicht zur Hölle fahren wollten, und dass die Spiritualität für arme Indianer sei, die dort bereits hausten und herauswollten.«

»Deine Mutter muss eine interessante Frau gewesen sein.«

»Mein Vater hat mir und meinem Bruder immer gesagt, dass unsere Mutter wie ein Regenbogen sei. Sie hatte viele Farben. Damit wollte er uns auffordern, ihr ihre dunklen Seiten zu verzeihen. Er wusste, dass kleine Mädchen nicht darauf warten sollten, dass ihre Mütter ihren Rausch ausschlafen.« Angels Stimme wurde ein wenig brüchig. Nach einer kleinen Pause fuhr sie fort: »Sie war in meinem Leben oft abwesend. Als sie starb, hat sich eigentlich nicht viel verändert. Von da an war sie eben dauerhaft abwesend.«

Angel weinte nicht, aber Ted war klar, dass sie auf einen wunden Punkt zu sprechen gekommen war. Früher war ihm das chronische Alkoholproblem in den Reservaten immer sehr abstrakt vorgekommen. Jetzt, mit Angel neben ihm, die den Tränen nahe war, spürte er es auf einmal ganz unmittelbar. »Das tut mir leid.«

Angel fasste sich wieder. »Ich denke, meine Mutter empfand keine Scham. Sie glaubte, dass man nur dann in den Himmel aufsteigen kann, wenn man auf die Erde fällt. In vielerlei Hinsicht schulde ich ihr eine Menge für diese Einsicht.«

Ted drehte den Kopf überrascht zur Seite. »Wie das denn?«

»Trotz all ihrer Drogen- und Alkoholprobleme besaß meine Mutter eine gewisse spirituelle Weisheit. Mein Bruder und ich spielten auf dem Fußboden und lauschten den schluchzenden Geständnissen zerbrochener und geheilter Seelen auf den Treffen der Anonymen Alkoholiker. Eines Tages hörte ich, wie meine Mutter sagte, dass sie froh sei, eine Trinkerin und Drogenabhängige zu sein.« Sie wusste, dass

Ted diese Feststellung nicht nachvollziehen konnte. »Meine Mutter glaubte, dass wir alle zerbrochen sind und dass wir diese Zerbrochenheit erst, wenn sie einen völlig verzweifelten Punkt erreicht hat – die Anonymen Alkoholiker bezeichnen es als die Landung ganz unten –, akzeptieren und etwas dagegen unternehmen können.«

»Bei allem Respekt deiner Mutter gegenüber, mir widerstrebt es zu glauben, dass ich erst gänzlich am Boden zerstört sein muss, bevor ich aufwachen kann. Ist das denn die dritte Erkenntnis? Nur zerbrochene Seelen können aufsteigen?«

»Ich glaube, sie wollte sagen, dass die Sucht eine sehr drastische Variante der ersten Erkenntnis ist. Bis zu einem gewissen Grad sind wir alle nicht richtig wach. Für meine Mutter und andere jedoch wuchs sich die Schläfrigkeit zu einem Vollrausch aus.«

Angel stand abrupt auf und begann langsam, den Pfad hinaufzuwandern. Sie wollte das Gespräch über ihre Mutter nicht fortsetzen, weil es zu schmerzhaft für sie war.

Ted starrte ihr nach, voller Bewunderung für die Anmut, mit der sie sich bewegte. Dann stand er ebenfalls auf und folgte ihr.

Angel wusste, dass ihre Lunge sich noch nicht an die Höhe von zweitausendsiebenhundert Metern gewöhnt hatte. Deshalb ging sie so langsam, während sie versuchte, ihre Gedanken zu sammeln. Sie suchte nach der besten Möglichkeit, um ihrem Schüler die dritte und letzte Erkenntnis zu vermitteln. Sie und Ted waren nun am zentralen Punkt des ersten Tages ihrer gemeinsamen Arbeit angelangt. Es konnte sehr wohl von der nächsten Lektion abhängen, ob er noch eine Woche dabeiblieb oder sogar nur noch einen Tag. Sie wollte ihre Sache nicht nur gut, sondern perfekt machen. Als sie einen großen Baumstamm neben dem Weg entdeckte, setzte sie sich wieder hin.

Ihr Selbstvertrauen war ins Wanken geraten. Sie war sich nicht mehr sicher, ob sie bei Ted richtig vorging, und es kam ihr lächerlich vor, dass sie sich eingebildet hatte, sie könnte jemandem einen Pfad zeigen, den sie nur mit Mühe selbst fand. Schließlich war es nicht ihre Botschaft, die sie Ted beizubringen versuchte; sie war bloß ein Medium, eine Vermittlerin, die sich bemühte, die Botschaft mit den bescheidenen Mitteln weiterzureichen, die ihr zur Verfügung standen – ihrem Herzen, ihrer Seele und ihrem Verstand. Doch ihr blieb nichts anderes übrig, als es zu versuchen. Sie würde wohl oder übel den alten Leitspruch befolgen müssen: Spiele die Rolle so lange, bis du sie beherrschst. Mehr konnte sie im Moment nicht tun.

Angel brach das Schweigen. »Ted, wenn du bereit bist, werde ich dir die dritte Erkenntnis vorstellen. Danach wird Pater Chuck die Sache übernehmen.«

»Ein Gastdozent an der *Spirit Tech*?«

»Pater Chuck steht auf meiner Liste von Lehrern an allererster Stelle. Er war ein großartiger Lehrer für mich. Du wirst mehr davon haben, wenn du dich direkt von ihm unterrichten lässt. Ich möchte nicht, dass etwas durch meine Übersetzung verloren geht.«

Ted wunderte sich über Angels offenkundigen Mangel an Vertrauen in ihre Fähigkeiten. Er traute ihr mittlerweile eine ganze Menge zu. »Es freut mich natürlich, wenn ich einige deiner Freunde kennenlerne, aber du bist die beste spirituelle Beraterin, die mir je über den Weg gelaufen ist.«

»Ich bin die einzige.«

»Stimmt.« Ted wusste, dass es rein gar nichts mit Vernunft zu tun hatte, wenn er in einem Bücherbus herumfuhr und versuchte, den Ratschlägen einer Frau zu folgen, die ihm zwar ziemlich reizvoll erschien, jedoch auch einigermaßen naiv. »Du bist die Erste, die es wagt, so etwas zu versuchen. Viele Leute wollen einem irgendeinen Quatsch andrehen. Du versuchst, mir etwas nahezubringen, was einen wahren Wert hat. Das ist doch wunderbar.«

Teds Akzeptanz war genau das, was Angel in dem Moment dringend brauchte. »Danke.«

Mit neuer Kraft setzte sie zur letzten Lehre dieses Tages an. »Ich bin zufällig über eine Haltung zur dritten Erkenntnis gestolpert und darüber, welche Rolle die Religion bei all dem spielt. Hoffentlich kann ich es dir richtig vermitteln.«

»Probier es doch einfach.«

»Für unsere momentanen Zwecke gehen wir davon aus, dass es in der gegenwärtigen Zeit fünf große Religionen gibt. Zwei sind kulturell verankert, drei basieren auf dem Glauben. Um ein Christ, ein Moslem oder ein Buddhist zu sein, musst du einfach nur ein Glaubenssystem verinnerlichen. Beschränken wir uns auf unserer gemeinsamen Pilgerreise auf die drei glaubensbasierten Religionen und würzen das Ganze gelegentlich mit einer Prise indianischer Spiritualität. Ist das für dich in Ordnung?«

»Vier Religionen reichen mir vollauf«, erwiderte Ted lächelnd. »Außerdem will ich mir keine Kippa oder einen Turban aufsetzen.«

»Wie ich früher schon sagte, baut sich in unserer gemeinsamen Arbeit eine Erkenntnis auf der anderen auf.«

»Klingt wie Mathematik«, kommentierte Ted.

»Bei der nächsten Erkenntnis wird dir ein Licht aufgehen. Sie ist nämlich großartig. Vieles von dem, was dir an Religion, Politik und dem Leben verrückt erscheint, wird anfangen, mehr Sinn zu ergeben.«

»Ich bin ganz Ohr.« Teds Augen leuchteten begeistert. Er konnte es kaum erwarten, mehr zu erfahren. »Schieß los. Teile mir diese wichtige dritte Erkenntnis mit.«

Angel schloss die Augen und sagte: »Ein Zielfernrohr hat zwei Achsen, eine horizontale und eine vertikale. Ohne diese zwei Achsen ist die Sicht unscharf.«

»Kapiert«, erwiderte Ted.

»Analog dazu definieren wir eine vertikale und eine horizontale Achse bei der Arbeit, die wir gemeinsam unternehmen. Religionen oder spirituelle Lehren können bei meinem Zielfernrohr als vertikale Linien betrachtet werden. Wir sehen uns das Christentum, den Islam, den Buddhismus und die indianische Spiritualität an. Natürlich gibt es weitere geistige Richtungen oder Religionen und unglaublich viele kleinere Gruppierungen innerhalb jeder Religion, aber darauf müssen wir jetzt nicht eingehen. Auf diesen vertikalen Linien sind horizontale Einkerbungen, die man als Stufen und Grade bezeichnen könnte. Auf diesen Stufen bewegen wir uns, während wir wacher oder bewusster werden. Manche behaupten, dass es sechs solcher Stufen gibt, andere gehen von neun oder mehr aus. Zur Vereinfachung konzentrieren wir uns jetzt mal auf sechs. Das ist die spirituelle Seite der Gleichung.«

»Wie ist das zu verstehen?«, fragte Ted.

»Erinnerst du dich noch an heute Morgen, als wir über das Aufwachen als einen Prozess gesprochen haben, der auf einer bestimmten Skala stattfindet?«

»Ja«, antwortete Ted.

»Das Bewusstsein, das ein jeder von uns auf dieser Skala

erreicht hat, lässt sich mit einem gewissen Grad an Sicherheit messen. Es gibt Muster. Es ist zwar ein bisschen grob, und vermutlich herrscht auch eine gewisse Uneinigkeit darüber, aber es kristallisiert sich definitiv ein Konsens heraus. Die Stufen definieren das Spektrum ausgehend von weniger wach oder bewusst hin zu hellwach oder erleuchtet. Auf den unteren Stufen ist die Persönlichkeit noch nicht gereift, das heißt, sie hat sich noch nicht ihrem vollen Potenzial geöffnet – sie schläft immer noch ziemlich fest. Auf den höheren Stufen finden wir Seelen, die gereifter oder wacher sind.«

»Was nützt es denn, die spirituelle Stufe zu kennen, auf der man sich befindet?«

»Egal, auf welcher Stufe du dich befindest, mit ein wenig Hilfe kannst du ein umfassenderes Bewusstsein erlangen, also die nächsten Stufen erklimmen. Im Grunde verfügen wir alle über das Potenzial, spirituell erleuchtet zu werden. Jeder anständige Geograf weiß, dass er erst wissen muss, wo er steht, bevor er einen Weg zu seinem angestrebten Ziel wählen kann.«

»Was hat denn dieser Zielfernrohr-Vergleich mit der Wahl einer Religion oder dem Unterschied zwischen Religion und Spiritualität zu tun?«

»Zur Erklärung stelle ich dir erst mal eine Gegenfrage: Wenn deine Eltern eine Schule für dich aussuchen würden, dann würden sie sich doch bestimmt erst vergewissern, dass sie die richtige Institution gewählt haben, und dich in die richtige Klasse zu einem fähigen Lehrer stecken, oder?«

»Sicher«, erwiderte Ted schulterzuckend.

»Das Gleiche gilt auch für uns. Wir müssen die beste Institution oder die beste Schule finden, aber wir müssen dich auch in die richtige Klasse stecken. Es gibt in der katholischen Lehre eine erste, aber auch eine sechste, weit fortgeschrittene Klasse. So ist es bei allen Religionen. Wenn ich dir die sechste Klasse im Katholizismus und die erste Klasse im Islam vorstellen würde, was, glaubst du wohl, würde passieren?«

Ted ahnte, worauf sie hinauswollte. »Ich würde selbstverständlich davon ausgehen, dass der Katholizismus die weiter entwickelte Religion ist.«

»Es wäre, als würde man einen Buchstabierwettbewerb zwischen Erstklässlern an der P.S.-Mecca-Grundschule und der sechsten Klasse von St. Mary's veranstalten und dich dann ausgehend von den richtigen Antworten auffordern zu sagen, welche Schule die bessere ist.«

»Na ja, wahrscheinlich St. Mary's.«

»Aber was würdest du von Mrs. Smiths Lehrplan halten, wenn ich dich in ihre sechste Klasse stecken würde, wenn du noch damit beschäftigt bist, das Alphabet zu lernen?«

»Ich würde denken, dass Mrs. Smith ziemlichen Quatsch unterrichtet.« Plötzlich ging Ted ein Licht auf. »Das tun wir die ganze Zeit, stimmt's?«

»Die ganze Zeit und auf vielen unterschiedlichen Stufen. Und weißt du, wer sich am meisten über die Erstklässler lustig macht?«

Ted war klar, dass es sich hier um eine rhetorische Frage handelte, also erwiderte er nur: »Sag's mir.«

Angels Stimme wurde lauter, während sie nach einer Fliege schlug, die sich auf ihrer Nase niedergelassen hatte und stur dort sitzen bleiben wollte. »Die Zweitklässler. Und jetzt solltest du in der Lage sein, eines der größten Probleme der heutigen Welt zu erkennen und den Grund, warum es uns so schwerfällt, über Religion und Politik zu reden. Ich erkläre es dir aber trotzdem noch einmal ausführlich: Wir gehen davon aus, dass unsere Meinungsverschiedenheiten ihre Ursachen auf den vertikalen Linien haben – also, welchen Religionen oder sogar welchen einzelnen Richtungen innerhalb dieser Religionen wir angehören. Tatsächlich aber sind unsere echten Unterschiede und die Wurzeln eines Großteils der Spannungen in dieser Welt auf den horizontalen Stufen angesiedelt, die unseren spirituellen Fortschritt beim Aufwachen markieren, beziehungsweise den Fortschritt, den wir dabei gemacht haben, uns von den schädlichen Aspekten unserer Mr.-Digit-Persönlichkeiten zu befreien, die uns unser Ego diktiert.«

Ted dachte kurz darüber nach, dann sagte er: »Ich glaube, ich verstehe, was du meinst. Aber warum ist es denn problematisch, dass dein Bewusstseins auf einer anderen Stufe angesiedelt ist als meines?«

»Das Problem liegt nicht darin, dass wir uns in unterschiedlichen Geschwindigkeiten entwickeln.«

»Worin denn dann?«

»Das Problem ist, dass ein Großteil der Welt aufgehört hat, sich überhaupt zu entwickeln. Die meisten Menschen stecken entwicklungsmäßig auf den unteren Stufen des Bewusstseins fest, und es gibt niemanden, der ihnen den Weg die Leiter hoch zeigt.«

»Und du meinst, dass sie es nicht alleine schaffen?«

»Die meisten Menschen und leider auch ein Großteil der religiösen und politischen Gruppierungen auf dieser Welt erkennen nicht, dass unser Lebensziel der spirituelle Fortschritt auf der vertikalen Achse sein und nicht darin bestehen sollte, uns über religiöse oder politische Unterschiede zu streiten. Die Welt steckt in belanglosen Konflikten und destruktiver Gewalt fest, und zwar so fest, dass sie kurz davor steht, sich zu zerstören. Die spirituelle Psyche der meisten Menschen ist zu einem eindimensionalen, kargen Ort verkümmert, und den Mittelpunkt dieses Ortes bildet unser Ego, das nur um uns selbst kreist und ständig eine einzige abgedroschene Parole verlauten lässt: Ich gegen den Rest der Welt. Deshalb wenden sich so viele Menschen von der Religion ab, sind von der Politik frustriert und hoffen auf eine neue Weltordnung oder auf was weiß ich.«

Ted überlegte eine Weile, dann meinte er: »Es ist wirklich viel zu früh für mich, um das mit Sicherheit sagen zu können, aber ich denke, dass diese dritte Erkenntnis eine sehr große ist. Ich könnte mir vorstellen, dass es mein Leben stark beeinflussen wird, wenn ich diesen Punkt wirklich begriffen habe.«

»Gut, Ted. Das zu erkennen ist tatsächlich ein Paradigmenwechsel, und es geht definitiv über das reine Wissen oder das reine Begreifen hinaus. Du musst es erleben.«

»Sprich weiter, das klingt sehr spannend.«

»Wenn du unter all der Zerstörung, Armut, Gier und Ignoranz gräbst, wirst du merken, dass dort der Ursprung allen Übels liegt – in der mangelnden spirituellen Entwicklung kommt zum Ausdruck, dass wir in einer selbstsüchtigen Welt leben und uns der Herausforderung stellen müssen, weniger selbstsüchtig zu sein. Der Katholizismus in der ersten Klasse mag ziemlich banal erscheinen, aber das eine sage ich dir: In der sechsten Klasse kann dich dieser Katholizismus stärker umhauen als ein Glas Whiskey und ein Guinness. Dasselbe gilt auch für die anderen Religionen. Für die Erst- und Zweitklässler auf der ganzen Welt ist es eine ziemlich beängstigende Reise, die Klassenzimmer der höheren Klassen zu finden. Keiner ist da, um sie an den kleinen Händen zu nehmen und sie den Gang hinunterzubegleiten. Und es gibt auch keine Pfeile an der Wand, die ihnen die Richtung weisen und mit deren Hilfe sie den Weg allein finden könnten.«

»Warum gibt es dann nicht mehr spirituelle Berater? Warum zeigt sich die Welt dieser Botschaft gegenüber taub? Musst du dich erst hinter Berthas Lenker klemmen und die Leute anfahren, wie du es bei mir getan hast?«

»Unserem Aufstieg in die höheren Klassen stehen eine Menge Hindernisse im Weg. Man könnte diese geballten Kräfte als Übel bezeichnen. Allerdings wäre es zu einfach, dieses Übel unseren natürlichen Überlebensinstinkten zuzuschreiben und einer Kultur, die in selbstsüchtigem Denken verhaftet ist, auch wenn Leute wie ich und vielleicht eines Tages auch du mit dieser Erklärung aus dem Schneider wären. Was wir brauchen, ist ein neuer, vereinigter spiritueller Weg auf der vertikalen Achse, der unabhängig von unseren religiösen Neigungen auf dem horizontalen Pfad entsteht. Wir müssen quasi eine Orientierungshilfe schaffen, die der Welt allgemein zugänglich ist. Einige von uns tun sich zusammen und versuchen, diese Botschaft mit anderen zu teilen, aber das ist schwieriger, als wir es uns vorgestellt haben.«

Ted kehrte zu seiner ursprünglichen Frage zurück. »Warum tut die Religion das nicht für uns?«

Angel seufzte. Sie wünschte sich, dass es so wäre. »Viele religiöse Institutionen der Welt versagen dabei, dir den Pfad in Mrs. Smiths sechste Klasse zu weisen, und obendrein entmutigen sie dich auch noch, diese Reise zu unternehmen. Kannst du dir vorstellen, warum das so ist?«

Ted hob eifrig die Hand und streifte dabei den Baum, an dem er lehnte. Ein wenig Rinde rieselte auf sie herab.

Angel lächelte, wischte sich ein paar Rindenstückchen von der Stirn und sagte: »Nur zu, Mr. Day, sagen Sie es mir.«

Da er sich sicher war, die richtige Antwort zu haben, platzte er gleich damit heraus. »Sie sind damit beschäftigt, uns die Boote zu verkaufen, die wir zurücklassen müssen, sobald wir das andere Ufer erreicht haben.«

»Ganz genau. Auf den höheren Stufen verlieren die Werte und Glaubenssätze, die viele organisierte religiöse Gemeinschaften ihren üblichen Erst- und Zweitklässlern verkaufen, an Bedeutung, ja, sie behindern sogar unser geistiges Wachstum. Aus diesem Grund stellt der Dalai Lama fest, dass die Religion nicht so wichtig ist. Seiner Meinung nach geht es hauptsächlich um das Erwachen.« Angel dachte kurz nach und fuhr dann fort: »Auf diesem Gebiet hat sich auch Jesus ganz besonders hervorgetan. Wir haben völlig aus den Augen verloren, dass Jesus ein religiöser Revolutionär war. Er hat verzweifelt versucht, seine Jüngerschar aus den ersten und zweiten Klassen, in denen sie über den Sittenkodex, Gott und die Gesetze nachgedacht haben, zu einem radikaleren, höher angesiedelten geistigen Ort zu bringen. Wie Buddha war Jesus ein Lehrer aus der sechsten Klasse, wie sie nur einmal in tausend Jahren auftauchen. Deshalb enttäuscht uns die Religion so oft. Sie hat Jesus auf einer horizontalen Ebene angesiedelt und in eine Religion verwandelt statt in einen Heilsbringer.«

»Hat Jesus uns denn enttäuscht?«

»Wie heißt es gleich noch mal?« Angel versuchte, die Antwort auf ihre Frage zu finden. »Das Christentum enttäuscht uns nicht, wir haben es nur noch nicht richtig ausprobiert. Die historische Tragödie von Jesus liegt darin, dass sein Vermächtnis im Denken der ersten Klasse stecken geblieben ist. Doch daran ist wahrhaftig nicht er schuld.« Da Ted verwirrt aussah, fuhr sie fort. »Ich versuche, es dir noch mal anders zu erklären: Um die Schüler der ersten und zweiten Klassen, die vor zweitausend Jahren auf der Welt lebten und leider noch immer einen Großteil unserer Welt bewohnen, davon zu überzeugen, dass Jesus der Beste war, machten seine Jünger ihn zum größten, härtesten, schnellsten Erstklässler, den es je gab, und viele machen bis heute einfach so weiter. So läuft es allerdings bei allen Religionen.«

»Du meinst jungfräuliche Geburten, Dschihads, Gehen auf dem Wasser, Auferstehen von den Toten und all diese Dinge, aus denen ein Großteil des religiösen Gedankenguts besteht?«

»Die Religion muss mehr für uns tun. Sie muss uns helfen, auf der Bewusstseinsleiter aufzusteigen und die ersten, zweiten und dritten Klassen hinter uns zu lassen.«

»Trotzdem hat sich die Menschheit in den letzten zweitausend Jahren doch ziemlich weit entwickelt«, wandte Ted ein. »Geht der Trend denn nicht weg von den unteren Klassen?«

»Es fällt vielen Menschen schwer, die vorgekaute Sicht der Dinge, die die Religion ihnen anbietet, loszulassen. Sich auf echtes spirituelles Wachstum zu konzentrieren ist ein ziemlich beängstigendes Unterfangen.«

»Das Wissen loszulassen?«

»Darüber reden wir später, aber Gott als großer Zauberer ist eines der Merkmale der ersten Stufe. Auf den höheren Stufen besteht das Ziel darin, das Göttliche in diesem Leben zu erfahren, im Hier und Jetzt, und nicht stecken zu bleiben in der Terminologie der menschlichen Biografen von Jesus, Mohammed, Buddha oder sonst jemandem. Diese Informationen waren zwar in den Anfangsstadien unserer Entwicklung hilfreich, ja ganz wesentlich, aber sie sind nicht der Endpunkt der Reise.«

Ted kraulte Argo hinter den Ohren. »Ich weiß nicht recht, ob ich all das begriffen habe, aber ich muss schon sagen, es klingt echt interessant, und es könnte sehr wohl viele der verrückten Sachen auf dieser Welt erklären.«

»Es wird dunkel. Lass uns zurückgehen.«

Der Pfad zum Campingplatz war ziemlich schmal, weshalb es sich nicht vermeiden ließ, dass die beiden gelegentlich zusammenstießen. Es fühlte sich gut an. Ted fragte sich, warum ihm nicht schon viel früher der Gedanke gekommen war, eine spirituelle Reise mit einer schönen Lakota-Prinzessin zu unternehmen. Er bedauerte nur, dass der Geist von Wild Bill Raines nicht in seinem himmelblauen 82er Cadillac hinter ihnen herfuhr.

Erst als der Mond hoch am Nachthimmel stand, legten sich Angel, Ted, No Barks und Argo eng zusammengedrängt schlafen. Angel störte es nicht, einen Mann, der nicht mit ihr verwandt war und mit dem sie keine intime Beziehung unterhielt, neben sich schnarchen zu hören. In ihrer Kindheit und Jugend waren häufig Leute vorbeigekommen, die aus irgendeinem zweifelhaften Grund auf dem Fußboden oder dem Sofa übernachtet hatten – meistens, weil sie zu viel getrunken hatten. Ted hingegen hatte zum letzten Mal eine ähnliche Erfahrung beim Mittagsschlaf im Kindergarten gemacht.

Argo lag neben seiner wilden Cousine und legte sachte

eine Pfote auf No Barks' Nacken. Die Wolfshündin erzitterte, seufzte und schloss die Augen. Als Angel sich umdrehte, rutschte ihre Decke zur Seite. Ihre langen, kräftigen Beine leuchteten im Mondlicht. Sie kam Ted unwirklich schön vor. Um sich nicht länger mit diesem Anblick zu quälen, drehte er sich um und bemühte sich einzuschlafen.

Es dauerte nicht lange, bis sich sein Traum wieder einstellte. Das Feuer glomm jetzt nur noch schwach neben demselben kleinen, klaren Bach. Der Zeltplatz war leer, und die Sonne schickte sich gerade an aufzugehen. Angel trat begleitet von zwei Rehen und einem gefleckten Rehkitz in einen Lichtstrahl. Sie war hellwach und splitterfasernackt. Vorsichtig hob sie den Kopf. Mit geblähten Nasenflügeln witterte sie in der Luft nach Gefahren, dann setzte sie die Füße wie zarte Hufe auf. Ihr Kopf neigte sich, und ihre langen schwarzen Haare wehten zur Seite. Aus der Ferne erklangen Stimmen. Angel brachte ihre kleine Herde im Unterholz auf der anderen Seite des Baches in Sicherheit und verschwand aus Teds Blickfeld.

15. Kapitel

Ted verlagerte seinen Rucksack ein wenig nach links. »Habe ich etwas vergessen?«

Angel befestigte die Gurte über Teds Brust und reichte ihm einen Wanderstab. »Du brauchst viel weniger, als du denkst. Im Rucksack befindet sich nichts, worauf du nicht auch zwei Tage lang verzichten könntest.«

»Wasser?«, fragte Ted.

»Du wanderst zu einem See. In Seen gibt es viel Wasser.« Angel warf einen Blick auf die Uhr. Es war schon nach zehn. Sie wollte gern, dass Ted den Gipfel vor Einbruch der Dunkelheit erreichte. »Es wird Zeit, dass du aufbrichst.«

Wie Jeremiah Johnson kam sich Ted zwar immer noch nicht vor, aber die Wanderung erschien ihm jetzt in einem besseren Licht. Er war zwar nach wie vor nicht darauf erpicht, doch mittlerweile erfüllte ihn eine gewisse Abenteuerlust. Mit einem Blick auf seinen Hund sagte er: »Gehen wir, Argo. Bären und Berglöwen brauchen schließlich auch was zu fressen. Jemand muss den großen Lebenskreislauf aufrechterhalten.«

Angel grinste. »Versuch doch einfach mal, dich zu entspannen und Spaß zu haben. Das ist ein Teil deines Lehrplans.«

»Es war schön, dich kennenzulernen«, rief Ted, bevor er sich endgültig auf den Weg machte.

»Ganz meinerseits.«

Als sich Ted langsam von der Sicherheit und Geborgenheit des Zeltplatzes entfernte, kam ihm der Berg schrecklich weit weg vor. In der Eingangshütte zum Naturpark füllte er ein Anmeldeformular aus und warf einen Blick auf die Regeln auf dem schwarzen Brett – kleine Lagerfeuer waren erlaubt. Viele andere Bergsteiger hatten sich hier angemeldet und auf den Weg gemacht, und manche waren erst mehrere Tage später wieder zurückgekehrt.

Ein wenig zuversichtlicher machte sich Ted an den Aufstieg. Schon nach fünf Minuten hatte er die kleine Lichtung am Ausgangspunkt des Weges hinter sich gelassen und war in den Wald gelangt. Er nahm sich fest vor, sich nie mehr über Fahrten in Bertha dem Bücherbus zu beklagen – immerhin bot ihm das Gefährt ein Dach über dem Kopf. Er bezweifelte, es vor Sonnenuntergang zum Stewart Lake zu schaffen. Dann fiel ihm Angels Ratschlag ein: »Der einzige Weg zum Gipfel besteht darin, einen Schritt nach dem anderen zu machen. Und bevor du es richtig merkst, bist du schon dort und wirfst einen Blick zurück.«

Wie die meisten unerfahrenen Bergsteiger war Ted ein bisschen ängstlich und schritt deshalb zu rasch aus. Außerdem wollte er unerschrocken wirken, während er sich von Angel entfernte. Mit dieser viel zu schnellen Gangart umrundete er eine der scheinbar unendlichen Reihen von Serpentinen. Noch bevor er seine ersten hundert Meter zurückgelegt hatte, begann er zu keuchen. Er hörte kurz auf zu versuchen, die vielen spitzen Steine auf dem Weg zu umgehen, und blieb stehen, um die kühle, erfrischende Bergluft tief einzuatmen. Zum ersten Mal seit vielen Jahren schmeckte er das Abenteuer, und er war sogar ein wenig stolz auf sich, dass er diesen Schritt hinaus in die Wildnis wagte.

Er nahm seine Baseballkappe ab und wischte sich den Schweiß von der Stirn, dann trank er einen Schluck Wasser aus einer der zwei Flaschen, die er sich des leichteren Zugangs wegen am Gürtel befestigt hatte. Für Argo goss er Wasser in die faltbare Plastikschüssel, die er für ihn mitgenommen hatte. Der Hund ruhte sich unter einer Kiefer aus und starrte völlig desinteressiert auf sein Schüsselchen. »Argo, wenn wir so weitermachen, haben wir bald kein Wasser mehr. Wir sollten sparsamer damit umgehen oder einfach hierbleiben und unser Lager aufschlagen. Was meinst du? Ich sag es keinem, wenn du es keinem sagst.«

Argo flitzte zu Ted und umkreiste ihn mehrmals, eifrig den Boden abschnüffelnd. Wie ein einsamer Regentropfen, der auf geheimnisvolle Weise aus einem nahezu wolkenlosen Himmel fällt, überkam Ted plötzlich ein ganz anderes Gefühl: Dankbarkeit. Er ärgerte sich fast ein wenig, dass sein Großvater ihn mehr oder weniger aus Crossing Trails hatte hinauswerfen müssen und er eine spirituelle Beraterin vom Stamm der Lakota gebraucht hatte, die ihn auf diesen Pfad geschubst hatte. Woher kamen all seine Widerstände? War er zu ängstlich? War er zu konservativ? Er war sich nicht sicher, doch im Moment erfüllte ihn eine große Dankbarkeit gegenüber seinem Großvater und auch gegenüber Angel, dass ihm die beiden einen Stups gegeben hatten. Der Wald hatte es in kürzester Zeit geschafft, Ted mit seiner Schönheit zu verzaubern.

Von da an wanderten die beiden etwa eine halbe Stunde lang in einem etwas gemäßigteren Tempo weiter. Bei einem Schild, das verkündete, dass sie nun den Santa Fe National

Forest betraten, blieb Ted erneut stehen und überprüfte die Notizen, die er am Morgen in sein Smartphone eingegeben hatte. Sein Eintritt in den Nationalpark bedeutete, dass er eine Meile seines Wegs zurückgelegt hatte. Es war elf Uhr, also hatte er etwa eine Dreiviertelstunde für die erste Meile gebraucht. Er war zwar ein wenig müde, aber durchaus noch bei Kräften.

Insgesamt waren es knapp sechs Meilen bis zum Gipfel. Wenn sie in diesem Tempo weitermarschierten, und falls er nicht vor Erschöpfung zusammenbrach, würden sie es bis um vier Uhr zum Stewart Lake geschafft haben. Aber warum die Eile, nur um immer mehr Entfernung zwischen sich und die Zivilisation zu legen? »Argo, gute Neuigkeiten: Wir sind zu schnell. Selbst wenn wir etwas langsamer gehen, schaffen wir es noch lange vor Sonnenuntergang zum Gipfel.«

Ted warf einen Blick auf den Wegabschnitt, den er gegangen war, und wunderte sich über die Höhe, die er in der letzten Dreiviertelstunde erreicht hatte. Angel, No Barks, Bertha und der Zeltplatz waren nicht mehr zu sehen. Und noch etwas fiel ihm auf: Auf ihrem Weg hatten er und Argo bislang keinen anderen Menschen gesehen, und es war auch kein Auto, Flugzeug, Handy oder sonst ein Hinweis auf menschliche Existenz zu hören gewesen. Es war überraschend still hier, wahrhaftig nicht wie in einem Wald in einem Film, wo man im Hintergrund oft ein Bächlein plätschern hört. Der Berg kam ihm vor wie ein leerer Raum, der paradoxerweise erfüllt war von sich selbst.

Als er in dieser Stille weiter bergauf stieg, begann sich Ted plötzlich nackt zu fühlen, dabei aber nicht verlegen oder verletzlich. Es war eher ein Gefühl des Aufgeräumtseins. Frei und unbeschwert von dem üblichen Gefühl seiner Identität schritt er aus. Sein verlässliches, fundamentales Ted-Sein hatte sich wie ein früher Morgennebel verflüchtigt. Der Mann, der in dem Licht der Sonne, die immer wieder einmal durch die Bäume blitzte, den Berg hinaufstieg, schien nicht mehr Ted Day zu sein – Anwalt, dreißig Jahre alt, Hundebesitzer, Einwohner von Crossing Trails, Weißer, Sohn eines Arztes, Republikaner …

Er war einfach nur da, an diesem Punkt seines Weges, und ging weiter. Aufgeräumt. Die Nacktheit störte ihn nicht. Unbelastet von all den Kostümen und Ausschmückungen, durch die er sein Leben normalerweise definierte, fühlte sich Ted lebendig und ungebunden.

Mit jedem Schritt stieg etwas anderes in ihm auf. Er wurde sich seiner Umgebung bewusster. Wenn er langsamer ging, tief durchatmete, häufiger kurz auf Baumstämmen am Wegrand oder auf einem kleinen Felsen, wie sie hier praktischerweise überall herumlagen, rastete – sich also nicht so weit anstrengte, dass ihm das Atmen schwerfiel –, konnte er einen Teil seiner Kräfte auf die schlichte Aufgabe lenken, seine Umgebung zu beobachten und die Wanderung immer mehr zu genießen.

Kurz vor zwölf wurde er hungrig. Er durchsuchte seinen Rucksack und vergrub die Zähne in die erste Mahlzeit, die Angel für ihn zusammengestellt hatte. Erdnussbutter und Gelee hatten noch nie so köstlich geschmeckt. Argo schnüffelte an seinem Hundefressen, zeigte sich jedoch nicht sonderlich interessiert. Nachdem Ted sein Sandwich verschlungen hatte, streckte er sich aus, legte den Kopf auf seinen Rucksack, betrachtete die Gipfel am Horizont und freute sich über das Panorama. Mit den Bergen in Verbindung zu treten, wenn man sich direkt in ihrer Welt befand, war tatsächlich eine ganz besondere Erfahrung. Angel hatte recht gehabt.

Als er sich etwas schläfrig fühlte, beschloss er, dass es wohl besser war, sich wieder auf den Weg zu machen. Nachdem er sich erhoben und die Rucksackriemen zurechtgerückt hatte, warf er erneut einen Blick auf seine Notizen. Er konnte es kaum erwarten zu sehen, was hinter der nächsten Kurve lag. Bald sollte nämlich ein ausgedehnter Pappelwald kommen, der sich über eine ganze Meile erstreckte. Dann würden sie zwei Meilen geschafft haben. »Gehen wir weiter, Argo. Ich glaube, wir stoßen gleich auf etwas Interessantes.«

Sie liefen etwa eine Viertelstunde weiter bergauf, bis sich das Terrain plötzlich veränderte: Die Kiefern wichen Pappeln. Angel hatte nicht erwähnt, dass zwischen den Bäumen Farn und Büsche mit kleinen roten Beeren wuchsen, die Ted nicht identifizieren konnte. In diesem stillen, grünen Wald überkam ihn eine gewisse Andacht. Er hatte das Gefühl, als wäre er in den Mittelpunkt des Lebens geraten.

Zweihundert Meter später störte ein plötzliches Krachen den Frieden des Waldes. Ted zuckte erschrocken zusammen, denn darauf war er überhaupt nicht vorbereitet gewesen. Etwas sehr Großes bewegte sich flink unweit der Stelle, an der er stand. Instinktiv sprang er zur Seite und suchte nach Deckung. Als er sich etwas gefasst hatte, spähte er in die Richtung, aus der das Geräusch gekommen war. Ein Tierfell blitzte auf, und er erkannte, dass etwa dreißig Meter unterhalb ein riesiger Wapiti von ihm wegstrebte. Auch Argo starrte das Tier an und wusste nicht so recht, ob er ihm nachsetzen oder den Schwanz einziehen und wegrennen sollte. Der Hund sah zu Ted, als ob er eine Anweisung von ihm erwartete. Ted packte Argo am Halsband und hielt ihn zurück. »Der ist ein bisschen zu groß für uns. Den lassen wir laufen.«

Es war ziemlich aufregend, die freie Natur mit einem womöglich zehn Zentner schweren Wapiti zu teilen. Ted atmete ein paarmal rasch durch und ließ das Gefühl in sich einsickern, dass sie sich an einem solch wilden Ort aufhielten, zusammen mit all den anderen Bewohnern dieser Wildnis. Dann lachte er und stellte ziemlich erleichtert fest, dass ihm nichts passiert war. Nachdem er den ersten derartigen Zwischenfall überlebt hatte, dachte er sich, dass er wohl in die Wildnis aufgenommen worden war, und sein Selbstvertrauen wuchs. Der Blick auf den prächtigen Hirsch kam ihm plötzlich wie ein Geschenk des Waldes vor. Er stand auf, klopfte seine Hose sauber und wandte sich an Argo. »Weiter geht's, mein Freund. Das war nur ein Wapiti. Wir haben schon fast die Hälfte geschafft.«

Am oberen Rand des Pappelwaldes begann der Pfad flacher zu werden und sich nach Westen zu wenden. Der folgende Abschnitt war viel leichter zu bewältigen. Trotzdem behielt Ted sein gemächliches Tempo bei. Hinter einer Biegung blieb er stehen und leerte seine erste Wasserflasche mit einem tiefen Schluck. Dann goss er aus der zweiten Flasche etwas Wasser in Argos Schüssel, und diesmal schlabberte der Hund es dankbar auf. Als Argo den Kopf hob, tropfte ihm das Wasser aus dem dichten Fell um sein Kinn. »Ziemlich schlampig, deine Trinkgewohnheiten«, bemerkte Ted.

Sein Herz schlug fast normal, als er ein weiteres lautes Krachen vernahm. Diesmal war es jedoch viel näher, kaum fünf Meter von ihm entfernt und eher oberhalb. Und am schlimmsten war, dass die Quelle dieses Geräusches sich direkt auf ihn zu bewegte.

Argo reagierte weitaus schneller als Ted. Der Hund geriet in Panik und raste mit eingekniffenem Schwanz davon. Ted erstarrte. Instinktiv schützte er seine Brust mit den Händen. Hinter den Bäumen stürmte ein kleiner, etwa zwei Zentner schwerer Schwarzbär hervor und raste direkt vor ihm quer über den Pfad. Der Bär schien genauso erschrocken wie Argo und floh so schnell den Berg hinab, als würde er um sein Leben rennen. Rasch war er im dichten Unterholz verschwunden. Ted sah nur noch ein paar grauweiße Flecken aufblitzen. Er war völlig benommen und konnte kaum begreifen, was soeben passiert war. Schließlich folgerte er, dass der Bär wohl neben dem Pfad gelegen und vielleicht sogar geschlafen hatte, als er und Argo mehr oder weniger über ihn gestolpert waren. Sie hatten dem armen Geschöpf bestimmt einen Riesenschreck eingejagt.

Unwillkürlich musste Ted lachen. Soeben hatte er einen Bären getroffen, und allem Anschein nach hatte er auch diese Begegnung überlebt, um darüber berichten zu können. Er rief nach Argo, der zögernd näher kam. Offenbar war er sich noch nicht sicher, ob die Gefahr wirklich vorüber war. Er wand sich zwischen Teds Beine hindurch auf der Suche nach einem sicheren, behaglichen, bärenfreien Hafen. Ted kniete sich hin und versuchte, seinen verängstigten Hund zu beruhigen. Er hielt ihn ganz fest. »Keine Sorge, Argo, der Bursche wollte uns nichts tun, und jetzt ist er weg.«

Ted stand auf, atmete ein paarmal tief durch und trat zurück auf den Pfad. Auf seinem Gesicht breitete sich ein Lächeln aus. Im Wald war es wieder ganz still. Er befand sich inmitten der Wildnis von Pecos. Hier gab es Bären und Wapitis, und er stieg auf einen Berg, und all die Dinge, über die er sich in seinem Leben Sorgen gemacht hatte – angefangen von nicht pünktlich eingereichten Schriftsätzen bis hin zu Reparaturen an seinem Haus –, schienen belanglos. Beinahe lächerlich.

Als er die Umgebung nach irgendwelchen Bewegungen absuchte, fiel ihm ein, dass viele Wanderer Bären auf dem Pfad getroffen haben und ähnliche, gefahrlose Begegnungen gehabt haben mussten. Wie viele von Teds anderen Ängsten waren völlig unbegründet? Wie viele Bären und andere dunkle Geschöpfe waren nur Trugbilder seines Bewusstseins? Nachdem er ein Weilchen darüber nachgedacht hatte, erkannte er, dass der Bär ihm eine Lehre in Sachen Reaktion erteilt hatte. Seine Reaktion – seine Sorgen und Ängste wegen des Bären – hatte ihm weit mehr Unbehagen und Probleme verursacht als der Bär selbst. Die ganze Lektion kam ihm irgendwie bekannt vor. Wie die Meditationsübung am Vorabend schien sie zu beweisen, dass sein Verstand nicht immer sein bester Freund war. Irgendwie war er nicht nur aus seinem Verstand gemacht, sondern auch noch aus etwas anderem, das hinter oder über seinem Verstand lag. Ihm fiel ein, dass Angel gemeint hatte, in diesem Wald liege vielleicht eine Einsicht in das eigentliche Wesen des Selbst.

Er blieb stehen, um diese Erkenntnis zu verarbeiten. Plötzlich tauchte etwa fünfzig Meter entfernt ein zweiter Schwarzbär auf und hielt direkt auf ihn zu. Für einen erfahrenen Wanderer mochte so etwas vielleicht vorhersehbar sein, aber Ted erschien dieser zweite Bär so unwahrscheinlich wie ein Blitz, der zweimal am selben Ort einschlägt. Dieser Bär war größer, etwa drei Zentner schwer, und trug ein rotes, mit einem Sender versehenes Band um den Nacken. Der Bär blieb kurz stehen, dann stellte er sich auf die Hinterbeine und nahm Witterung auf. Seine dunkelbraunen Augen starrten direkt auf Ted. Jedes Geschöpf schätzte das andere ein. Ted blieb einfach reglos stehen und wich dem Blick des Bären nicht aus. Er verspürte keine Angst, und von dem Bären schien keine Aggression auszugehen. Ted verspürte einfach etwas ganz Grundsätzliches: Der Bär hielt sich im Wald auf, und Ted hielt sich ebenfalls dort auf. Das war alles.

Auf einmal fühlte er sich sehr männlich. Es war keine Männlichkeit, wie sie aus männlicher Kraft und scheinbarer Überlegenheit erwächst, denn schließlich hatte er den Bären nicht getötet. Es war eine andere Art von Kraft, die aus dem Wissen stammte, dass er mit einem Bären am selben Ort leben konnte und der Bär mit ihm. Sie waren beide Geschöpfe dieser Erde und konnten das Recht des jeweilig anderen, sich auf diesem Pfad zu bewegen, achten, ohne den anderen zerstören zu wollen. Schließlich wandte sich der Bär ab und trottete nach unten, und Ted und Argo setzten ihren Aufstieg fort.

In den nächsten Stunden ging es stetig weiter hinauf. Kurz vor fünf gelangte Ted zu einer Kreuzung und bog auf den zweiten Pfad ein, der zurück nach Westen führte. Angels Wegbeschreibung zufolge hatte er sein Ziel fast erreicht. Nach einer Linkskurve kam eine Holzbrücke, die über einen kleinen Tümpel führte, der am Rand einer großen Wiese voller Hirschspuren lag. Nun war es nur noch eine Viertelmeile bis zum See. Auf einem Schild stand, dass man am Seeufer nicht campen durfte. Deshalb beschloss Ted, sein Zelt in der Nähe des Tümpels aufzuschlagen. Er lief ein paar Schritte am Ufer entlang.

Umgestürzte Zedern und Kiefern hatten das Wasser braunrot gefärbt, und am Ufer wuchsen hohe, zitronengelbe Gräser. Ted entdeckte eine mit Steinen ausgelegte Feuerstelle unter dem Dach der Bäume. Er merkte sich diesen Fleck und setzte seinen Weg fort.

Eine Viertelstunde später lag der Stewart Lake vor ihm. Der See war zwar gut zehnmal so groß wie der Tümpel, aber trotzdem nicht riesig. Sein Wasser war kristallklar. Dieser See hätte es verdient, fotografiert zu werden und auf den Umschlag eines Wanderführers zu kommen, dachte Ted. Er forderte einen förmlich dazu auf, ihn zu finden.

Ted setzte sich auf einen Stein und beobachtete die kleinen Fische, die sich immer wieder in tieferes Gewässer vorwagten. Ihm fiel ein, dass er auf dem ganzen Weg keinen Menschen gesehen hatte. Er legte seinen Rucksack auf den Boden und versuchte, die vielen ungewöhnlichen Gedanken zu ordnen, die ihm durch den Kopf schwirrten. An der Oberfläche verspürte er nur eine dumpfe Erschöpfung, denn es war ein langer, anstrengender Aufstieg gewesen. Doch hinter dieser Erschöpfung stellten sich weitere Gefühle ein. Anfangs dachte er, es wäre Einsamkeit. Aber schließlich war Argo bei ihm, und Ted erkannte, dass er sich genauso einsam fühlen könnte, wenn er allein im Wohnzimmer in seinem kleinen Haus in Crossing Trails sitzen würde. Dieses Gefühl war anders.

Sich vom Dauerbeschuss der zivilisatorischen Annehmlichkeiten zu entfernen – angefangen von Kreditkarten und allen möglichen Gerätschaften hin zu Fast Food, Krankenhäusern und Reinigungen –, hatte in Ted ein Gefühl des Nacktseins und der Schutzlosigkeit hervorgerufen. All diese Annehmlichkeiten und Hunderte weitere waren die Zweige, die das schützende Nest der Gesellschaft bildeten. Nun fühlte er sich nicht einsam, sondern auf gewisse Weise isoliert: Er hatte es geschafft, das Nest zu verlassen. Während er über die schier endlose Liste der Dinge nachdachte, die er am Anfang des Weges hinter sich gelassen hatte, merkte er, dass es zwar ein wenig beängstigend, aber auch befreiend war, sich auf der anderen Seite der Wand zu befinden, die die Gesellschaft zu unserem Schutz errichtet hatte.

Seine Abgeschiedenheit machte ihn wach, aufmerksam und unabhängig. Während er versuchte, all das zu verstehen, drang er immer weiter zum Kern der Sache vor. Was er erlebte, war nicht einfach nur eine gefühlsmäßige Reaktion, es war etwas, was von seiner Identität oder seinem Selbstgefühl abfiel. Er erkannte, dass all die Fasern des gesellschaftlichen Nestes uns auch festlegen – mindestens so stark, wie wir uns selbst definieren. Außerhalb der Grenzen der gesellschaftlichen Normen hatte er die überwiegend nutzlosen Etikettierungen und Maßstäbe verloren, mit denen er sich sonst gewöhnlich definierte. Er dachte an Angel auf dem Zeltplatz und erkannte, dass er soeben nichts weniger als die zweite Erkenntnis spürbar erlebte: Wir sind nicht das, was wir denken. Wer sind wir, wenn all die Etikettierungen von uns abfallen und wir mitten im Wald nackt dastehen, unserer Identität entledigt?

In dem Moment, als Ted anfing, sich mit seiner Isoliertheit abzufinden, überraschte ihn der Anblick eines einsamen Fliegenfischers auf der anderen Seite des Sees, der langsam und wohlüberlegt seine Leine auswarf. Ted wusste nicht recht, wie man das einzige andere menschliche Wesen inmitten der Wildnis angemessen begrüßte. Deshalb winkte er nur, und der große Mann winkte freundlich zurück.

Ted grinste breit. Er hatte es geschafft! Er war stolz auf sich, dass er den Anstieg bis zum Gipfel bewältigt hatte. Doch darüber hinaus verspürte er zum ersten Mal seit langem die Freude und den Frieden, die entstehen, wenn man sich nicht im Geringsten verlegen, befangen oder gehemmt fühlt. Ihm ging auf, dass er hier, so isoliert er auch war, nicht nur von dem früheren Gefühl seiner Identität befreit war, sondern auch von all den Sorgen darüber, die Millionen komplizierten Regeln der Interaktion zu befolgen, die die Grundlage der menschlichen Gesellschaft bilden. Außerhalb des Nestes konnte er pupsen, spucken, gähnen, schnarchen, in der Nase bohren oder sich auch nur faul ans Ufer legen, gleichgültig gegenüber all den Regeln, die uns nicht nur stützen, sondern auch einengen. Sein innerliches Plaudern, das er in Angels Meditationsübung hatte beobachten sollen, hatte sich in Abwesenheit all der Vorschriften und Verbote auf ganz natürliche Weise gelegt. Er war einfach nur hier, kein Kommentar und keine Beobachtung waren notwendig, kein Gedanke war wichtig.

Plötzlich fiel ihm wieder etwas ein, was Angel gesagt hatte. Er schloss die Augen und sah zu, wie über den dunklen Schirm seiner Augenlider amöbenhafte Figuren tanzten. Er konnte Angels Worte hören: Der natürlichste Ort, den Schöpfer zu erfahren, liegt in der Schöpfung. Wenn diese Ruhe, dieser Frieden, eine Manifestation des Schöpfers war, wie Angel gemeint hatte, dann war dieser Schöpfer ein ruhiger, stiller und sehr geschickter Meister.

Während er so am Ufer der Schöpfung saß und der Sonne zusah, wie sie langsam am Spätnachmittagshimmel unterging, mit seinem Hund neben sich, der sich lang ausgestreckt hatte und ruhte, überkam Ted plötzlich ein seltsames Gefühl seiner Unwichtigkeit. Ihm war, als schwebe er in einem tiefen Raum oder als triebe er auf einem Floß in einem endlosen blauen Meer dahin. So ungewöhnlich diese Empfindung auch war, sie stimmte ihn nicht traurig. Ganz im Gegenteil, während das Gefühl seiner Wichtigkeit immer schwächer wurde, schienen der ihn umgebende Frieden und die Stille der Berge in ihn hineinzusickern und die innere Leere mit einem gewissen Gehalt zu füllen.

Nachdem er dieses Gefühl etwa zehn Minuten auf sich hatte einwirken lassen, begann er, sich mit dem Kräuseln auf der Wasseroberfläche zu identifizieren. Er hatte das Gefühl, dieses Kräuseln zu sein, oder zumindest den Eindruck, dass es keine richtige Trennung zwischen ihm und dem Kräuseln gab. Das, was er für Getrenntsein gehalten hatte, war eine Illusion gewesen. Dieser Gedanke erschreckte ihn ein wenig. Wie falsch oder illusorisch sein Selbstgefühl auch sein mochte, er wollte es nicht loslassen. Da er sich bedroht fühlte, schlug er die Augen auf und kehrte zu seiner altbewährten Realität zurück. Er stand auf, streifte den Rucksack über die Schultern, rief seinen Hund und kehrte zu dem Ort zurück, den er für sein Lager ausgesucht hatte.

Nachdem er den Inhalt seines Rucksacks um sich herum ausgebreitet hatte, schlug er sein kleines Zelt auf und entfachte ein Feuer in der Grube, die mit verkohlten Steinen ausgelegt war. Eine Dose Suppe zu öffnen war ein bisschen schwieriger. Sobald sich der Deckel zurückbiegen ließ, stellte er die Dose neben die Glut, um sie dort aufzuwärmen. Argo suchte sich einen Platz, von dem aus er den Zelteingang bewachen konnte.

Die Abendsonne stieß mit den fernen Gipfeln im Westen zusammen, und ein wahres Feuerwerk von lilafarbenen und dunkelroten Streifen ergoss sich quer über den Himmel. Ted sah den Angler von der anderen Seite des Sees – oder vielleicht auch von der anderen Seite der Welt – auf sich zukommen. Argo sprang erschrocken auf und begann zu bellen. Der Angler hatte ein paar an einer Schnur aufgereihte Forellen in der einen Hand und einen festen Wanderstock in der anderen. Etwa fünf Meter von Teds Lagerfeuer entfernt hielt er die Forellen hoch und fragte: »Ted, hast du Hunger?«

16. Kapitel

Charles Richardson war einer der jüngsten Priester in einer der ältesten katholischen Diözesen von New Mexico. Pater Chuck kannte Angel von ihrem kurzen akademischen Ausflug zur Yale School of Divinity. Seitdem waren sie in Verbindung geblieben, und er war ein treues Mitglied von Angels spirituellem Arbeitskreis, also eine der Kokosnüsse. Pater Chucks frühzeitig ergrauendes Haar und seine stattliche Größe verliehen ihm etwas Militärisches, was mit seinem sanften Wesen überhaupt nicht in Einklang stand. Dank seiner langen Beine war die Wanderung auf den Gipfel für ihn ein Kinderspiel gewesen. Die südliche Route zum Stewart Lake war mindestens eine halbe Meile länger als die nördliche, die Ted genommen hatte. Pater Chuck war eine Stunde später als Ted aufgebrochen und trotzdem etwa zur selben Zeit angekommen. Doch da er viel zu erpicht aufs Angeln gewesen war, hatte er sich nicht gleich vorgestellt. Dafür gab es später ja noch genügend Zeit.

Als Angel ihn gebeten hatte, seine Klausur im Kloster von Pecos kurz zu unterbrechen, um ihr bei Teds Verwandlung zu helfen, hatte er erst einmal gezögert. Doch Angel hatte nicht lockergelassen. »Chuck, du weißt genauso gut wie ich, dass man jemandem am ehesten helfen kann, die vertikalen Stufen zu verstehen, wenn man auch sein horizontales Bewusstsein erweitert. Wer könnte besser mit Ted über das Christentum sprechen als ein Priester? Und das bist du!«

»Angel, ich sehe da ein kleines Problem«, hatte Pater Chuck erwidert. »Persönliche Reisen sind manchmal wirklich persönlich. Will er denn meine Hilfe überhaupt?«

»Er hat schon mehrmals nach dir gefragt. Du weißt wahrhaftig viel über Jesus. Du wirst das um so vieles besser schaffen, als ich es je könnte.« Weil er stumm blieb, übte sie noch etwas mehr Druck aus. »Chuck, ist es denn nicht deine Aufgabe, Seelen zu verwandeln?«

Pater Chuck stand in dem Moment vor allem unter dem Einfluss seiner Liebe zum Fliegenfischen. »Vielleicht«, gab er zu.

»Dann wandere zum Stewart Lake und bring Ted das Fliegenfischen und Jesus nahe. Das kann doch nicht so schwer sein.«

Chuck, der es sonst einigermaßen gut schaffte, den meisten irdischen Vergnügen aus dem Weg zu gehen, betrachtete das Fliegenfischen als göttliches Geschenk. Er dachte kurz nach und fragte dann: »Wann soll ich dort sein?«

»Morgen am frühen Abend. Und Chuck, wenn er Fragen hat ...«

»Keine Sorge, Angel.«

Ted starrte den seltsam gekleideten bärtigen Mann mit seinen Fischen an. Er wusste nicht recht, was er von ihm halten sollte. Seine Anwesenheit hatte bestimmt etwas zu bedeuten, aber Ted hatte keine Ahnung, was. Die ruhige Ausstrahlung des Anglers und sein warmes Lächeln waren jedoch entwaffnend. Da er nicht wusste, was er sonst tun sollte, streckte Ted die Hand aus und sagte: »Ted Day.«

»Oh, tut mir leid.« Chuck hängte die Schnur mit den Fischen über einen Ast, nahm den Rucksack ab und erklärte: »Ich bin Angels Freund, Pater Chuck.« Als Ted ihn nur verständnislos anstarrte, fuhr er fort: »Angel hat dir doch von mir erzählt, oder?«

Ted atmete erleichtert auf. Der seltsame Naturbursche war kein Fremder. »Na ja, sie hat gemeint, dass wir uns irgendwann einmal treffen würden. Es wundert mich nur, dass das jetzt und hier oben ist.«

Pater Chuck setzte sich auf einen flachen Felsen neben Teds Zelt. »Es ist ein guter Ort, um das Fliegenfischen zu lernen. Angel hat mich gebeten, dir morgen früh einen kleinen Einführungskurs zu geben. Hast du Lust darauf?«

»Ich würde es gern einmal versuchen. Ich habe auch ein Buch darüber, aber ich habe es noch nie ausprobiert.«

»Nun, genau deshalb bin ich hier – um dich anzuleiten. Heute Abend können wir uns über deine Reise mit Angel unterhalten, vorausgesetzt, dass du das gerne möchtest.«

Ted grinste. Angel war zwar eine lausige Autofahrerin, aber als spirituelle Beraterin und als Urlaubsplanerin war sie unschlagbar. »Also hat Angel sich darum gekümmert, dass du mich ins Fliegenfischen einweist ...«, sinnierte er.

»Es ist nicht schwer. Ich kann es dir zeigen.« Pater Chuck grub in seinem Rucksack nach seinen Kochutensilien. »Das Tolle daran ist, dass man es gar nicht unterrichten muss, sondern nur zeigen. Und während wir angeln, können wir über die wirklich wichtigen Dinge im Leben reden. Das klingt doch nicht schlecht, für dich nicht und für mich auch nicht.« Pater Chuck warf Ted seine alte Angel und eine Angelrolle zu. »Das kannst du dir ja schon mal anschauen, während ich die Forellen brate und mein Zelt aufstelle.«

Ted und Pater Chuck ließen sich die Forellen schmecken.

Argo wartete geduldig, während Ted ein paar schmackhafte Bröckchen von Gräten befreite und damit sein Futter anreicherte. Anschließend kramte Ted eine kleine Taschenlampe hervor, lief zum Ufer, warf die Gräten in den Tümpel, damit Argo sich nicht darüber hermachen konnte, und wusch das Plastikgeschirr ab.

Es wurde allmählich kühl, und das Feuer fühlte sich gut an. Pater Chuck entfaltete eine Plane, schlüpfte in eine Jeans und kramte Spielkarten aus seinem Rucksack. »Magst du Gin Rommé?«, fragte er.

»Klar.« Ted hielt sich sogar für einen ziemlich guten Gin-Rommé-Spieler. Vielleicht konnte er dabei ja dem Priester noch etwas beibringen.

Pater Chuck breitete die Plane in der Nähe des Feuers aus, wo die tanzenden Flammen am hellsten leuchteten. »Gut. Spielen wir Karten, und du kannst mir etwas über die Arbeit mit Angel und über deine Wanderung auf den Berg erzählen. Hast du etwas Interessantes erlebt?« Er setzte sich auf die Plane und mischte die Karten. Dann winkte er Ted zu. »Setz dich doch und entspann dich.«

»Ich habe zwei Bären gesehen«, erklärte Ted stolz und ließ sich gegenüber von Chuck nieder. Argo legte sich neben ihn.

»Wirklich? Das ist ziemlich ungewöhnlich. Wie ist es deinem Hund damit ergangen?«

»Der erste hat ihn ein bisschen erschreckt, den zweiten hat er zum Glück wohl gar nicht bemerkt. Wahrscheinlich wehte der Wind aus einer anderen Richtung. Die Wanderung hat uns ziemlich geschlaucht.« Ted zögerte, dann fügte er hinzu: »Sie war schwerer, als ich dachte.«

»Es ist eine meiner Lieblingswanderungen, aber sie ist

nicht leicht.« Chuck nahm einen Karo-König auf. »Angel hat gesagt, dass du mir vielleicht ein paar Fragen stellen willst. Glaubt sie, dass du Gin-Rommé-Tipps brauchst?«

»Nein, ich denke nicht, dass sie das meinte. Aber ich sage es dir, wenn ich nicht mehr weiterweiß.« Ted zog eine Karte, freute sich über seine Wahl und warf eine andere Karte ab. »Meine Fragen beziehen sich eher auf spirituelle Dinge. Angel hat dich zum offiziellen Sprecher für das Christentum ernannt.«

Der junge Priester fühlte sich zwar kaum berechtigt, der Sprecher für fast ein Drittel der Weltbevölkerung zu sein, aber im Moment sah er keinen Grund, dieser Aussage zu widersprechen. »Schieß los, ich tue mein Bestes.« Er warf den Pik-König auf den Ablegestapel.

Ted ging nun davon aus, dass Chuck nicht vorhatte, eine Pik-Serie zu sammeln, und legte deshalb rasch seine Pik-Dame ab. »Ich weiß deine Hilfe zu schätzen. Doch um ehrlich zu sein – diese ganze Kirchensache … Na ja, sie hat mir eigentlich nie etwas gegeben. Ich habe mich in mehreren Glaubensgemeinschaften umgesehen, aber dort bekam ich ständig Dinge zu hören – Predigten ist wohl der passendere Begriff –, die mir nicht plausibel erschienen, schlimmstenfalls sogar irreführend oder unwahr. Angel hat mir erklärt, dass es nicht so sehr um ›Das begreife ich nicht‹ als vielmehr um ›Das brauche ich nicht‹ geht. Was meinst du, Chuck? Hat sie recht?«

Pater Chuck dachte ein wenig länger nach, als Ted für nötig hielt. Allerdings wusste er nicht so recht, ob der Priester sich auf diese Frage oder auf seine Karten konzentrierte. Statt eine neue Karte zu ziehen, nahm Chuck schließlich Teds Dame vom Ablagestapel und legte dafür eine Kreuz-

Neun ab. »Okay, Ted, ich versuche, deine Fragen so gut ich kann zu beantworten. So ganz zustimmen kann ich dieser Feststellung nicht. Ich formuliere mal eine buddhistische Parabel für dich so, dass sie in unsere Zeit passt.«

»Wenn du Gin-Rommé spielen und gleichzeitig predigen kannst, nur zu.«

»Ich sehe das Ganze folgendermaßen«, begann Pater Chuck und spähte über seine Karten. »Buddha hatte in einem recht: Wir befinden uns alle auf einem steinigen, kargen Ufer und wollen zu der grünen, anderen Seite des Sees.« Er blickte kurz in seine Karten, dann fuhr er fort: »Im Gegensatz zum alten Indien stehen uns heute sehr viele unterschiedliche Boote zur Wahl. Es gibt Schifffahrtsbetriebe, die versprechen, uns für ein vertretbares Entgelt in ihren Booten über den See zu bringen, also die Arbeit für uns zu erledigen, damit wir sie nicht selber tun müssen. Wir brauchen nur dazusitzen und ihnen zu vertrauen. Die Kapitäne versprechen uns eine reibungslose Überfahrt, und sie verteilen raffinierte Werbebroschüren. Wir stehen heute in einer richtigen Karnevalsstimmung am Ufer, mit riesigen Zelten, Neonschildern, mit Tweets und mit Facebook-Seiten. Die Werbung für die Boote ist so erfolgreich, dass die meisten Reisenden sich damit zufriedengeben, für das Privileg zu bezahlen, auf die Boote zu steigen und so zu tun, als ob die Fahrt losginge. Wenn du es schaffst, dich an all dem Trubel vorbeizudrängeln und einen Blick auf den See zu werfen, siehst du jedoch nur sehr selten ein Schiff darauf segeln.«

»Wenn du damit sagen willst, dass die Religion den Schwerpunkt auf die Boote legt und die Reise vernachlässigt – wie ist es dazu gekommen?«

Pater Chuck ordnete die Karten in seiner Hand nach den

Farben, dann kam er auf Teds Frage zurück. »Fangen wir bei Jesus an. Sein Leben entspricht zum Teil der Wahrheit, zum Teil Legenden, zum Teil einem Mythos und zum Teil Metaphern. Traditionell konzentriert sich das Christentum auf die Göttlichkeit von Jesus. Er war der beste Schiffskapitän aller Zeiten. Viele von uns lassen sich jedoch von seiner Menschlichkeit inspirieren. Du, ich, alle Sterblichen – wir alle haben das Potenzial, zu einem erfüllteren, besseren Leben zu gelangen. Jesus hat versucht, uns zu zeigen, wie wir unsere Boote über den See rudern können. Die meisten von uns sind jedoch noch nicht dort angekommen. Tatsächlich sind wir sogar noch ziemlich weit davon entfernt und verwenden die falschen Methoden. Wenn Jesus neben uns am Ufer der kargen Seite des Sees stehen würde, würde er keine Werbung für das Jesus-Boot machen oder die Seetüchtigkeit des Mohammed-Bootes in Frage stellen. Sein einziges Anliegen würde darin bestehen, uns auf die andere Seite zu bringen. Er bezeichnete die andere Uferseite als Königreich.«

»Stellst du denn seine Göttlichkeit in Frage?«

Pater Chuck beugte sich über Argo und vergrub seine Hände in dessen warmem Fell. Der Terrier gähnte leise. »Das ist wirklich ein sehr netter Hund«, bemerkte er und wandte sich dann wieder an Ted. »Manche Leute hätten auf deine Frage bestimmt eine andere Antwort als ich. Ich leugne die Göttlichkeit von Jesus nicht, aber deine leugne ich auch nicht. Nicht nur Heilige und Erlöser schaffen es ins Königreich.«

Ted legte eine Herz-Zwei ab und erklärte: »Gin!«

»Mist, ich hätte nur noch einen König gebraucht.«

Ted mischte die Karten und teilte eine weitere Runde

aus. »Wie meinst du das mit der Menschlichkeit, also dem Mensch-Sein von Jesus?«

»Das ist eine gute Frage, über die ich immer sehr gern rede.« Pater Chuck rutschte näher ans Feuer, um seine Karten besser sehen zu können. »In den letzten hundert Jahren sind die Leute, die sich intensiv mit Jesus beschäftigen, zu der Erkenntnis gelangt, dass dieser Mann etwas Unglaubliches im Sinn hatte. Hat Angel dir von ihrer dritten Erkenntnis erzählt?«

»Wenn ich es richtig verstanden habe, geht es wohl darum, dass wir alle das Potenzial haben, mehrere Stufen der Bewusstheit zu erklimmen, oder?«

»Wenn wir zu den ältesten Versionen der Jesus-Geschichte zurückkehren und uns stärker um eine richtige Übersetzung bemühen und das vergessen, was wahrscheinlich die frühen Kirchenväter hinzugefügt haben, uns also auf das konzentrieren, was von Anfang an da war, springt uns eines förmlich ins Auge: Jesus wollte, dass wir dieses Ufer verlassen und zur anderen Seite rudern.«

»Du meinst also, Jesus hat die dritte Erkenntnis gekannt?«

»Natürlich hätte er diese Worte nicht benutzt, aber seine Lehren kreisen darum, dass wir reisen und wachsen müssen.«

In der Hoffnung, dass Chuck einen König abwarf, fügte Ted hinzu: »Angel meinte, dass Jesus die Fähigkeit besaß, die richtigen Worte für die spirituellen Erst- wie auch die Sechstklässler zu finden und uns alle auf dem spirituellen See weiterzubringen.«

»Angel wie auch ich gehen davon aus, dass das Ego Schmutz ist, der sich auf dem Fenster unserer Göttlichkeit angesammelt hat. Bei der spirituellen Reise geht es darum, diesen Schmutz zu entfernen, der uns die Sicht raubt. Jesus erkannte, dass vor allem unser denkendes, wissendes, kleines Selbst zwischen uns und Gott steht. Deshalb ist sein Leben noch immer von größter Bedeutung und inspiriert mich auch heute noch sehr.«

Als Ted eine Weile darüber nachdachte, kam ihm ein beunruhigender Gedanke. »Chuck, wenn das Hauptanliegen von Jesus darin bestanden hat, uns zu helfen, spirituell zu wachsen, warum bist du dann der Erste, der mir davon erzählt? Warum konzentriert sich die christliche Lehre so sehr auf seine Göttlichkeit und nicht seine Menschlichkeit?«

»Um Fahrscheine für die Schiffsreise zu verkaufen, hat die Religion historisch betrachtet nicht immer fair gespielt. Manchmal schafft sie eine ungesunde Ko-Abhängigkeit. Ich liefere dir mal ein häufig auftretendes Beispiel. Nehmen wir den Begriff ›Buße tun‹. Christen benutzen diesen Begriff oft, um das zu erklären, was sie für einen wesentlichen Teil ihres Glaubens halten. Was bedeutet dieser Begriff für dich, Ted?«

Ted musste nicht lange darüber nachdenken. »Soweit ich das verstanden habe, bedeutet er, dass wir alle arme Sünder sind und an Jesus glauben müssen, sonst werden wir in der Hölle verrotten.«

»Genau das scheint leider die Botschaft zu sein. Wir alle sind Sünder, also kaputte Seelen, und sollten unbedingt einen Fahrschein erwerben – auf dem Jesus-Boot, dem Mohammed-Boot oder dem Buddha-Boot. Ansonsten wird es uns schlecht ergehen.«

»Das kommt mir bekannt vor«, pflichtete Ted ihm bei.

»Wenn in dem Begriff ›Sünder‹ zum Ausdruck kommen würde, dass wir alle am Ufer unseres Ego-Verstandes festsitzen, also auf den untersten Stufen des Bewusstseins, hätte ich gar nichts dagegen.«

»Du meinst also, in dem Begriff ›Sünde‹ könnte auch die erste Erkenntnis zum Ausdruck kommen – dass wir alle am Ufer schlafen und aufwachen müssen, um die Reise über den See anzutreten.«

»Ganz genau. Deshalb habe ich den Begriff ›Buße tun‹ gewählt, um dir zu zeigen, dass die Religion sich viel zu häufig eines billigen Taschenspielertricks bedient. Das griechische Wort, das mit dem Begriff ›büßen‹ übersetzt wurde, lautet *metanoia*. Die wörtliche Übersetzung lautet ›über den Verstand hinausgehend‹. Wenn du mehr darüber erfahren willst, solltest du Cynthia Bourgeaults Buch *The Wisdom Jesus: Transforming Heart and Mind – A New Perspective on Christ and His Message* lesen. Darin findest du eine ausgezeichnete Diskussion darüber, wie sehr der momentane christliche Glauben von Jesus' Botschaft abweicht. Glaubst du, ›büßen‹ ist eine gute Übersetzung für *metanoia*?«

»Eine ziemlich schlechte, würde ich sagen. ›Verwandlung‹ wäre viel besser.« Ted hatte es schnell begriffen und musste zugeben, dass er ein wenig überrascht war. Die Einsicht war so tiefgründig und lag so weit außerhalb dessen, was er erwartet hatte, dass er sie gern noch einmal wiederholen wollte. »Du behauptest also, dass Jesus versucht hat, uns zu ermutigen, unser Bewusstsein zu entwickeln und unser Boot selbst zu rudern, die Religion jedoch sehr oft eine ganz andere Botschaft verkündet: dass wir in ihrem Boot Zuflucht finden sollen.«

Pater Chuck zuckte mit den Schultern. »So ist es, und deshalb finde ich meinen Beruf so aufregend. Ich möchte Leuten wie dir helfen, sich wieder ans Rudern zu machen und aufzuhören, sich auf das Boot zu konzentrieren. Das Jesus-Boot wurde aus wunderbarem Holz gebaut, das Buddha-Boot segelt zügig durch – all solche Dinge sind völlig belanglos. Jesus hat uns eine einfache, aber extrem kraftvolle spirituelle Gleichung für das Rudern angeboten. Im Vergleich dazu wirkt die Gleichung $E = mc^2$ ziemlich mickrig. Als Priester möchte ich das gerne mit anderen teilen.«

»Wie lautet denn diese Formel?«

»Kennst du die mathematischen Zeichen für ›kleiner als‹ und ›größer als‹?« Chuck bildete aus Daumen und Zeigefinger das Zeichen für ›kleiner als‹: <.

Ted zuckte die Achseln. »Klar.«

Pater Chuck ritzte die Basisformel, die Jesus seiner Meinung nach für das spirituelle Wachstum aufgezeigt hatte, mit einem Stock in die weiche Erde: < *Selbst* = > *Gott*. Dann formulierte er sie laut aus: »Weniger Selbst ist gleich mehr Gott.«

Ted dachte eine Weile über die Gleichung nach, dann lächelte er und hielt die Hand hoch, wobei er mit Zeige- und Mittelfinger ein liegendes V bildete, wie ein Friedenszeichen, das ein Nickerchen macht. »Diese Formel gefällt mir«, erklärte er begeistert. »Mathematik ist mir schon immer leichtgefallen.«

»Jesus führte diese Gleichung zu ihrem logischen Schluss«, fuhr Pater Chuck fort. »Als er sein Selbst gänzlich verloren hatte, wurde er wahrhaftig der Sohn Gottes, oder sogar Gott, ein terminologischer Unterschied, der der Kirche von Anfang an zu schaffen gemacht hat.«

Ted nahm den Stock und kritzelte folgende Formel in den Boden: *~Selbst* = *^Gott*.

Chuck musterte Teds Formel kurz, dann grinste er. »Aristoteles wäre stolz auf dich gewesen. Kein Selbst ist gleich das größtmögliche Göttliche.«

Ted dachte kurz über die statistische Wahrscheinlichkeit nach, die Herz-Neun zu ziehen, dann fragte er Pater Chuck: »Die Mathematik und die Logik habe ich begriffen, aber wie schaffen wir es, weniger Selbst und mehr Gott in unser Leben zu bringen?«

»Die christlichen Mystiker glauben wie alle Mystiker, dass Gott allen Dingen innewohnt und ein untrennbarer Teil von uns ist und dass wir – und somit unser Selbst – durch die Meditation oder das Gebet sozusagen nur aus dem Weg treten müssen, um einen Zugang zu Gott zu gewinnen und um Christus oder sogar Gott ähnlich zu werden. Richard Rohr, ein Franziskanermönch und katholischer Priester, der ebenfalls in New Mexiko lebt, hat sich, wie ich finde, besonders spannend über dieses Thema ausgelassen. Die Mystiker haben die dualistische Sichtweise von Gott als einem separaten Wesen, das irgendwo dort oben weilt, aufgegeben.« Chuck deutete auf den mit Sternen übersäten Nachthimmel, dann zeigte er auf sein Herz und seinen Kopf und stellte abschließend fest: »Stattdessen schauen die Mystiker hier hinein.«

Chucks Worte lösten eine spürbare Erleichterung in Ted aus. Die Spannung in seinen Schultern ließ nach. Zum ersten Mal fühlte er sich nicht ausgeschlossen aus der Religion oder wie ein Außenstehender. Instinktiv hatte er die destruktive und unsinnige Botschaft über sein sündhaftes Wesen immer abgelehnt. Wenn er Gott als nicht »irgendwo dort draußen« betrachtete, sondern als Teil seiner selbst und aller Dinge, fühlte er sich wertvoll und eingebunden, nicht wertlos und ausgestoßen. Hoffnung stieg in ihm auf, dass er und die Religion doch nicht wie Öl und Wasser waren.

Er lehnte sich zurück und bemühte sich noch einmal um äußerste Konzentration. »Gut, ich glaube, ich habe es kapiert. Unsere Psychen oder Seelen sind wie gläserne Laborgefäße. Wenn man das Glas bis zum Rand mit Wasser oder mit dem Selbst füllt, gibt es keinen Platz für die Luft oder Gott. Echtes spirituelles Wachstum ist ein Prozess, bei dem man sich entleeren muss.«

»Ja, du hast es begriffen, Ted Day! Wir müssen daran arbeiten, den Gott in uns selbst, unser höheres Selbst, zu nähren und ihm zu erlauben, sich auszudehnen. Unsere Reise besteht nicht darin, Jesus' Göttlichkeit zu finden, sondern unsere eigene.«

Ted legte eine Karte ab und erklärte: »Gin!«

Pater Chuck war nicht daran gewöhnt, so oft zu verlieren, doch er mischte die Karten unverdrossen aufs Neue. Der Austausch mit Angels Schüler machte ihm Spaß. Ted hatte eine rasche Auffassungsgabe.

»Und wie werde ich das Selbst los?«, fragte Ted.

»Du steigst in ein Boot, das wirklich seetüchtig ist, legst ab und lernst zu rudern. Das bezeichnen wir als *Die Arbeit*. Angel und einige unserer anderen Freunde werden dir helfen. Du und ich haben jedoch momentan eine viel einfachere Aufgabe.«

Ted ordnete seine Karten neu, weil er beschlossen hatte, eine andere Strategie zu verfolgen. »Worin besteht diese Aufgabe?«, fragte er.

»Wir werden jetzt erst mal weiter unter den Sternen am Lagerfeuer sitzen und Karten spielen. Dann schlafen wir selig in der Bergluft, stehen mit den ersten Sonnenstrahlen auf, und dann, mein Freund, ziehen wir los, um im Paradies Forellen zu angeln. Das wird die Krönung sein. Wie du siehst, Ted, kann gutes Rudern auch darin bestehen, das Leben zu genießen.«

»Ist es wirklich so einfach?«, fragte Ted ungläubig.

»Muss eine Rose sich anstrengen, um zu blühen?«

»Wohl kaum.«

»Sollen wir etwas für sie tun, wenn sie sich nach rechts oder nach links neigt?«

»Ihr Neigungswinkel ist mir egal.«

»Was erwartest du von einer Rosenknospe?«

»Dass sie aufblüht?«, fragte Ted.

»Dass sie ihr Potenzial ausschöpft. Das ist der springende Punkt, wenn man lernt zu rudern oder *Die Arbeit* zu erledigen. Deshalb wollte Angel, dass du einen Berg besteigst. An dem Punkt, an dem du und ich uns gerade befinden, sieht die Aufforderung, das Leben richtig zu leben, vielleicht gar nicht so sehr nach Arbeit aus.«

Ted gefiel diese Botschaft. »Sehr schön.«

Pater Chuck zog das Ass, das ihm gefehlt hatte, breitete seine Karten aus und erklärte zum ersten Mal an diesem Abend: »Gin!«

17. Kapitel

Pater Chuck wickelte etwa drei Meter Vorfach von der Rolle und hielt es in der linken Hand, während er die Rute mit der Rechten senkrecht aufrichtete. Dann führte er sie schwungvoll wie eine Peitsche nach vorn. Diese Bewegung wiederholte er mehrmals und ließ die Schnur vor- und zurückschnellen, wobei er immer mehr von dem Vorfach freigab, bis es ganz in den Wurf eingebunden war. Dann ließ er es los, sodass es beim Vorschnellen die nahezu unsichtbare Schnur mitnahm. Die kleine Fliege am Haken sauste durch die Luft und landete auf der Oberfläche des Stewart Lake. Ted brauchte mehrere Anläufe, bis er eine ähnliche Bewegung schaffte und zu seiner großen Freude ein ähnliches Ergebnis erzielte.

Argo saß da und schaute geduldig zu. Nach zwanzig Minuten wurde es spannend: Ted übte das Fliegenfischen nicht mehr nur, er wurde tatsächlich zum Fliegenfischer, indem er seinen ersten Fisch angelte.

Während Pater Chuck Ted einen Schnellkurs im Fliegenfischen erteilte und weiter das Christentum mit ihm erörterte, fuhr Angel den Berg hinunter zu einem kleinen Laden und kaufte ein paar Lebensmittel ein. Nachdem sie alles verstaut hatte, fuhr sie noch ein Stück weiter bergab zu einer von der Straße nicht einsehbaren Stelle am Fluss. Dort parkte sie den Bücherbus, wusch ein paar Klamotten und badete in einer eiskalten Gumpe des Pecos, während No Barks sie bewachte. Sie wusch sich auch die Haare und fühlte sich danach wie neu geboren. Schließlich setzte sie sich auf einen flachen Felsen und ließ die Füße im kalten Wasser baumeln. Plötzlich erregte eine kleine Bewegung etwa fünfzig Meter stromaufwärts ihre Aufmerksamkeit. Sie blieb reglos sitzen und sah zu, wie zwei Hirschkühe und ein Kalb ins Wasser stiegen. Angel schloss die Augen und stellte sich vor, sich zusammen mit den Tieren zu bewegen. Als sie sie wieder öffnete, waren die Tiere verschwunden.

Sie trocknete sich ab und zog ein warmes Sweatshirt an, dann kramte sie nach ihrem Handy und rief ihren Vater an. Er hatte zwei Nachrichten hinterlassen, und sie wusste, dass er sich Sorgen machen würde, wenn sie nicht zurückrief.

Als Larsen sich meldete, sagte sie: »*Age*, ich bin's, Angel.«

»Ich war schon ein bisschen beunruhigt. Wo steckst du denn?«

»Ich sitze am Pecos. Es ist sehr schön hier und erinnert mich daran, wie wir zwei am Cheyenne gefischt haben. Ich hatte ein paar Tage lang kein Netz, sonst hätte ich dich schon früher angerufen.«

Larsen war zwar durch die vielen Verluste in seinem Leben abgehärtet, aber egal, wie sehr er sich dagegen sträubte, er machte sich stets zu viele Sorgen. Angels warme Stimme am Telefon trieb ihm kleine Freudentränen in die Augen und linderte den Schmerz über ihre Abwesenheit. »Es tut mir gut, deine Stimme zu hören.«

»*Age*, ich wünschte, du wärst hier. Ich habe gute Nachrichten.«

»Was denn?«

»Ich habe meinen ersten Klienten. Es ist ein Rechtsanwalt aus Crossing Trails in Kansas.« Sie suchte mit Bedacht nach den richtigen Worten, um ihren Vater wissen zu lassen, dass es zwischen ihnen nicht zu irgendwelchen Intimitäten gekommen war. »Er ist zwar ein Weißer, aber kein hoffnungsloser Fall.«

Da Larsen keine Lust hatte, über Weiße zu reden, wechselte er das Thema. »Wie geht es Bertha und dem Hund deiner Tante Lilly, No Barks? Gefällt ihnen die Reise?«

»Es geht beiden gut. Hast du gewusst, dass Bertha erst fünfundachtzigtausend Meilen auf dem Buckel hat? Sie ist so gut wie neu.«

»Ja, aber ich wollte noch gern über etwas anderes mit dir reden«, erwiderte Larsen. »Ich bin nach Pierre gefahren und habe Tante Lilly im Frauengefängnis besucht.«

»Wie geht es ihr?«, fragte Angel.

»Ich glaube, ganz gut. Sie wird recht ordentlich behandelt. Sie hat auch einen Arzt, mit dem ich gesprochen habe. Vielleicht ist sie verrückt, vielleicht aber auch nicht ganz so verrückt. Sie hat gesagt, dass sie No Barks vermisst. Sie findet, dass auch ich einen Hund bräuchte. Außerdem hat sie noch etwas über Bertha gesagt, was ich dir gern erzählen wollte.«

»Was denn?«, fragte Angel.

»Ziemlich weit hinten gibt es eine Schraube, die etwas vom Boden absteht.«

»Ja, darauf bin ich schon mal versehentlich gesessen. Es ist ziemlich unbequem.«

»Wenn du diese Schraube entfernst, lässt sich ein Stück Boden hochheben. Darunter hat Tante Lilly Dinge aufbewahrt, die sie nicht mit deinem Onkel Harry teilen wollte. Sie meinte, er habe versucht, ihr Sachen wegzunehmen.

Vielleicht liegt dort ja nur Wolfskacke. Ich habe keine Ahnung, aber du solltest auf alle Fälle mal nachschauen. Wenn dort Waffen lagern, solltest du sie lieber wegwerfen, es sei denn, du brauchst sie, um dich vor dem kaputten Weißen zu schützen, dem du zu helfen versuchst.«

Angel konnte nachvollziehen, dass Tante Lilly einen sicheren Ort für wichtige Dinge hatte haben wollen. Sie hatte sich bislang davor gescheut, die dunklen Tiefen von Bertha zu erforschen, und hatte noch nicht einmal die kleine Bücherei-Theke aufgeschlossen. Allerdings besaß sie gar keinen Schlüssel dafür. Tante Lilly hatte ihrem Vater den Bücherbus zwar geschenkt, doch darin herumzuschnüffeln war Angel bislang immer wie ein Eindringen in deren Privatsphäre vorgekommen. Larsen hatte das Innere gesäubert, und Angel, die keine besonders ordentliche Hausfrau war, hatte alles Übrige so gelassen, wie es war. »Glaubst du, Tante Lilly hat etwas dagegen, wenn ich ihr Versteck erkunde?«

»Ich glaube nicht, dass sie mir davon erzählt hätte, wenn sie nicht gewollt hätte, dass du einen Blick darauf wirfst.«

Larsen wollte sich nicht in das Leben seiner Tochter einmischen, aber er hielt es für ratsam, ihr noch ein paar Auskünfte zu entlocken. »Erzähl mir doch ein bisschen mehr von diesem Mann aus Kansas.«

»*Age*, sei unbesorgt – Ted ist ein kluger, freundlicher Mann. Er hat versprochen, uns mit Tante Lilly zu helfen, falls er das kann. Er hat auch einen Hund. Und No Barks mag Ted richtig gern.«

»No Barks mag keine Männer.«

»Nun denn – Ted mag sie.«

Larsen dachte kurz nach, dann beschloss er, dass das ein gutes Zeichen war. »Angel, ich bin stolz auf dich«, sagte er erleichtert. »Viele Männer haben Töchter, aber nur meine möchte die Seelen der Menschen heilen.« Erneut stiegen ihm Tränen in die Augen. Zu gern hätte er seine Tochter bei sich gehabt, aber er wusste auch, dass sie wichtige Aufgaben hatte. »Ich werde *Wakan Tanka* bitten, dafür zu sorgen, dass du weiter den richtigen, den roten Weg beschreitest.«

»Keine Sorge, *Age*. Vielleicht kommen wir bald nach Hause, um zu sehen, was wir für Tante Lilly tun können.«

»Gut, ich freue mich schon darauf, dich und diesen Ted zu sehen.« Larsen legte auf. Hätte er sich förmlich verabschiedet, hätte es das Ende eines Gesprächs bedeutet, das er hoffentlich noch viele Jahre führen durfte. Er wandte sich wieder dem alten verrosteten Camry zu, der schon über dreihunderttausend Meilen gefahren worden war, und überlegte, ob man die Schaltung für hundertsiebenundzwanzig Dollar reparieren konnte. Das war die Summe, die Martha Walks Lightly ihm aus der Dose, die sie neben ihrem Kühlschrank aufbewahrte, angeboten hatte. Es sollte reichen.

Larsen glaubte, dass alle ihm von *Wakan Tanka* aufgetragenen Aufgaben gute Aufgaben waren. Wie viel Geld er dafür bekam, war ein ganz anderes Thema. Er fuhr den Wagen auf der Hebebühne hoch und entfernte eine Schraube nach der anderen, mit denen die Schaltung am Motorblock befestigt war. Vielleicht hatte Tante Lilly recht, vielleicht brauchte er einen Hund, nachdem seine Frau nicht mehr da war und auch alle Kinder weg waren. Im Reservat gab es ein schreckliches Hundeproblem. Vielleicht konnte er einen der hungrigen Streuner aufnehmen, die ausgesetzt worden waren und sich nun verloren herumtrieben. Ein Hund, eine Gangschaltung, eine Seele, ein Planet: Larsen wusste, dass alles irgendwie das Gleiche war.

Selbst mit wunden Füßen und einem Muskelkater war der Abstieg für die zwei Wanderer kein Problem. Sie schafften ihn in drei Stunden, obwohl der Aufstieg sechs Stunden gedauert hatte, und trafen Angel noch rechtzeitig für einen späten Forellen-Lunch. Zwei hatte Ted sogar selbst gefischt. No Barks schnüffelte am Ufer des Pecos herum, der nahe ihrem Stellplatz vorbeifloss. Argo gesellte sich nicht zu ihr; erschöpft von der Wanderung zog er es vor, sich in Bertha auszuruhen.

Angel sagte nur sehr wenig, während die zwei Männer aßen, redeten und von ihren Erlebnissen berichteten. Schließlich wischte sich Pater Chuck den Mund mit einer Papierserviette ab und sagte: »Wenn ich jetzt nicht aufbreche, komme ich zu spät zur Abendmesse.«

Er erhob sich und holte den Wagenschlüssel aus einer Tasche. Angel drückte ihm einen herzlichen Kuss auf die Wange. »Danke, Chuck.«

Auch Ted war Pater Chuck sehr dankbar dafür, dass er sein Wissen über Religion und das Fliegenfischen so bereitwillig mit ihm geteilt hatte. Plötzlich wünschte er sich, zu den Männern zu gehören, die andere umarmten. »Ich habe noch nie jemanden wie dich getroffen, Chuck. Du hast mich sehr inspiriert.« Er machte ein seitliches Peace-Zeichen und sagte: »*Metanoia*.«

Chuck lächelte. Er merkte, dass es ihm wie Angel ging und er die Arbeit mit einem Menschen wie Ted sehr befriedigend fand. Eigentlich hatte er sich genau deshalb entschlossen, Priester zu werden. Mit einem Blick auf Angel sagte er: »Möge ein erfülltes Leben vor euch beiden liegen. Gott segne euch.«

Ted fragte sich, warum er bislang nicht mehr Leute wie

Pater Chuck getroffen hatte. Der Priester ging zu seinem verrosteten Auto, setzte sich ans Steuer und fuhr los. Während sich der Staub auf der Kiesstraße legte, kam Ted zu dem Schluss, dass Pater Chuck zu einer Art Wunder beigetragen hatte – hinter ihm lagen drei herrliche Urlaubstage.

18. Kapitel

Angel saß im Schneidersitz hinter Berthas Lenkrad und meditierte. Ted bemühte sich nach Kräften um eine bequeme Stellung auf dem harten Metallboden und versuchte, wenngleich mit wenig Erfolg, beim Licht der Taschenlampe den Koran zu lesen. Die zwei Hunde saßen neben ihm.

Bei ihren Meditationsübungen ging es Angel in erster Linie nicht darum, sämtliche geistige Aktivitäten einzustellen, denn das war nahezu unmöglich. Sie wollte vielmehr keine Energie auf das Plaudern des kritischen Verstands verschwenden – die Aktivitäten der linken Gehirnhälfte, bei denen es um Wissen, Etikettieren, Beurteilen und zeitgebundene Dinge ging. Damit sollte das offene Licht des in der rechten Gehirnhälfte angesiedelten Bewusstseins befreit werden. An diesem Abend fiel ihr das sehr schwer, denn ihre Gedanken schweiften umher, kreisten um die Pläne für die nächsten Tage.

Morgen würden sie früh aufstehen, den Berg hinunterfahren und weiter über die dritte Erkenntnis und die sechs Stufen des spirituellen Wachstums sprechen. Sie würden durch Pecos und Santa Fe fahren und dann weiter nach Taos, um Mashid zu treffen.

In Angel stieg ein gewisses Unbehagen auf. Sie schätzte Mashid zwar sehr, doch manchmal fühlte sie sich ein bisschen unwohl in ihrer Anwesenheit. Mashid hatte etwas geschafft, was Angel bislang noch nicht gelungen war: Sie hatte eine Möglichkeit gefunden, mit spirituellen Lehren ihren Lebensunterhalt zu bestreiten. Mashid war keine Vagabundin, die Amerika in einem alten Bücherbus durchquerte in der Hoffnung, Klienten zu finden. Sie war geerdet, sie hatte eine Anhängerschaft, viele Zuhörer und eine Karriere. Die Leute kauften ihre Bücher und kamen zu ihren Retreats.

Eine gnadenlose innere Stimme kritisierte Angel scharf und warf ihr vor, wertlos zu sein. Angel atmete tief durch und forderte den Kritiker auf, sich anderswo niederzulassen. »Verschwinde«, flüsterte sie. »Niemand hat dich nach deiner Meinung gefragt.« Dann versuchte sie wieder, Ruhe in ihren Geist einkehren zu lassen.

Ted knipste die Taschenlampe aus, zog Argo zu sich heran, schloss die Augen und fuhr mit den Fingern durch das raue Fell seines Hundes, der ihn vorbehaltlos liebte.

Obwohl er ziemlich müde war, befürchtete er, dass es ihm schwerfallen würde, auf dem harten Boden einzuschlafen. Er stellte fest, dass er wieder auf der etwas vorstehenden Schraube saß, und rutschte ein wenig davon weg. Sein Geist war wie elektrisiert und gestärkt. Angel und Chuck hatten ihm in den letzten vierundzwanzig Stunden zu mehr neuen Gedanken und Erfahrungen verholfen, als er sie in seinem ganzen bisherigen Leben gehabt hatte. Er kam sich vor wie ein kleiner Junge, der über die vielen Päckchen unter dem Weihnachtsbaum staunt, von denen jedes mit einem Schild mit der Aufschrift »Für Ted von Angel und Chuck« versehen war.

Fliegenfischen, neue Freundschaften, tiefgründige Lehren, Bären, Wandern – Ted war einfach überwältigt. Und noch bemerkenswerter fand er, dass sich das alles in seinem Urlaub zugetragen hatte.

Selbst etliche Stunden später – die Lichter waren längst gelöscht, die Nacht schon fast wieder vorbei – war er immer noch zu erregt, um in den Schlaf zu finden. Er starrte auf die lange, wohlgestaltete Form unter der Decke und fragte sich, was für eine Frau sich wohl im Innersten von Angel Two Sparrow verbarg. Sie war faszinierend, aber war sie auch freundlich, loyal und unterstützend? Wäre sie eine gute Lebensgefährtin, eine fürsorgliche Mutter? War sie eine Frau, die in Crossing Trails, Kansas, leben könnte? Oder würde auch sie sich bald langweilen und sich nach einem Mann wie Thor sehnen?

Vielleicht war es zu gefährlich, Angel so weit in sein Leben einzulassen, und ratsamer, eine Grenze zu ziehen: Er war der Schüler, sie die Lehrerin. Bald würde dieser Urlaub wie jeder Urlaub zu Ende gehen, und er würde nach Crossing Trails zurückkehren. Vernarrtheit und einseitige Bewunderung waren eine wackelige Grundlage für eine Beziehung.

Gute Partnerschaften zeichnen sich dadurch aus, dass sich die Partner auf Augenhöhe begegnen. Tante Lilly zu helfen war das Einzige, worum Angel ihn gebeten hatte. Wenn er das schaffte, könnte sich in ihrer Beziehung vielleicht eine Art Gleichgewicht einstellen.

Obwohl es schon so spät war, hörte Ted keine regelmäßigen Atemzüge, die auf Schlaf hindeuteten. War Angel etwa auch noch wach? Sollte er gleich auf Tante Lilly zu sprechen kommen? Doch als er intensiver lauschte, merkte er, dass Angel leise schnaufte. Sie schlief. Die Sache mit Tante Lilly konnte warten.

No Barks hatte sich eng an Angel geschmiegt. Diese Lage hätte Ted gern selbst eingenommen. Er überlegte, ob er einen Weg um die Wölfin herum finden und Angel ein wenig näher rücken könnte in der Hoffnung, dass sie irgendwann versehentlich in seinen Armen aufwachte. Zu offensichtlich wollte er es zwar nicht machen, doch wenn das Schicksal so etwas für ihn im Auge hatte, wollte er ihm gern ein bisschen auf die Sprünge helfen. Aber jedes Mal, wenn er seine Lage veränderte, rückte er nur No Barks näher. Schließlich legte er eine Hand auf ihre Vorderpfote. Die Wölfin drehte sich um und schleckte seine Finger. Ted nahm ihre Pfote und rieb sie sanft. Es machte ihm überraschend wenig aus, schlaflos auf dem Boden eines alten Bücherbusses herumzuliegen.

Bald nahm Teds Atem den Rhythmus von No Barks Atem auf, und er fiel in einen tiefen Schlaf, begann sogleich zu träumen. Der Traum wies keine ausgeprägten Farben auf, doch die Formen waren klarer, und die Perspektive wirkte ebenfalls schärfer als in einem normalen Traum. Es war, als hätte sich ein Weitwinkelobjektiv vorgeschaltet. No Barks und Argo saßen auf einem Grab – sie schienen es zu bewachen. Das Leben und der Tod kamen und gingen mit der friedlichen Gleichgültigkeit von Uhrzeigern. Dann passierte etwas Beunruhigendes, und Ted wachte auf und fuhr erschrocken hoch, womit er die beiden Hunde aufweckte. Argo rutschte näher zu Ted, damit sie sich gegenseitig beruhigen konnten. Ted fühlte sich unendlich traurig. Es überlief ihn eiskalt, und er fing an zu zittern.

Allerdings hatte nicht das Geschehen im Traum ihn erschreckt. Es gab keinen bösen Mann, der ihn über einen düsteren Friedhof verfolgt hatte. Der beängstigende Moment war ein Gefühl gewesen, verfrüht, jedoch plausibel. Er hatte einen ganz kurzen Moment lang das Gefühl verspürt, das sich kurz vor dem Tod einstellt, wenn es kein Zurück mehr gibt, keine zweite Chance; wenn man weiß, dass man gleich den letzten Atemzug tun wird. In dem tiefen Grab hatte Ted Day gelegen. Und im Traum hatte er sich gefühlt, als wäre sein Leben vorbei.

Die Wölfin war ebenfalls näher gerückt. Er wollte den zwei Hunden dafür danken, dass sie an seinem Grab Wache gehalten hatten. Den Arm auf No Barks Schulter gelegt, versuchte er, wieder einzuschlafen, und fragte sich, was dieser Traum wohl zu bedeuten hatte.

Zum Frühstück verzehrten Angel und Ted ein paar Müsliriegel und Obst, das Angel am Vortag gekauft hatte. Ted erwähnte beiläufig, dass ihm Pfannkuchen, Speck, Orangensaft und Kaffee lieber wären. »Ted«, erwiderte Angel, »Bertha ist kein Diner. Aber in Santa Fe kenne ich ein tolles Lokal. Iss jetzt ein bisschen Obst, später kannst du dann deine Arterien verstopfen.«

Nach dem Frühstück bauten sie ihr Lager ab und machten sich auf den Rückweg nach Pecos. Unterwegs versuchte Ted, Nachrichten auf seinem Bürotelefon abzuhören, obwohl er nicht damit rechnete, dass etwas Wichtiges passiert war. Doch da der Empfang zu schlecht war, kam er nicht durch.

Ein paar Meilen vor Pecos tauchten plötzlich wie durch ein Wunder zwei Balken auf seinem Handy auf, und ein Blinksignal wies auf Nachrichten hin. »Selbst Mr. Digit muss essen und die Miete bezahlen«, sagte er entschuldigend, dann hörte er die Anrufe ab.

Nachdem er das Handy wieder weggelegt hatte, fragte Angel: »Hast du einen neuen Fall?«

»Ein Schulbus voller goldiger Kinder wurde von einem

Wagen angefahren, gesteuert von betrunkenen Neurochirurgen aus New York, die auf dem Weg in den Urlaub waren. Da könnten zehn Millionen Dollar rausspringen. Ein ganz normaler Tag in Crossing Trails.«

»Du machst nur Spaß, oder?«

»Stimmt. Es ist nicht viel los.«

»Dann kannst du ja weiter deinen Urlaub genießen.«

»Das kann ich, und das werde ich auch.«

»Wenn bei dir momentan beruflich nicht so viel los ist, hättest du ja vielleicht die Zeit, dich mit Tante Lillys Fall zu befassen.«

Ted nickte stumm. Der Schlafmangel und der verstörende Traum der vergangenen Nacht machten ihm noch zu schaffen.

Angel warf einen kurzen Blick auf ihn. »Hast du damit ein Problem?«

»Ich werde für Lilly tun, was ich kann, aber ich sage dir, das Strafjustizsystem hat gewisse Ähnlichkeiten mit einem Güterzug.«

»Inwiefern?«

»Du kannst so oft darauf spucken, wie du willst, die eingeschlagene Richtung änderst du dadurch nur höchst selten.«

»Also spucke nicht drauf, sondern verändere die Weichen. Kannst du das nicht tun?«

»Viel Spielraum sehe ich nicht. Deine Tante hat den Mann erschossen. Auf Notwehr zu plädieren ist schwierig, wenn es keine Beweise gibt, dass er sie zu dem Zeitpunkt, als der Schuss fiel, bedroht hat.«

»Und was ist, wenn er sie davor bedroht hat und sie deshalb Angst vor ihm hatte?«, fragte Angel.

»Darüber habe ich auch schon nachgedacht. Ich weiß es

nicht. Es wäre aussichtsreicher, wenn das Ganze innerhalb von Bertha passiert wäre, aber du hast mir ja erzählt, dass die Polizei den Leichnam etwa dreißig Meter davon entfernt gefunden hat. Deine Tante hatte eine Menge Optionen – sie hätte zum Beispiel die Tür verriegeln oder einen Warnschuss abgeben können. Notwehr rechtfertigt eine tödliche Abwehrhandlung nur als allerletztes Mittel.«

Tante Lillys Lage schien ziemlich aussichtslos, und Angel hatte keine Ahnung, wie sie ihr helfen konnte. »Kommst du mit mir nach South Dakota, um meine Tante zu besuchen und zu hören, was sie dazu zu sagen hat? Vielleicht haben wir ja alle etwas übersehen. Der Umweg würde nur einen Tag dauern. Es würde mir und meinem Dad und natürlich auch Tante Lilly viel bedeuten.«

Ted wollte nur zu gern seinen Teil zu ihrem Handel beitragen und Angels Freundlichkeit zumindest auf diese Weise entgelten. »Selbstverständlich«, erwiderte er.

Angel fuhr mit den Fingern über Teds Hand, dann drückte sie sie sachte. »Danke, Ted. Ich weiß, dass meine Tante Lilly ein bisschen seltsam ist, aber ich habe sie niemals für gewalttätig gehalten oder in ihr irgendetwas anderes als ein freundliches Wesen gesehen. Wenn sie böse wäre, dann wäre Bertha niemals ein solch hervorragender Traumfänger.«

Es gab zahlreiche Gründe, warum Ted Tante Lilly wahrscheinlich nicht helfen konnte, aber in einem hatte Angel recht: Es konnte nicht schaden, sich die Geschichte dieser Frau anzuhören. Ted beugte sich zu Argo hinunter und zog ihn ein bisschen näher. Er verspürte eine positive Kraft, die von seinem pelzigen Freund auf ihn überging. Es war ein Gefühl der Zufriedenheit mit dem Hier und Jetzt und gleichzeitig eine gewisse Sorglosigkeit darüber, was in Zukunft in seinem Leben passieren würde. »Um ehrlich zu sein, würde ich deiner Tante Lilly sogar sehr gern helfen, Angel. Ich freue mich schon richtig darauf. Fahr ruhig nach South Dakota, sobald du es für richtig hältst.«

»Gut. Und jetzt entspann dich ein bisschen. Wir werden nach Norden fahren, aber unterwegs legen wir noch ein paar Zwischenstopps ein.«

Ted schloss die Augen und probierte mehrere der Atem- und Spürübungen aus, die Angel ihm gezeigt hatte, doch seine Gedanken kehrten immer wieder zu Tante Lilly zurück. Angel hatte erwähnt, dass Onkel Harry ihre Tante früher womöglich misshandelt hatte. Ted musste ein paar Nachforschungen anstellen, aber wenn Angel recht hatte, dann könnte das bei Lilly eine verstärkte Unruhe ausgelöst haben. Es war zwar ein bisschen schwierig, doch vielleicht konnte Ted Lillys Traum in der Nacht, bevor sie Harry erschossen hatte, noch eine andere Wendung geben. Es konnte gut sein, dass sie alle etwas Wesentliches übersahen. Womöglich war Lillys Traum kein Hinweis auf eine zukünftige, noch nicht eingetretene Bedrohung, sondern ein Ausdruck ihres momentanen Zustands gewesen. Sie hatte Angst gehabt vor dem Mann, vielleicht sogar schreckliche Angst, und das war der Auslöser des Traums gewesen. War sie so terrorisiert worden, dass sie davon Albträume bekommen hatte? Alles hing davon ab, ob Onkel Harry sie in diesen Zustand versetzt hatte oder ob sie unter einer wahnhaften Störung litt.

Nachdem Ted das letzte Stückchen Speck im Diner von Santa Fe verzehrt hatte, stimmte er Angel bereitwillig zu, dass *The Pantry* das beste Frühstück im Südwesten servierte. Er bezahlte mit seiner Kreditkarte, dann wanderte er noch ein bisschen herum und betrachtete die Bilder und Fotos an den Wänden, bevor sie sich wieder auf den Weg machten. Ihr nächstes Ziel war Taos, wo sie Mashid treffen wollten.

Sie kletterten in den Bücherbus und schnallten sich mit den alten Beckengurten an, dann fuhr Angel auf der Cerrillos Road nach Osten. Nachdem sie die Berge erreicht hatten, fragte sie: »Ted, bist du bereit, dich wieder an die Arbeit zu machen? Bevor du Mashid kennenlernst, würde ich mit dir gern noch einmal die Stufen des Bewusstseins durchgehen.«

Ted beobachtete gerade den Rio Grande, der von den Bergen herabstürzte und dem trockenen Land Leben bescherte. Er fragte sich, welche Menschen diese Gegend in den letzten Jahrtausenden besiedelt hatten.

Als er sich Angel zuwandte, fuhr sie fort: »Die ersten drei Stufen der spirituellen Entwicklung haben ein gemeinsames Thema. Die Gläubigen, die sich auf diesen Stufen befinden, suchen in der Religion Trost und Schutz vor den beängstigenden und schmerzhaften Aspekten der menschlichen Existenz. Es handelt sich dabei vorrangig um unsere Angst vor Einsamkeit und Tod. Bei den Stufen eins bis drei geht es also darum, unsere Ängste zu beschwichtigen. Bei den nächsten drei Entwicklungsstufen geht es eher darum, das Leben in all seiner Fülle zu erfahren, die Göttlichkeit in sich selbst zu finden, sich von der Angst weg hin zur Liebe zu bewegen und die Wahrheit in unserem Leben voll und ganz anzuerkennen – selbst wenn sie schmerzhaft oder unbequem ist.«

»Das leuchtet mir alles ein.«

»Gut. Dann unterhalten wir uns noch einmal über die erste Stufe.«

»Bei meiner letzten Runde in der Grundschule in Moline, wo ich aufgewachsen bin, hatte ich ein paar Probleme. Ich musste eine dicke Brille tragen und wurde gnadenlos gehänselt.«

»Die Gläubigen der ersten Stufe sind abhängig, sie sind noch nicht getrennt von ihrer elternähnlichen Gottesgestalt. Für Menschen auf dieser Stufe ist Gott vor allem ein Wesen ihrer eigenen Vorstellung. Ihr Gott ist der Gott, von dem die Atheisten behaupten, dass es ihn nicht gibt.«

»Deine Erstklässler wirken ziemlich kindlich.«

»Bingo. Die meisten Menschen werden reifer und entwickeln sich über die erste Stufe hinaus. Aber aus Gründen, über die wir später noch sprechen werden, bleiben manche entwicklungsmäßig auf dieser Stufe stecken. Die Erstklässler sehen Gott als eine Elternfigur und in sehr menschlichen Begriffen. Gott ist einfach eine schlauere Version von ihnen selbst. Gott teilt ihre Glaubensansichten, Gefühle und Vorurteile. Es ist ein kumpelhafter Gott, zu dem sie eine persönliche, enge Beziehung pflegen, die auf dem Grundsatz ›Du schätzt mich, und ich schätze dich‹ basiert. Alles, was sich von mir unterscheidet, ist nicht gottgleich, einschließlich anderer Rassen, Religionen oder sexueller Orientierung.«

»Das klingt nicht sehr tolerant.«

»Wahrhaftig nicht. Unter der Berufung auf Gott haben Kreuzzüge, Inquisitionen, Dschihads und Hexenverbrennungen stattgefunden. Die Gläubigen der ersten Stufe projizieren ihre Ängste auf etwas, was sie als Gott bezeichnen. Die Religion der Erstklässler ist magisch. Du willst ein neues Auto, eine Schönheitsoperation, ein Laufband? Du brauchst einfach nur zu beten, und Gott wird es dir bescheren. Und wer sich danebenbenimmt, erstarrt zur Salzsäule.«

»Wenn man sich die Abendnachrichten anschaut, könnte man den Eindruck gewinnen, dass ein Großteil der Welt auf dieser Stufe stecken geblieben ist.«

»Fehlverhalten bekommt die größte Aufmerksamkeit. Die meisten von uns lassen das Denken dieser ersten Stufe jedoch ganz von selbst hinter sich, wenn sie erwachsen werden. Wir hören auf, zu Gott zu beten, damit er uns gibt, was wir wollen, und sei es nur deshalb, weil wir irgendwann gemerkt haben, dass es nicht funktioniert. In den oberen Stufen ist Gott eine Kraft der Liebe, die ohne Unterschiede uns allen zur Verfügung steht. Er ist nicht mehr der persönliche Lieferant für diejenigen, die sich seiner für würdig erachten. Das hat Jesus vielleicht gemeint, als er sagte, dass der Vater im Himmel seine Sonne über Guten und Bösen aufgehen und es über Gerechten und Ungerechten regnen lässt, wie es im Matthäus-Evangelium heißt.«

»Warum sagst du, die meisten, aber nicht alle Gläubigen lassen das Denken der ersten Stufe hinter sich?«, fragte Ted.

»Um zur nächsten Stufe, also in die zweite Klasse vorzurücken, braucht man angemessene Vorbilder. Bestimmte Lehren müssen durch Vorbilder weitergegeben werden. So ist es auch bei der spirituellen Entwicklung. Keiner kann dir die Hunderten von komplizierten Bewegungen erklären, die notwendig sind, um laufen zu lernen. Du musst es mit eigenen Augen sehen und dann selbst ausprobieren. Genauso ist es, wenn wir auf dem Pfad der Verwandlung höhere Stufen erreichen wollen: Wir brauchen spirituelle Berater. Wenn es nicht unsere Eltern sind, dann müssen wir uns andere suchen.«

Ted dachte eine Weile darüber nach und sagte dann: »Ich habe nie an die hübsche Vorstellung geglaubt, dass irgendeine magische Kraft mir all meine Bedürfnisse erfüllen wird. Deshalb muss ich mich nicht besonders anstrengen, um diesen Erstklässler-Glauben loszulassen.«

»Ted, du denkst nicht so wie jemand in der ersten Klasse. Trotzdem möchte ich mich vergewissern, dass du das Denken der ersten Klasse verstanden hast, bevor wir uns der Weltsicht der zweiten Klasse zuwenden. Erstklässler sind meistens nicht fähig, symbolisch zu denken. Sie neigen dazu, alles wörtlich und radikal zu nehmen. Die Gottheiten der ersten Klasse benehmen sich wie wir, obwohl sie häufig ein bisschen besser aussehen. Dort finden sich also eifersüchtige, zornige und sogar geile Götter. Der Erstklässler kontrolliert die Gottheit mit sehr kindischen Manipulationen. ›Wenn ich genug wimmere oder bete, bekomme ich, was ich will, einschließlich des Hauptgewinns‹, lautet sein Motto.«

»Worin besteht denn der Hauptgewinn?«, fragte Ted.

»Etwas, was *Ich* genannt wird, muss existieren, denn schließlich hat etwas, was Gott genannt wird, dieses Ich, also mich erschaffen.«

Ted nahm einen Schluck Wasser. »Mir scheint, das führt zurück zur zweiten Erkenntnis: Wir neigen dazu, bei der Art und Weise, wir wir uns selbst und Gott definieren, ziemlich einfältig zu sein.«

»Ganz genau, und diese Einfalt ist ein weiteres Kennzeichen des Erstklässler-Denkens. Du hast es begriffen, und deshalb werde ich dir jetzt noch einmal die nächste Klasse vorstellen.«

Ted richtete sich auf. Irgendwie war er richtig stolz darauf, dass er in die zweite Klasse vorrücken durfte. »Bekomme ich ein Zeugnis?«

»Noch nicht.«

»Eine kleine Feier?«

Angel legte die Hand auf Teds Unterarm. »Auch das nicht.« Sie zog die Hand wieder weg und setzte die Fahrt fort, wobei sie immer wieder einen Blick auf die Tankanzeige warf. »Die Erstklässler stecken im magischen Denken fest, die Zweitklässler im mythischen Denken. Sie glauben, dass starke ›andere‹ zu ihrer Rettung herbeieilen werden. Die Erstklässlerin hält sich die Augen zu und glaubt, dass du sie nicht sehen kannst, wenn sie dich nicht sehen kann. Weil sie zu sehr auf sich selbst konzentriert ist, glaubt sie nicht, dass es irgendetwas unabhängig von ihr gibt.«

»Das wirft ein völlig neues Licht auf einige meiner Klienten.«

»Die Zweitklässlerin hingegen beginnt zu verstehen, dass sie nicht der Mittelpunkt des Universums ist, dass sie nicht allmächtig ist, dass sie nicht alle anderen Wesen kontrollieren kann und mit Sicherheit nicht Gott. Sie weiß, dass sie nicht kraft ihrer Gedanken Berge versetzen kann wie ein Jedi-Ritter. Sie begreift sich so weit als Individuum, dass sie sich von anderen unterscheiden und die Begrenzungen dieser Gleichung begreifen kann. Ihr Weinen, Wimmern oder Beten wird die Welt kaum verändern. Sie kann es nicht länger verleugnen, dass das einfach nicht funktioniert. Aber sie findet die Vorstellung noch immer so faszinierend, dass sie sie nicht völlig aufgeben will. Ihr Denken entwickelt sich bis zu einem gewissen Grad, und der erste Strang des verschlungenen Ego-Knäuels beginnt sich zu lösen. Vielleicht kann sie die Kontrolle über ihr Leben, die sie so verzweifelt herbeisehnt, auf Umwegen zurückerlangen.«

»Ziemlich raffiniert, diese Zweitklässlerin.«

»Wenn sie sich immer weiter von den übrigen unterscheidet, gelangt sie irgendwann einmal zu der Hoffnung, dass die neu gefundenen ›anderen‹ den Zauber für sie bewirken könnten.«

Angel bog bei der nächsten Kreuzung links ab, und Ted führte den Gedanken weiter aus. »Das klingt logisch. Ein Kind lernt rasch, dass sein Weinen nicht auf magische Weise dazu führt, dass Essen vor ihm auftaucht. Aber auf seine Mutter wirkt sich das Weinen so aus, dass sie dem Kind etwas auftischt. Das Kind braucht eine intervenierende Kraft, um seine Bedürfnisse erfüllt zu bekommen.«

»Daher ist es ein Kennzeichen der Zweiklässler, dass sie sich auf intervenierende mächtige Ersatzgestalten fixieren, die sie mit magischen Kräften ausrüsten, von denen sie nun schmerzhaft erkennen, dass sie selbst sie nicht besitzen. Bei den Zweitklässlern kommen also Engel, der Weihnachtsmann, Feen, Elfen, Heilige, Osterhasen, Drachen, Faune, Retter und Erlöser ins Spiel, um nur einige davon zu nennen. Die Weltsicht der Zweitklässler ist zunehmend klüger und entwickelter als die der Erstklässler.«

»Was bringt sie dazu, davon abzulassen?«

»Es gibt stets eine natürliche Spannung zwischen dem Wunsch des Egos, keine Veränderungen zuzulassen, und dem Wunsch unseres höheren Selbst, mit dem Universum, mit Gott oder unserem wahren Wesen – kurzum der Welt, die hinter Mr. Digit liegt – in eine stärkere Verbindung zu treten. Es ist immer ein schwieriger Übergang, aber dieser ist tatsächlich sehr viel leichter als bei den folgenden Stufen, und das aus einem sehr wichtigen Grund: Die Gesellschaft, unsere Eltern und unser soziales Umfeld verlangen ihn von uns. Unsere Gesellschaft und unsere Religionen ermuntern uns, die dem magischen Denken verhaftete erste Klasse hinter uns zu lassen und in die vom mythischen Denken geprägte zweite Klasse überzutreten. Die folgenden Übergänge werden schwieriger, weil wir diese Unterstützung verlieren und sogar das Gegenteil eintritt: Wir stoßen auf Widerstand seitens der Leute und der Institutionen, die unser spirituelles Wachstum eigentlich fördern sollten. Schließlich wollen die mythischen Helfer ihren Job nicht verlieren. Manchen der in Gottes Namen Handelnden ist es ganz recht, wenn stattliche Opfer erbracht werden, andere geben sich mit einem ordentlichen Zehnten zufrieden.«

»Das etablierte Christentum ebenso wie der etablierte Islam sind also in den ersten beiden Stufen zu finden?«, fragte Ted.

»Die meisten Religionen halten an der Weltsicht der zweiten Stufe fest. Da wir diese Vorstellung sehr tröstlich finden, fällt es uns schwer, sie loszulassen und es hinzunehmen, wenn andere Leute in höhere Klassen aufsteigen. Die Anziehungskraft des Mondes ist nichts im Vergleich zu der kulturellen Anziehungskraft der Religion in der zweiten Klasse. Furchtbare Kriege finden statt, weil man sich nicht einig ist, wer Gott angemessen vertritt. Die Schiiten und Sunniten streiten sich noch immer über Mohammeds wahren Nachfolger. Der Sieger ist nichts weniger als Gottes Repräsentant. Die Christen haben früher viele blutige Schlachten gefochten in dem Versuch, Jesus zu definieren. Es gibt immer noch Menschen, die bereit sind, ihr Leben zu lassen, nur um zu beweisen, dass sie nicht die falsche Nummer im Himmel anrufen.«

»Es wäre ganz schön, einen Erlöser zu haben oder einen Faun oder sonstwen, den ich in schwierigen Zeiten anrufen könnte. Ich hatte allerdings immer den Eindruck, dass niemand ans Telefon ging, egal wie viele verschiedene Nummern ich wählte.«

»Wie bei allen Herdentieren führt auch bei den Menschen die Angst dazu, dass sie hastig und impulsiv reagieren und sich dem Gruppenverhalten unterordnen, selbst wenn das unlogisch ist. Wenn der Rest der Herde sich wegen Nichtigkeiten von der Klippe stürzt, dann solltest du besser einen Fallschirm dabeihaben, denn auch du stürzt dich in den Abgrund.« Angel warf wieder einen Blick auf die Tankanzeige. »Du hattest wohl kein Vorbild für das mythische Weltbild der zweiten Klasse, und deshalb wundert es mich nicht, dass du nicht viel Zeit in diesem Klassenzimmer verbracht hast. Wir müssen bald tanken.«

»Wie dringend ist es denn?«, fragte Ted.

Angel warf einen Blick auf ihre Karte. »Ziemlich dringend. Tanken wir lieber gleich.«

Sie bog bei der nächsten Möglichkeit ab. Als Bertha stand, sah Ted zu, wie Angel die Fahrertür öffnete und ausstieg. Eigentlich hätte auch er die Benzinpumpe betätigen können, aber er beschloss, stattdessen die Nachmittagssonne zu genießen, die die Wüste in ein bernsteingelbes Licht tauchte.

Ein Nebel lichtete sich, eine Lage des Bewusstseins schälte sich ab. Seine Sicht der Welt und wie er in sie hineinpasste, veränderte sich. Obwohl er die Bedeutung dieser Veränderungen noch nicht voll begriff, fühlte er sich zusammen mit Angel, No Barks und Argo in Bertha dem Bücherbus nicht mehr seltsam oder unbehaglich, sondern vielmehr freudig erregt. Er stieg aus und trat zu Angel, die über die Zapfsäule gebeugt war. Als er eine Hand auf ihre Schulter legte, drehte sie sich zu ihm um.

»Danke, dass du meine spirituelle Beraterin bist – dass du

mich zu deinem Schüler gewählt hast. Ich bin froh, dass du mit mir zusammengestoßen bist …«

Angel wirkte ein bisschen verlegen, aber gleichzeitig auch erfreut. Sie drückte seine Hand. »Ich bin froh, dass du vor mir abgebogen bist.«

19. Kapitel

Bertha keuchte tapfer in die Berge hinauf und über die Pässe. Sie fuhren am Rio Grande entlang, der den südlichsten Teil der Rocky Mountains manchmal träge, aber häufiger mit einem wilden Brüllen durchquerte.

Nachdem sie eine Weile nicht gesprochen hatten, erinnerte Angel Ted daran, dass das Schweigen bei ihren Leuten, den Lakota, für sehr wertvoll gehalten wurde. »Es gibt Wege, mit allem um dich herum in Verbindung zu treten, ohne Worte zu benutzen.« Sie forderte ihn auf, seinem Verstand zu erlauben, in der Schönheit der Landschaft zu ruhen, und sich auf die Umgebung so zu konzentrieren, als ob er versuchen würde, einer Symphonie zu lauschen.

Diese Übung fiel Ted ziemlich leicht. Er war der Meinung, dass Menschen und Hunde sich deshalb so gut verstehen, weil sie zusammen sein können, ohne das Bedürfnis zu verspüren, ständig Worte zu wechseln. Mit Angels Rat im Hinterkopf versuchte er, diesen Seinszustand, den er mit Argo freudig teilte, nach außen und auf Angel und seine allgemeine Umgebung zu richten.

Sobald Angel das Gefühl hatte, dass Ted zur Ruhe gekommen war, bot sie ihm an, die Übung zu erweitern. »Deine Ohren und Augen sowie die Empfindungen, die dein Verstand durch sie registriert, sind nicht die einzige Möglichkeit, das Leben zu verarbeiten. Probier mal, die Empfindungen zu spüren, die in deinem Körper auftauchen, und sie getrennt zu sehen von den Gedanken, die dir immer wieder durch den Kopf gehen. Auch diese Empfindungen sind wertvolle Kommunikationswerkzeuge. Versuch, die subtilen Empfindungen in deinem Bauch zu bemerken – dort findet weit mehr statt als nur die Verdauung. Und versuch auch, in die Räume deines Herzens hineinzuspüren. Spürst du Wärme, vielleicht auch Schwingungen? Sieh zu, ob du in andere Räume hineinfühlen kannst, in denen vielleicht Empfindungen entstehen. Mach eine Bestandsaufnahme von all den Bereichen deines Körpers, in denen du etwas empfindest. Vielleicht kannst du deinen rechten Lungenflügel spüren, einen schwachen Schmerz in deiner linken Niere oder ein Gefühl des Friedens, das um dein Zwerchfell herum entspringt. Versuche, das alles zu fühlen und all die biologischen und emotionalen Prozesse, die in dir und um dich herum vorkommen, zu spüren. Versuche auch, deinen Körper als Ganzes zu spüren, verlagere deine Konzentration und deine Bewusstheit weg von den bislang vernachlässigten Räumen und zurück zu deinem Körper als Ganzem. Versucht dein Körper, dir etwas zu sagen?«

Diese Übung fiel Ted viel leichter als die Meditation. Er hatte sogar das Gefühl, etwas Angenehmes zurückzuerobern, das ihm verloren gegangen war, wie jemand, der im hintersten Winkel des Dachbodens ein Lieblingsspielzeug aus seiner Kindheit entdeckt. Er war von einem wichtigen Teil von Teddy Day getrennt gewesen. Solange es nicht um Schmerzen oder um angenehme Gefühle ging, hatte er seit langem all seine körperlichen Empfindungen ignoriert.

Angel stellte ihm den letzten Teil der Übung vor. »Ted, du kannst lernen, nicht nur die lautesten Signale deines Körpers wahrzunehmen, sondern auch die feineren Empfindungen. Um diese Fähigkeit zu erwerben, solltest du dir deinen Körper als Gefäß vorstellen, in das eine warme, sanfte Flüssigkeit einströmt, angefangen bei der Spitze deiner rechten Zehe. Von dort aus breitet sich diese Flüssigkeit zu den benachbarten Zehen und in deinen rechten Fuß aus und dann weiter in deinen Knöchel. Spüre, wie diese Flüssigkeit deinen gesamten rechten Fuß ausfüllt, und halte einen Moment lang an dieser Empfindung fest.« Sie ließ Ted ein wenig Zeit, um das wahrzunehmen, dann fuhr sie fort: »Jetzt lass die Flüssigkeit weiterfließen, aus deinem rechten Fuß fließt sie in deine rechte Wade. Dort sammelt sie sich ein paar Momente lang.« In den nächsten zehn Minuten half Angel Ted, die Empfindungen in seinem Körper zu spüren, die sorgfältig von den Zehen bis zu seinem Scheitel gelenkt wurden. Als sie fertig war, sagte sie: »Ted?« Als er die Augen öffnete und sie das Gefühl hatte, seine Aufmerksamkeit zu haben, fragte sie: »Und wie geht es dir jetzt? Welches Gefühl hat diese Übung bei dir ausgelöst? Probier mal, diese Frage eher aus deinem Körper als aus deinem Kopf heraus zu beantworten.«

Genau in dem Moment hatte sich Ted dasselbe gefragt. Deshalb erwiderte er, ohne zu zögern: »Angel, zum ersten Mal seit langem fühle ich mich völlig zu Hause in mir selbst.«

»Ganz genau, Ted. Behaglich, zu Hause. Ich freue mich sehr für dich.«

In den Außenbezirken von Taos gab es viele schäbige kleine Einkaufszentren und Fast-Food-Läden, aber sie wichen rasch dem weit reizvolleren historischen Kern der Stadt. Angel fand einen guten Abstellplatz für Bertha auf einem der öffentlichen Parkplätze unweit der Taos Plaza. Sie führten ihre Hunde in einem kleinen Park aus und besorgten sich Kaffee und zwei große, reichlich mit Nüssen und Schokolade gespickte Cookies. Als Argo und No Barks genug herumgeschnüffelt und ihr Territorium markiert hatten, schlenderten sie durch die Einkaufsstraßen.

Angel rief kurz bei Mashid an, um ihr Bescheid zu geben, dass sie angekommen waren. Mashid erklärte, dass sie gerade aus Denver aufbreche und erst am späten Abend nach Hause komme, aber das sei kein Problem; der Haustürschlüssel liege unter einem Blumentopf neben dem Briefkasten, sie könnten also einfach hineinspazieren. Allerdings sei ihr Earthship nicht an die zentrale Stromversorgung angeschlossen und deshalb nicht beleuchtet, also nachts etwas schwierig zu finden. Doch sie erklärte Angel detailliert den Weg.

Angel hatte schon einiges über die Taos Earthships gelesen und war fasziniert von dem Konzept eines Hauses, das überwiegend aus recycelten Materialen besteht und eine eigene Strom- und Heizversorgung besitzt. Beim Schaufensterbummel beschrieb sie Ted, was sie über Mashids Haus wusste.

Als die Sonne über der Wüste unterging, überquerten die vier den Rio Grande und staunten über eine Ansammlung seltsamer Behausungen inmitten der Wüste. Ted kam sich vor wie in einer Hobbit-Siedlung. Die Earthships sahen aus, als wären sie nicht von dieser Welt.

Berthas Scheinwerfer fielen auf die merkwürdigen, magisch-verspielten Bauten. Angel befolgte Mashids Anweisungen und bog auf der zweiten Schotterstraße nach rechts ab und dann gleich wieder nach links auf die Zufahrt eines im Dunkeln liegenden Hauses. Mit Hilfe von Taschenlampen fanden sie den Schlüssel. Sobald die Lichter brannten, stellten sie fest, dass das Innere eher traditionell eingerichtet war.

An die Küche schloss sich ein Glashaus an, in dem diverse Gemüsesorten wuchsen. Das mit Nährstoffen angereicherte Grauwasser aus dem Spülbecken sickerte direkt in die Beete. In der Mitte des Glashauses gab es einen kleinen Fischteich. Angel fand eine Nachricht auf dem Küchentisch. Sie las sie und informierte Ted: »Mashid hat geschrieben, dass die Schlafzimmer sich am Ende des Ganges befinden. Du kannst das grüne Gästezimmer nehmen, und ich bekomme ihr Zimmer auf der gegenüberliegenden Flurseite. Wenn sie heimkommt, übernachtet sie auf dem Sofa.« Sie legte die Nachricht wieder auf den Tisch. »Hier steht auch der Code für ihren Router, falls du ihn brauchst.«

»Klingt gut.« Ted freute sich auf ein richtiges Bett, eine Dusche und etwas Zeit an seinem Laptop. Er holte seinen Rucksack und Argos Hundekorb aus dem Bus und wünschte Angel eine gute Nacht, da er noch durch einige der Bücher blättern wollte, die Angel ihm gegeben hatte. Vor allem aber wollte er nachsehen, was er für Tante Lilly tun konnte.

Im Internet suchte er nach juristischen Datenbanken, um die zentrale Rechtsfrage abzustecken. Er wollte herausfinden, ob Notwehr auf einer objektiven oder einer subjektiven geistigen Verfassung beruhte. Reichte es, dass Tante Lilly *glaubte*, Onkel Harry wollte ihr etwas antun, oder musste diese Angst gemäß einem objektiveren Standard gerechtfertigt, also daran gemessen werden, wie ein vernünftiger Mensch handeln würde?

Überrascht stellte er fest, dass es zu diesem Thema weniger Rechtsprechung gab, als er gedacht hatte. Das war im Grunde ein gutes Zeichen, denn es bot der Verteidigung mehr Spielraum. Unklare Streitfälle machen die Staatsanwälte nervös und bringen sie eher dazu, eine Verständigung im Strafverfahren anzubieten. Nachdem er sich eine gute Stunde in das Thema vertieft hatte, beschloss er, dass er unbedingt eine Kopie des Polizeiberichts brauchte und, wie Angel vorgeschlagen hatte, Tante Lilly befragen musste, um die Sachlage klarer zu sehen.

Er erhob sich von dem kleinen Schreibtisch, an dem er gearbeitet hatte, setzte sich aufs Bett, winkte Argo zu sich und streichelte dem alten Hund die Schnauze. »Was tun wir hier, Argo?«, fragte er. »Wir befinden uns in einem Earthship mitten in der Wüste und reisen mit einer spirituellen Beraterin quer durch Amerika. Würde Grandpa stolz auf uns sein? Ich bin so glücklich wie an dem Tag, als ich dich aus dem Tierheim geholt habe. Schon komisch, oder?«

Auf dem Nachttisch lag ein Stapel Bücher, die ihm Angel zu lesen empfohlen hatte. Ted lehnte sich hinüber und kramte die Bibel hervor. Er dachte an all die Fragen, die er Pater Chuck gern noch gestellt hätte, wenn die Zeit gereicht hätte. Fast beneidete er die Leute, die behaupteten, sie seien gerettet geworden und hätten eine persönliche Beziehung zu Jesus. Keiner sagte ihm, dass er sich um das Präsidentenamt bewerben, eine Kirche gründen, in einem Getto arbeiten oder einen Brandanschlag auf eine Abtreibungsklinik verüben solle. Warum redete Jesus oder Gott nie mit ihm? War er vielleicht schlicht unwürdig? War er selbst daran schuld, weil er nie versucht hatte, mit Jesus zu reden? Allerdings kapierte er den Unterschied zwischen Gott und Jesus nicht, selbst wenn er einen der beiden hätte finden wollen. Wo und wie sollte er eine solche Beziehung suchen? War die Bibel nur eine Sammlung uralter Geschichten oder eine Tür, die zu tiefschürfenden Weisheiten führte?

Er blätterte ein wenig darin herum und begann, im Jakobusbrief zu lesen. Eine gewisse Ehrfurcht stieg in ihm auf. Als er im Markusevangelium las, überkam ihn ein Gefühl, das er nicht recht deuten konnte. War es eine körperliche oder eine psychische Wahrnehmung? Er klappte die Bibel zu und legte sie auf seine Brust. Dann versuchte er, das Gefühl in seinem Brustraum zu identifizieren. Er spürte eine Verbindung zur Menschheit. Einsamkeit – an die er sich gewöhnt hatte und die ihn oft verfolgte – verspürte er nicht.

Selbst wenn das, was Jesus sagte, bereits andere vor ihm gesagt hatten, sagte er es so überzeugend und in solch schönen Worten, dass Ted sich richtig inspiriert fühlte. Hinter den Worten glaubte er den Mann, Jesus, zu spüren. War das der wahre Glaube, den er soeben erlebte, oder etwas anderes? War das der Grund, warum die Christen so sehr auf die Macht des Glaubens vertrauten? Ted dachte an all das, was er von Pater Chuck gelernt hatte, und erkannte, dass solche Fragen vielleicht nur dann sinnvoll waren, wenn Gott objektiviert und als eine Wesenheit, die von ihm selbst getrennt war, behandelt wurde. Vielleicht bestanden daraus die Kämpfe, die man ausfechten musste, um die ersten Stufen der Spiritualität, die Angel ihm vorgestellt hatte, hinter sich zu lassen? Vielleicht würden die Antworten auf all diese Fragen mit der Zeit klarer werden, beschloss Ted und legte die Bibel auf den Nachttisch zurück.

Er schloss die Augen. Allerdings war er noch nicht so müde, um das Licht auszuschalten. Deshalb lag er ein paar Momente lang einfach nur ruhig da, bevor sich plötzlich wieder irdischere Fragen und Probleme bemerkbar machten.

Er hörte, wie Angel an seinem Zimmer vorbeiging. Er musste zugeben, dass er gern auf dem Boden im Bücherbus geschlafen hatte, schon allein deshalb, weil er dort eine gewisse Nähe mit Angel geteilt hatte. Nun stellte er sich vor, wie sie in ihrem Zimmer herumging und wie No Barks auf dem Boden lag und sie geduldig bewachte. Er überlegte, ob er unter irgendeinem Vorwand an ihrer Tür klopfen und mit ihr reden oder ihr vielleicht einfach nur eine gute Nacht wünschen sollte. Sehr zu seinem Leidwesen schien seine Beziehung zu der Wolfshündin schneller zu wachsen als die zu der großen, dunkelhäutigen Frau. Er wusste, dass es zu nichts führte, solchen Gedanken nachzuhängen. Trotzdem fragte er sich, ob er sich etwa in Angel verliebt hatte. Doch welcher Mann würde es schaffen, drei Tage mit dieser wunderschönen, mutigen, weisen Frau zu verbringen, ohne sich in sie zu verlieben? Nach seiner Scheidung und nachdem er viele Klienten bei deren Scheidung vertreten hatte, hielt Ted eigentlich nicht mehr viel von der Ehe. Und jetzt lag er hier herum und fragte sich, ob es richtig war, sein Leben als Single zu verbringen.

Schließlich knipste er das Licht aus, schloss die Augen und versuchte, Fantasien zu widerstehen, bei denen die Enttäuschung vorprogrammiert war. Schon lange war er keiner Frau, die er achtete und begehrte, so nahe gekommen. Am besten war es wohl, jede Minute der kurzen Zeit, die ihnen gemeinsam beschieden war, zu genießen und dann zu seinem normalen Leben in Crossing Trails zurückzukehren. Angel und No Barks würden rasch zu Erinnerungen verblassen.

Nachdem es ihm nicht gelingen wollte einzuschlafen,

stand er auf, setzte sich wieder an den kleinen Schreibtisch und klappte den Laptop auf. Er beschoss, unbehagliche Gedanken zu verdrängen und sich auf den Bereich zu verlegen, in dem er richtig gut war. Sein Großvater hatte immer gesagt, dass Ted der beste Verfasser von Schriftsätzen sei, den er je kennengelernt hatte.

Er überflog einen Fall nach dem anderen, probierte Theorien aus und setzte Elemente von Tante Lillys Plädoyer auf Notwehr zusammen. Er stieß auf Prozesse, die an den verschiedensten Orten verhandelt worden waren. Um zwei Uhr wusste er, was sich hinter, unter und neben dieser Art von Verteidigung befand. Er hatte eine ziemlich exakte Vorstellung, wann sie funktionierte und wann nicht, aber ohne weitere Informationen von Tante Lilly nutzte all das nichts. Wie er schon vermutet hatte, fußte die Verteidigung in einem solchen Fall überwiegend darauf, wie eine vernünftige, umsichtige Person handeln würde. Vernünftige Personen wachten nicht aus Träumen auf und erschossen Leute.

Ted fertige eine Liste seiner Fragen an, also der Dinge, die er noch in Erfahrung bringen musste, sowie der Argumente, die er vielleicht vorbringen könnte, versehen mit Zitaten und Fällen, um diese zu unterstützen. Dann klappte er den Laptop zu und verließ die Welt des Rechtswesens.

20. Kapitel

Es klopfte an der Tür. »Bist du wach?«
»Mehr oder weniger.«

»Beeil dich. Ich möchte dir Mashid vorstellen.«

Ted zog sich rasch an, dann gesellten er und Argo sich zu Angel und No Barks in die Küche. Dort warteten sie darauf, dass Mashid aus dem Gästebad kam. Angel hatte bereits geduscht und trug einen Rock und ein hellblaues T-Shirt mit einem Delfin in einem etwas dunkleren Blauton, der ihr über die Schulter sprang. Sie wippte mit den Füßen, während sie einen Toast verzehrte. Ted versuchte, seine Gedanken auf ihre Studien zu lenken, aber Angels Tante ging ihm nicht aus dem Kopf. »Ich habe über deine Tante nachgedacht. Ich habe zwar ein paar Theorien, aber ich brauche mehr Informationen.«

»Schön. In ein paar Tagen sind wir in South Dakota. Dann kannst du dich darauf stürzen, aber heute arbeiten wir an den Stufen.«

Angel stand auf, durchquerte die Küche und umarmte eine dunkelhäutige Frau, die einen Hidschab und Jeans trug. Verblüfft stellte Ted fest, dass die Frau umwerfend schön war. Was machte eine solche Frau in der Wüste im amerikanischen Südwesten? Als er merkte, dass ihm die Kinnlade heruntergefallen war, schloss er rasch den Mund und versuchte, sich wieder zu fassen.

Angel kannte Mashid wie die meisten anderen Kokosnüsse bereits seit etlichen Jahren. So wie Pater Chuck sich dazu verpflichtet hatte, den Leuten den wahren Pfad des Wirkens Jesu aufzuzeigen, arbeitete Mashid daran, den Anhängern der am schnellsten wachsenden Weltreligion, des Islam, ein höheres Bewusstsein nahezubringen. Angel umarmte ihre Freundin herzlich. »Wie schön, dich wiederzusehen. Du schaust fantastisch aus.« Sie rückte ein Stück ab. »Ted, ich möchte dir meine Freundin Mashid vorstellen.«

Mashid reichte ihm die Hand, und er nahm sie nervös. Zu seiner Überraschung zog sie ihn spielerisch näher. Von der jungen Frau schien eine große Herzlichkeit und Akzeptanz auszugehen. Ted vertraute seinem Bauchgefühl und umarmte sie. »Angel hat mir schon viele wunderbare Dinge über dich erzählt. Dein Haus gefällt mir sehr. Ich freue mich darauf, dich kennenzulernen.«

Mashid wandte sich schmunzelnd an ihre Freundin und sagte: »Angel, dein erster Schüler. Wie aufregend!«

Angel lächelte. »Und noch dazu ein richtig guter Schüler.« Sie nahm die beiden an der Hand und führte sie an den Küchentisch. »Setzen wir uns und reden ein bisschen. Wir sind dir wirklich sehr dankbar, dass du diesen Vormittag mit uns verbringen möchtest.«

Ted atmete dreimal tief durch, dann entspannte er sich auf seinem Stuhl, der eine hohe Rückenlehne und einen geflochtenen Sitz hatte. Er fühlte sich in der Gegenwart von Angel und Mashid merkwürdig wohl. Noch vor wenigen Wochen hätten ihn die unkonventionelle Kleidung und der seltsame Lebensstil der beiden irritiert. Aber jetzt kam es ihm ganz normal vor, ein Schüler an der *Spirit Tech* zu sein. Es fiel ihm überhaupt nicht schwer zuzuhören, Fragen zu stellen und den Lehrplan auf sich einwirken zu lassen.

»Mashid, was hat dich nach Denver geführt?«, fragte Angel.

»Ich war nur auf der Durchreise. Ich bin gerade aus London zurückgekommen, wo ich zu einer Fernsehsendung eingeladen war. Morgen früh geht's nach Dallas. Dort werde ich auf einem Sufi-Retreat einen Vortrag über das Enneagramm halten. Die meisten von uns Kokosnüssen halten das Enneagramm für ein nützliches Werkzeug. Vor allem die Sufi-Mitglieder in unserer Gruppe finden, dass man damit die besonderen Aspekte der Persönlichkeitsstruktur eines Menschen besser verstehen kann. Dann kann man sich eher von eigenen Persönlichkeitsmustern freimachen und sich freier entfalten. Wenn du mehr darüber erfahren willst, lies mal Helen Palmer, *Das Enneagram*«, schlug sie Ted vor.

Ted, der noch nie jemanden getroffen hatte, der im Fernsehen aufgetreten war, war schwer beeindruckt. »Was hast du denn in London gemacht?«, fragte er neugierig.

»Wie gesagt, ich war zu einer Talkshow eingeladen, und zwar als lesbische Muslimin. Aber ich habe vor allem über Toleranz und das wahre Wesen der Suche in unserem Leben gesprochen.« Angel nickte wissend, während Mashid fortfuhr. »Die Toleranz und der Islam haben sich heute häufig sehr weit voneinander entfernt. Das ist ein Teil der islamischen Krise, über die wir uns in der Sendung unterhalten haben. Mein Glauben wird von Extremisten auf eine harte Probe gestellt, und ich behaupte, dass die jüngeren, im Westen erzogenen Muslime wie ich selbst die Verantwortung dafür übernehmen müssen, den Glauben gegen den Fundamentalismus zu verteidigen, denn der lenkt von der wahren Botschaft des Islam ab. Was Pater Chuck für das Christentum zu tun versucht, versuche ich für den Islam zu tun.«

Mashid grinste. Sie musste zugeben, dass ihr ihre Rolle als coole Sprecherin für ihre Generation gut gefiel. Natürlich verlangte ihr diese Rolle auch einen hohen Preis ab. Oft erhielt sie bedrohliche Anrufe und hasserfüllte Mails und musste jedes Mal, wenn sie ein verdächtiges oder nicht bestelltes Paket bekam, den Sheriff herbeirufen. Es gab Leute, die Mashids Interpretation des Islam ebenso hassten, wie Mashid den Hass und die Gewalt verachtete, die auf das Konto von Fundamentalisten gingen.

Angel wusste, dass Mashid sehr beschäftigt war. Da sie ihre begrenzte gemeinsame Zeit nach Kräften nutzen wollte, machte sie sich sogleich an die Arbeit. »Ted hat zwar ein paar allgemeine Vorstellungen über den Islam, aber wir brauchen dich, um einige leere Stellen zu füllen. Wir haben vor kurzem begonnen, an den vertikalen Stufen und an einführenden Übungen zu arbeiten. Ted macht gute Fortschritte. Er ist bereit für die dritte Stufe.«

Mashid nahm Angels Hand. »Ich werde mich nach Kräften bemühen, Teds Fragen über den Islam zu beantworten.«

»Ich habe versucht, den Koran zu lesen, und fand ihn – na ja, ziemlich schwierig«, gab Ted zu.

Mashid warf einen Seitenblick auf Ted. Ihre grünen Augen leuchteten so stark, dass Ted einen kurzen Moment lang glaubte, dass Angel nicht die einzige Frau in seinem Universum war. Er fragte sich, wie Mashids Haare wohl aussahen, wenn sie sie nicht bedeckte. Plötzlich bemerkte er, dass ihre Augen rot wurden.

Er bot ihr seine Serviette an. »Habe ich etwas Falsches gesagt?«

»Oh, Mashid«, keuchte Angel erschrocken auf. »Es tut mir leid.« Sie umfasste den Arm ihrer Freundin.

»Nein, nein. Ted kann nichts dafür. Es ist nur so, dass der Islam und die ganze Welt momentan in einer tiefen Krise stecken. Wir befinden uns an einem Wendepunkt in der Geschichte der Menschheit. Das Christentum steckt aus den gleichen Gründen wie der Islam in enormen Schwierigkeiten. Der Islam hat der Menschheit viel zu bieten, aber dieses Potenzial wird nicht genutzt. Trotzdem habe ich Hoffnung.«

Ted versuchte, sie zu trösten. »Keine Sorge, Mashid. Pater Chuck sagte dasselbe, was das Christentum angeht. Er meinte, die beiden Religionen hätten sich von den Lehren ihrer Begründer sehr weit entfernt.«

»Typisch Pater Chuck«, stellte Mashid fest. »Und er hat recht. Deshalb kann eine Diskussion über das Christentum oder den Islam im Moment sehr schwierig sein. Abhängig von der Person und ihrem Fortschritt auf dem Spektrum des Bewusstseins können diese Religionen für einen Außenstehenden, der einen Blick in eine Moschee oder eine Kathedrale wirft, wenig attraktiv wirken.«

»Irgendwo habe ich gelesen, dass der Islam die am schnellsten wachsende Weltreligion ist«, sagte Ted. »Aber auf der ganzen Welt gibt es Extremismus, und in den Nachrichten wird die Furcht vor dem Islam geschürt. Wie lässt sich das alles miteinander versöhnen?«

Mashid hatte sich wieder gefasst. »Natürlich sollte ich genau an diesem Punkt ansetzen. Ich werde versuchen, es möglichst einfach auszudrücken: Das Christentum und der Islam gründen beide in Ereignissen, die sich vor Tausenden von Jahren zugetragen haben oder auch nicht. Je versierter unsere Archäologen und Wissenschaftler werden, desto klarer wird, dass vieles von dem, was in der Bibel und im Koran steht, sich so einfach nicht zugetragen haben kann. Vielleicht war es vernünftig, spirituelle Ereignisse vor zweitausend Jahren auf diese Weise zu beschreiben, aber heute ist es das nicht mehr.«

Ted hatte auch selbst ein paar Erklärungen. »Vielleicht sollten diese Geschichten von Anfang an nicht wortwörtlich genommen werden. Vielleicht waren die Alten gar nicht so naiv, aber wir sind es heute.« Er wandte sich, eine Bestätigung suchend, an seine spirituelle Beraterin. »Vielleicht hält ja der Buchstabenglaube der Gläubigen aus der ersten und zweiten Klasse den Rest von uns von der Religion ab. Das wäre wirklich schade.«

Angel nickte. »Ich glaube, da liegst du ziemlich richtig, Ted. Kritisch denkende und gebildete Leute wie du schütten das Kind viel zu oft mit dem Bade aus.«

»Und warum tun wir das?«, fragte Ted.

Angel legte die Hand auf Teds Handgelenk und erklärte: »An dem Punkt, an dem man erkennt, dass die Bibel und der Koran nicht wortwörtlich genommen werden können, ist es sehr verführerisch, die ganzen Texte als primitive Zeitverschwendung abzutun. Das sind die tragischen Schwächen der Dritt- und Viertklässler: Sie erkennen nicht, dass die heiligen Texte nach wie vor wie Wegweiser die Richtung zu den großen Wahrheiten des Lebens aufzeigen.«

Ted hob die Hand. »Ich bekenne mich schuldig im Sinne der Anklage. Oft habe ich mich gefragt, ob es überhaupt möglich sein kann, in einer modernen Welt gläubig zu sein. Wenn jemand anfängt, mit mir über mystische Dinge reden zu wollen, die angeblich vor Tausenden von Jahren stattgefunden haben, schalte ich innerlich sofort ab. Ich kann mir einfach nicht vorstellen, dass sich Gott nur ganz wenigen Menschen – Jesus, Moses, Mohammed oder Buddha – gezeigt hat, vor dem Rest der Menschheit jedoch einfach die Augen verschließt.«

Mashid beugte sich aufgeregt vor. Sie merkte, dass Ted zum Kern des Problems durchgedrungen war. »Was diese Männer bedeutend gemacht hat, war nicht die Tatsache, dass Gott sie auserwählt hat, sondern vielmehr, dass sie Möglichkeiten gefunden haben, sich zu öffnen und zu erleben, was potenziell für uns alle erlebbar ist: die innere Anwesenheit Gottes im Leben eines jeden Einzelnen. Wir können spirituell sein, ohne der Wissenschaft den Rücken zuzukehren oder dem rationalen Denken aus dem Weg zu gehen. Thomas Jefferson hat seine eigene Bibel erschaffen, indem er alles Historische und magisch Klingende im Neuen Testament über Bord geworfen und sich ausschließlich auf die Moral und die Wirksamkeit der Lehren Jesu konzentriert hat. Du kannst dir Jeffersons Bibel, die viele von uns Kokosnüssen fasziniert hat, auch im Internet anschauen.«

Angel fiel ihr ins Wort. »Ich pflichte dir zwar bei, Mashid, aber dieser Ansatz stößt leider oft auf taube Ohren, auch wenn er dir und mir einleuchtend erscheint. In vielerlei Hinsicht haben die Fundamentalisten den Kampf um die Seele der Religion gewonnen, und deshalb lassen viele junge, gebildete Menschen wie mein Freund Ted die Religion links liegen. Mit dem, was vom Christentum und dem Islam übrig bleibt, können moderne und moderatere Denker häufig nicht viel anfangen.«

Mashid blieb unverzagt. »Aber Angel – die Zeiten ändern sich. Ich spüre, dass sich eine große Welle formt, und eben deshalb bin ich sehr aufgeregt. Der Buchstabenglaube und der Fundamentalismus haben die Religionen in den letzten tausend Jahren in Fesseln gelegt, doch in meinem Herzen spüre ich, dass wir kurz davorstehen, diese Ketten zu sprengen.« Mashid lächelte Angel an, trank einen Schluck Tee und fuhr an Ted gewandt fort. »Pater Chuck, Angel und viele andere von uns bemühen sich um einen dritten Weg, der sowohl den irrationalen Ansatz der Fundamentalisten als auch den intellektuellen Ansatz der säkularen Welt überwindet. Die Buddhisten nennen es Erwachen oder Erleuchtung. Manchmal denke ich, es geht um die Erkenntnis, dass unser Leben in eben derselben Weise eine Manifestation Gottes ist, wie es der brennende Busch für Moses war.«

Angel bremste ihre Freundin ein wenig. »Du greifst etwas vor, Mashid. Bislang haben Ted und ich uns nur mit der ersten und der zweiten Stufe befasst.«

»Ach so, verstehe. Nun denn, Ted, ganz ehrlich – der Islam der ersten und zweiten Stufe hat für einen westlichen Intellektuellen wie dich oder auch für einen Sufi wie mich oft wenig zu bieten.«

Ted fiel ihr ins Wort. »Was ist denn ein Sufi?«

Da Angel wusste, dass Mashids Bescheidenheit sie daran hindern würde, diese Frage zu beantworten, tat sie es für ihre Freundin. »Der Islam hat etwas ganz Besonderes: Anders als im Christentum, wo diejenigen in den oberen Stufen ziemlich allein gelassen werden und sich nicht gegenseitig unterstützen können, sind die Sufis eine Gruppe spirituell hoch entwickelter Moslems, die sich gegenseitig unterstützen und *Die Arbeit* gemeinsam machen. Wenn du einen Sufi kennenlernst, begegnet dir jemand, der sich ziemlich sicher auf einer sehr hohen Stufe des spirituellen Bewusstseins befindet.«

Mashid versuchte, direkt auf den Grund der gegenwärtigen Notlage des Islam einzugehen. »Der Islam der fünften und sechsten Stufe lässt ebenso wie die oberen Stufen des Christentums oder des Buddhismus eine transzendentale Bewusstheit zu, die man nur erleben und nicht beschreiben kann. Wer sie erlebt hat, ist unwiderruflich verändert. Aber wenn du mich jetzt bittest, dir den Islam zu beschreiben, muss ich natürlich beim Koran und dem Islam der ersten und zweiten Stufe beginnen.«

Angel versuchte, Mashids Feststellung noch einmal anders auszudrücken. »Die meisten von uns nehmen das Denken der ersten Klasse in unserer eigenen religiösen Weltsicht gar nicht wahr, aber das religiöse Denken des Islam in der ersten Klasse fällt auf wie ein bunter Hund.«

Mashid atmete tief durch. »Beginnen wir bei Mohammed, dem Gesandten Gottes, auch wenn die Geschichte eigentlich schon Jahrhunderte vor seiner Geburt beginnt. Er kam bei den Beduinen zur Welt, die im sechsten Jahrhundert nach Christus in der Wüste nahe Medina und Mekka herumzogen. Diese Menschen waren zäh, einfallsreich und praktisch veranlagt. Das mussten sie sein, um in der Wüste zu überleben. Abgesehen davon waren sie nach unseren Maßstäben ziemlich barbarisch, und es gab viele Kämpfe und Gewalttätigkeiten in ihrer Welt.«

Angel warf ein: »Wie auch im Rest der Welt im sechsten Jahrhundert.«

Ted zuckte die Schultern. »Werft mal einen Blick in die Zeitung. Es hat sich nicht viel verändert.«

Mashid fuhr fort. »Diese Beduinen hatten keine organisierte Religion, aber sie hatten einen Ehrenkodex, und ihren Glauben könnte man als animistisch und pantheistisch bezeichnen.«

»Was heißt animistisch?«, fragte Ted.

»Die Beduinen statteten unbelebte Objekte mit menschlichen Wesenszügen aus. Wenn einer sich den Zeh an einem Stein anstieß, ging er davon aus, dass der Stein böse auf ihn war. In den Formen der Wolken sahen sie Vorzeichen auf künftige Geschehen.«

Angel fügte leise hinzu: »Diese religiöse Weltsicht ist typisch für die Erstklässler. Denk daran, Ted – für den Erstklässler ist das Selbst noch nicht völlig von der Umgebung getrennt oder unterschieden, und deshalb ist das religiöse Denken noch eng mit der physischen Welt des Gläubigen verbunden. Wenn ich eine Nadel in eine Voodoo-Puppe stecke, kann ich dir damit wehtun.«

»Richtig«, sagte Mashid. »Die alten Nomaden waren in ihrem religiösen Denken typische Erstklässler. Für sie gab es viele Götter und andere Geistwesen, die sie als Dschinn bezeichneten, und außerdem gab es Geister in Dingen wie Steinen, Bergen oder Flüssen.«

»In den Zeiten von Mohammeds Geburt, also im sechsten Jahrhundert, waren das Christentum und das Judentum schon fest verankert. Hatte denn auch die jüdisch-christliche Kultur ihren Weg nach Mekka gefunden?«, unterbrach Ted Mashids Schilderung.

»Ja, ganz bestimmt. Christliche sowie jüdische Einflüsse waren mit Sicherheit vorhanden und schafften es, neben den primitiven religiösen Vorstellungen der Beduinen zu existieren.«

Ted lächelte zustimmend und bat: »Erzähl mir noch ein wenig mehr über Mohammed.«

»Kurz nach seiner Geburt verlor Mohammed seine Eltern und wuchs bei Verwandten auf«, fuhr Mashid fort. »Als junger Mann begab er sich in die Dienste einer reichen Witwe, der eine Handelskarawane gehörte. Auf seinen Reisen muss er ebenfalls in Kontakt mit Juden und Christen gekommen sein. Die Witwe hieß Chadidscha und war fünfzehn Jahre älter als er. Die beiden verliebten sich, und sie bot ihm die Ehe an. Sie heirateten, und ihre Beziehung gilt in der muslimischen Gemeinschaft noch heute als Vorbild für die Ehe.«

Angel fügte hinzu: »Er war ein ziemlich harter Bursche. Er hatte viele Liebschaften, er hat ganze Stämme massakriert und seinen Weg zur Macht mit Raubzügen finanziert. Manchmal steckte er voller Mitgefühl und Liebe, manchmal war er wütend und eifersüchtig – in anderen Worten, ein ganz normaler Mann.«

Mashid bedachte Angel mit einem leicht unwirschen Blick, gab dann aber zu: »Es stimmt, in vielerlei Hinsicht war Mohammed ein ganz normaler Typ. Trotzdem wird er von den Moslems als der perfekte Mann gesehen.« Grinsend fügte sie hinzu: »Offenbar waren männliche Vorbilder schon immer etwas mangelhaft.«

»Manche Dinge ändern sich nie«, stellte Angel fest. »Trotzdem hatte Mohammed eine ganz besondere Gabe, seine Anhänger aus der ersten in die zweite Stufe und weiter zu führen. Ihm wurden besondere Kräfte zugeschrieben, weil er einen direkten Zugang zu Gott hatte.«

»Mohammed hat für sich nie besondere Kräfte in Anspruch genommen, aber er wurde von Allah zum Botschafter seiner Worte auserwählt«, fuhr Mashid fort. »Während seiner Ehe mit Chadidscha wanderte er oft zu einer nahe gelegenen Höhle, um zu meditieren, und eines Tages näherte sich ihm dort Gott und gab ihm die Worte ein, aus denen später der Koran wurde. Mohammed schrieb die göttlichen Worte auf. Moslems betrachten die Bibel eher als ein historisches Werk und den Koran als eigentliche Quelle. Die in der Bibel beschriebenen Wunder, etwa die Teilung des roten Meeres, sind einfach nur Ereignisse. Im Koran besteht das Wunder in der Sprache Gottes, in dem direkten Gespräch mit Gott, das von keiner menschlichen Übersetzung oder Erinnerung beeinflusst wurde.«

Angel wandte ein: »Richtig, aber Ted stört das. Er fragt sich, warum Gott seine Botschaft nur einem einzigen Mann zukommen ließ.«

Ted führte sein Unbehagen noch etwas weiter aus. »Warum hat Gott beschlossen, ausgerechnet zu Mohammed zu sprechen und sonst zu keinem? Warum nicht zu einer großen Menge von Menschen oder zu allen Menschen gleichzeitig, damit es keinen Streit darüber geben konnte, was er gesagt hat? Wenn Gott zu einem Mann auf diese Weise sprechen wollte, warum hat er seine Worte dann nicht in Stein gemeißelt, wo sie jeder, der daran vorbeiging, hätte lesen können? Aber all diese religiösen Enthüllungen werden immer nur einem zuteil, und wir übrigen müssen einfach daran glauben, dass in der Übersetzung nichts verloren gegangen ist.«

In Mashids Stimme wies nichts darauf hin, dass sie das Gefühl hatte, sich verteidigen zu müssen. »In den frühen Stufen ist Gott irgendwo dort draußen und getrennt von uns. Für die Gläubigen dieser Stufen ergibt die Beschreibung der Kommunikation also einen Sinn. In den höheren Stufen identifizieren wir Gott nicht mehr als ein Objekt.«

Ted überlegte laut. »Du willst also damit sagen, dass Mohammed die Stimme in seinem eigenen Denken Gott zugeschrieben hat, weil er keine andere Möglichkeit hatte, sie zu erklären?«

»So wie Michelangelo glaubte, Gott würde ihm die Hand führen, wenn er seine Bilder schuf«, fügte Angel hinzu.

Mashid fuhr mit den Fingern über ihre bronzefarbenen Wangenknochen. »Diese Frage muss man natürlich stellen, aber denk daran, dass die Antwort nichts ändert. Ich würde allerdings die Annahme in Frage stellen, dass Gottes Verstand und Mohammeds Verstand oder meinetwegen auch deiner und meiner als unterschiedliche, getrennte Bereiche gesehen werden, die miteinander aus weiter Ferne kommunizieren.«

»Willst du damit sagen, dass meine Frage ihre Wurzeln in meiner von der linken Hirnseite dominierten, dualistischen Herangehensweise hat?«, fragte Ted.

Angel zögerte, doch sie beschloss, dass die folgende Feststellung nicht schaden konnte. »Ted, wir sind noch nicht so weit. Erst müssen wir noch die dritte Stufe, die Stufe der Gesetze, erörtern. Aber ich verspreche dir, wir kommen bald auf diesen Punkt zu sprechen.«

Da Mashid wusste, wie wichtig es war, dass Ted diesen Aspekt begriff, sprach sie sehr langsam. »Ich möchte es einmal so sagen, Ted: Wie der durchschnittliche Christ hinterfragt auch der durchschnittliche Moslem nicht die Wahrheit im Koran, selbst wenn es historische Ungenauigkeiten gibt. Ob Gott nun tatsächlich mit Mohammed gesprochen hat, während dieser in einer Höhle saß, oder nicht, ist für uns nicht weiter wichtig. Egal, um welche Quelle es sich handelt – ob um Gott oder um Mohammeds Intuition –, das Wunder des Koran und der Bibel besteht in der Erforschung der Beziehung zwischen den Menschen und Gott und letztlich in dem Wegfallen von Grenzen und Getrenntheiten, die wir in unserem Denken erschaffen haben. Der Wert liegt nicht unbedingt in den Antworten, die es darauf gibt, sondern in der Art und Weise, wie diese Fragen uns inspirieren, unser wahres Wesen zu erforschen und vom falschen Selbst Abstand zu nehmen. Zum Schluss noch eines: Ich glaube, Angel wird dir gleich erklären, dass der Islam ein guter Ort ist, um die dritte Stufe der Bewusstheit zu erörtern. Diese dritte Stufe wird dir gefallen, Ted. Im Islam gibt es viele Gesetze und Regeln.«

Angel nahm den Faden auf. »Auf der dritten Stufe verlagert sich die Weltsicht weg von der früheren Betonung auf magische und mythologische Helfer. Nach und nach entfaltet sich das Bewusstsein, aber jeder Schritt hat mit dem Loslassen dessen zu tun, was davor kam. Es ist ein Prozess, und es ist nicht leicht, auf diese dritte Stufe zu gelangen. Der Islam liefert besonders gute Hilfestellungen für diese Reise.«

Ted versuchte, das Gespräch wieder auf den Islam an sich zurückzulenken, den er sehr interessant fand. »Tut mir leid, dass ich dich vom Thema abgebracht habe, Mashid. Bitte erzähl mir noch etwas mehr über Mohammmeds Geschichte.«

»Nun, ich war fast fertig. Der Islam schlug in einer blutigen, aber für mich als Sufi auch ziemlich interessanten Zeit Wurzeln. Als die Kreuzfahrer zurückblieben und sich mit den Mauren vermischten, wie die Moslems aus jener Zeit oft genannt werden, kam es zu einer Reihe von vielsagenden Ereignissen. Es zeigt sich, dass wir alle – Christen, Buddhisten und Moslems – in den höheren Stufen eine Sprache sprechen und die gleichen Erlebnisse und Wahrheiten teilen.«

Angel berührte Mashids Unterarm. »Danke, Mashid. Ted muss diesen wichtigen Aspekt unbedingt begreifen, wenn wir fortfahren. In den unteren Stufen der Bewusstheit wirken die spirituellen Traditionen oder Religionen sehr unterschiedlich; in den oberen Stufen wachen wir auf, wenden uns einander zu und erkennen, dass wir alle praktisch dasselbe sagen. Eine Religion ist dann gut, wenn wir darin einen Weisheitspfad finden. Wenn wir das schaffen, wird es uns gelingen, uns eher als göttliche, lebende Teilnehmer im Fluss des Lebens zu begreifen und nicht mehr als Protestanten oder Schiiten.«

Mashids Augen blickten etwas verlegen. »Bin ich zu schnell gewesen? Es tut mir leid.«

Ted fragte sich, ob er verwirrt aussah. »Ich habe es verstanden. Bitte fahr fort.«

»Die Sufis und andere Schüler der oberen Klassen«, fügte Mashid hinzu und deutete auf die Decke, »sagen gern, dass der Finger, der auf den Mond zeigt, nicht der Mond ist.«

»Pater Chuck meint dasselbe, wenn er uns sagt, dass wir das Boot nicht mit der Reise verwechseln dürfen«, warf Angel ein. »Die Gläubigen in der ersten und zweiten Klasse schlagen ihre Zelte neben den Booten auf, nennen sie Kirchen oder Moscheen und bilden eine Religion der Boote-Anbeter. In den höheren Stufen sagen wir: ›Jawohl, das ist ein schönes Boot und sehr praktisch für eine lange Reise. Steigen wir ein und fangen wir an zu rudern.‹«

»Ich glaube, so etwas Ähnliches hast du schon mal gesagt«, bemerkte Ted. »Es ist nicht das Schild, das falsch ist. Es ist nur so, dass es einen Unterschied gibt zwischen der Richtung und dem Ziel, den man auf den unteren spirituellen Stufen nicht so recht versteht. Leute wie ich ärgern sich, dass andere die Schilder anbeten, und deshalb ignorieren wir so manchen recht brauchbaren Wegweiser.« Ted aß seinen Toast auf und legte den Kopf auf den Ellbogen. Sein Verstand versuchte, auf dem Hintergrund von zu wenig Schlaf zu viele neue Informationen zu verarbeiten. Er rutschte mit dem Stuhl vom Tisch weg. »Könnten wir ein bisschen mit den Hunden laufen? Sie müssen raus, und ich würde mir gern einmal diese Earthship-Siedlung ansehen.«

Mashid erhob sich und trank ihren Tee aus. »Selbstverständlich. Wir können uns ja unterwegs noch ein bisschen weiter unterhalten.«

21. Kapitel

Mashid wies auf die Besonderheiten der Häuser in dieser einzigartigen Siedlung hin, während die Hunde herumschnüffelten und Angel mit ihrem Lehrplan weitermachte. Bei dem ihrer Meinung nach sehr wichtigen nächsten Schritt baute sie auf Mashids Unterstützung.

»Befassen wir uns eingehender mit der nächsten Stufe. Die dritte Klasse wird oft als Stufe der Regeln und Gesetze bezeichnet. Auf dieser Stufe werden wir uns der anderen bewusster, und wir beginnen, die Bedeutung von Regeln zu verstehen, die unsere Beziehung zu unseren Mitmenschen und zu Gott lenken. Bei dem Weg über diese Stufen wirst du erkennen, dass jede folgende Stufe weniger engstirnig und auf das menschliche Ego fixiert ist und dafür universeller.«

Ted fand den Spaziergang mit seinem Hund in der frischen Wüstenluft am frühen Morgen sehr belebend. Neue Kräfte stiegen in ihm auf. »Diese dritte Stufe interessiert mich brennend. Wir Anwälte haben ja sehr viel mit Regeln und Gesetzen zu tun. Erzähl mir mehr davon.«

Angel lächelte. Sie vermutete, dass Ted einen beträchtlichen Teil seines bewussten Lebens auf der dritten Stufe verbrachte. »Der Drittklässler versteht sich ausgezeichnet darauf, Regeln zu befolgen. Er ist ein Konformist, der das traditionelle Denken und die gesellschaftlichen Normen bereitwillig akzeptiert. Gleichzeitig vermag es so ein Drittklässler problemlos, seine Aufmerksamkeit von sich weg auf andere zu lenken – auf seine Familie, seine Gruppe, seinen Stamm, seinen Gott. Aber sein Bewusstseinsradius erweitert sich kaum über seine unmittelbare Umgebung hinaus.«

»Willst du mir damit sagen, dass Crossing Trails nicht der Nabel der Welt ist?«

Mashid erklärte: »Die Hauptrichtung des Islam wird vom Denken der Drittklässler beherrscht. Wie Jesus versuchte auch Mohammed, seine Anhänger auf höhere Stufen des Bewusstseins zu führen. Um sich als Moslem bezeichnen zu können, muss man eigentlich an sehr wenig glauben. Es gibt keinen Gott außer Allah, und Mohammed ist sein Gesandter – so lautet der zentrale Glaubenssatz. Aber die meisten Muslime befolgen eine Vielzahl von Regeln. Wie die orthodoxen Juden konzentrieren auch sie sich vor allem auf die Orthopraxis, also das korrekte Verhalten im rituellen Sinn, und weniger auf die Orthodoxie, den aufrechten Glauben, genauer gesagt: die richtige Lehre. Für einen Durchschnittsmoslem besteht der Pfad zu Gott in täglichen Gebeten, im Fasten, der Pilgerreise nach Mekka, der rituellen Reinigung und so weiter.«

»Was ist denn so schlecht an all diesen Regeln?«, fragte Ted, während sie an einem bemerkenswerten Earthship nach dem anderen vorbeikamen. Ted kramte sein Handy heraus und machte ein paar Fotos. Es wäre ihm schwergefallen, die seltsamen und gleichzeitig eleganten Gebäude zu beschreiben. Plötzlich fiel ihm auf, dass er diese Fotos nur einer einzigen Person hätte schicken wollen, nämlich Angel, und die stand direkt neben ihm. Also steckte er das Handy wieder ein.

Mashid beantwortete seine Frage, so gut sie konnte. »Du

hast recht, Ted – Regeln ermöglichen es einer Gesellschaft zu funktionieren. Auch das politische Denken richtet sich an der dritten Stufe aus. Wenn wir nur die richtigen Gesetze, Regeln oder Bestimmungen hätten – und das heißt normalerweise die Regeln meiner Partei oder meiner Religion, nicht deiner –, wären all unsere Probleme gelöst. Die Drittklässler bewegen sich in einem Stammesverband, sie sind nicht mehr egozentrisch, sondern soziozentrisch, also auf ihre jeweilige Gemeinschaft konzentriert. Wenn du in der richtigen Partei landest und die richtigen Regeln einhältst, dann ergibt das Universum nicht nur einen Sinn, sondern du kannst es auch beeinflussen oder vielleicht sogar kontrollieren.«

Ted glaubte, die Sache verstanden zu haben. »Es ist doch ganz logisch, dass auch unsere spirituelle Beziehung zu Gott von Regeln gelenkt werden sollte, denn schließlich führen Regeln dazu, dass die Welt funktioniert. Jetzt kommen bestimmt die religiösen Rituale ins Spiel. Wenn der Papst nicht die richtige Robe trägt oder der Ayatollah nicht in die richtige Richtung betet, dann könnte die Welt ins Wanken geraten, oder?«

Mashid nickte. »Da hast du recht. Es ist sehr verführerisch zu glauben, dass es beim Finden von Gott vor allem darum geht, das richtige Rezept dafür zu haben.«

Ted tätschelte No Barks, dann wandte er sich wieder Mashid zu. »Vielleicht habe ich den weltbesten Hund, aber die hier kommt gleich nach Argo.« Die Wölfin schmiegte sich liebevoll an Ted und krümmte den Rücken. Ted fragte Angel: »Ich habe den Eindruck, dass der Drittklässler immer noch von der logisch denkenden linken Gehirnhälfte beherrscht wird. Stimmt das?«

»Ich würde sagen, auf der zweiten, dritten und vierten Stufe dominiert die linke Gehirnhälfte. Sie verarbeitet Informationen am liebsten nach dem trennenden Entweder-oder-Prinzip. Alles ist entweder richtig oder falsch, gut oder schlecht, schwarz oder weiß. Die höheren Stufen ziehen den nuancierteren, ganzheitlichen, verbindenden Denkstil vor. Schwarz und Weiß sind zwar getrennt vorhanden, aber gemeinsam ergeben sie Grau. Der Drittklässler ist zwar äußerst loyal gegenüber der Gruppe, deren Regeln er befolgt, aber er schafft es noch nicht, sich als Teil einer globaleren Gemeinschaft zu begreifen.«

Als Mashid den Blick auf Ted richtete, schmolz er unter ihren grünen Augen dahin. Sie führte Angels Punkt noch etwas weiter aus. »Auf der dritten Stufe wird den Vereinten Nationen noch ziemlich viel Verachtung entgegengebracht – der ultimativen Gruppe von anderen, Fremden, die natürlich komplett falschliegen und irregeleitet sind. Die Drittklässlerin ist zwar sehr erwachsen und in vieler Hinsicht ziemlich klug, doch sie geht noch davon aus, dass ihr Stamm, ihre Nation, ihre politische Partei, Religion, ihr Wohnviertel, ihre Universitätsverbindung und ihr Beruf allen anderen weit überlegen sind. Es fällt ihr schwer, jemandem zuzuhören, der andere und vor allem etwas weiter gefasste Ansichten hat. Auf einer rein psychologischen Stufe werden die Gedankenvorgänge der Erst- und Zweitklässler von etwas dominiert, was Freud als Es bezeichnet hat – die egozentrischen und kindlichen Aspekte unserer Persönlichkeitsstruktur. Die Drittklässler befolgen Regeln sehr beflissen und tun gern das Richtige, wie es sich in den internalisierten Stimmen ihrer Eltern, ihrer Religion, ihrer Lehrer, der Anführer ihrer Gemeinschaft und auch in ihrer Wahrnehmung von

Gott spiegelt. Der Platz der Drittklässlerin auf dieser Welt wird vor allem dadurch gesichert, dass sie sich den provinziellen Regeln anpasst, die ihr von ihrem überaus wachsamen Über-Ich ins Ohr geflüstert werden.«

»Also sind meine Regeln besser als deine?«, fragte Ted.

»Ja«, erwiderte Mashid. »Dennoch ist die Drittklässlerin viel weiter als ihre Cousinen in der ersten und zweiten Klasse, solange sie über ein gutes Regelwerk verfügt, schon allein deshalb, weil gesellschaftliche Konformität und das Befolgen von Regeln viele Vorteile bieten. Die weiter entwickelten Drittklässler verlassen ihre Klasse irgendwann einmal, wenn es die Umstände erlauben, und lassen es zu, dass ein globaleres Regelwerk in ihr Über-Ich einsickert. Dazu kommt es, wenn sie sich bewusster werden, dass nicht alle Regeln gleich sind. Sie können sich ziemlich gut entwickeln, wenn sie einsehen, dass wahrscheinlich nicht irgendein großartiger Coach dort oben im Himmel ihnen die richtige Sammlung von Spielzügen in die Hand drückt. Irgendwann lernen sie, dass wir manchmal unsere eigenen Regeln aufstellen müssen.«

»Ein Befolger von Regeln zu sein kann auch negative Auswirkungen haben«, warf Angel ein. »Aber im Allgemeinen ist es eine viel fortgeschrittenere Art und Weise, die Welt zu sehen, denn diese Sicht wird nicht mehr vom magischen oder mythischen Denken bestimmt. Die dritte Stufe ist der natürliche Vorläufer der nächsten, also der vierten Stufe, die von der Vernunft beherrscht wird.«

»Die Drittklässler klingen wie die meisten Menschen, die ich kenne, vielleicht auch wie ich selbst. Die dritte Stufe ist doch gar nicht so übel, oder?«, fragte Ted.

Angel stupste Mashid an.

»Na ja«, erwiderte Mashid. »Die dritte Stufe ist nicht das Ende des Weges, und deshalb ist die Weltsicht eines Drittklässlers ebenfalls beschränkt. Stimmt's, Angel?«

»Richtig, Mashid. Zum einen befolgt ein Drittklässler oft Regeln, ohne sie zu verstehen oder zu hinterfragen. Häufig ist ihm der Sinn der Regel ziemlich egal.«

Dieser Gedanke war Ted auch schon gekommen. »Das erinnert mich an dieses schreckliche Experiment, als Leuten gesagt wurde, sie sollten Schauspieler, die in gespieltem Schmerz schrien, weiter mit Elektroschocks misshandeln. Die Befolger von Regeln neigen dazu, genau das zu tun, was ihnen befohlen wird.«

»Ich sehe das als ganz besondere Herausforderung für den Islam«, fügte Mashid hinzu. »Eine Geisteshaltung, die das blinde Einhalten von Regeln vorschreibt, fördert rigide Vorschriften wie etwa archaische Geschlechterrollen und uralte Ernährungszwänge. Diese Vorschriften können spirituell wie auch psychologisch extrem einschränkend sein.«

»Zum Beispiel?«, fragte Ted.

Angel dachte kurz nach, dann sagte sie: »Regeln helfen uns, das Universum zu verstehen, aber ziemlich oft verstehen wir die Regeln falsch. Die Regeln, nach denen wir leben, haben sich in unser Über-Ich eingenistet, und unser Über-Ich kann manchmal echt nervig sein.«

»Die Rhetorik von Politikern und Lobbyisten scheint sich auf unser Drittklässler-Denken zu stützen«, bemerkte Ted.

Mashid nickte zwar, fragte aber dennoch nach. »Wie meinst du das?«

Ted sammelte seine Gedanken. »Verführerische Regeln in der Art von ›So muss es sein‹ und andere Binsenwahrheiten zielen geschickt auf die Logik unserer linken Gehirnhälfte ab. Solche Dinge haben wir alle schon gehört: ›Du bist entweder für oder gegen uns‹ oder: ›Nicht Waffen töten, sondern Menschen‹ und so weiter. Meiner Meinung nach dienen solche Sprüche nicht dazu, eine rationale Diskussion zu fördern, sondern vielmehr dazu, sie zu ersticken.« Da Mashid und Angel stumm blieben, fuhr Ted fort. »Brauchen nicht die meisten Regeln auch Ausnahmen, um zu funktionieren?« Er hielt inne, um festzustellen, ob Angel ihm folgte, dann fragte er: »Kannst du mir sagen, wie viele Menschen es prozentual schaffen, in die dritte Klasse aufzusteigen?«

Angel bemühte sich, diese Frage zu beantworten. »Das lässt sich nicht so einfach sagen. Die meisten von uns gleiten häufig von einer spirituellen Weltsicht in die andere. Bei manchen Themen denke ich vielleicht wie eine Erst- oder Zweitklässlerin, bei anderen wie eine aus der fünften oder sechsten Klasse. So bin ich zum Beispiel an Weihnachten immer noch sehr gierig und möchte, dass sich alles um meine Wünsche und Bedürfnisse dreht. Außerdem wünsche ich mir immer noch, dass irgendein magisches Wesen das perfekte Geschenk bei mir abliefert. An diesem Tag denke ich also wahrscheinlich wie eine Zweitklässlerin. Ich möchte, dass eine mythische Kraft in mein Leben eingreift und es besser macht. An anderen Tagen entspricht mein Denken vielleicht eher einer Fünftklässlerin, es ist also viel weiter entwickelt. Deshalb sollte man wohl eher fragen, auf welcher Stufe die Mehrheit der Erwachsenenwelt die meiste Zeit anzusiedeln ist.«

»Gut, das scheint mir auch präziser gefragt«, erwiderte Ted.

»Wir haben alle viel Platz, um zu wachsen. Ich glaube,

Jesus, Buddha, Mohammed und all die anderen spirituellen Führer dieser Welt haben sich damit beschäftigt, wie man die Menschheit en masse dazu bringen kann, ihr spirituelles Potenzial zu erkennen und die höchste Stufe zu erreichen.«

»Machen es denn unterschiedliche Religionen schwieriger …«

Bevor Ted die Frage vollständig formuliert hatte, lieferte ihm Angel eine Antwort. »Morgen fahren wir auf unserem Weg nach South Dakota durch Nebraska. Dort erwartet dich etwas ganz Besonderes. Du wirst Stephen Singleton treffen, einen äußerst bemerkenswerten buddhistischen Gelehrten und Fahrradreparierer. Wenn wir uns über den Buddhismus unterhalten, stellen wir die Weichen völlig neu. Diese Religion unterscheidet sich radikal vom Christentum und dem Islam. Dort wird eher unser Verstand erforscht und die Frage, wie unser gewohnheitsmäßiges Denken uns daran hindert, glücklich zu sein. Mit Stephen können wir uns dann über die vierte Stufe unterhalten, die Stufe der Vernunft, und über die Tendenzen verschiedener Religionen, uns bei unserer spirituellen Reise zu unterstützen oder aber zu behindern.«

Ted sah ein, dass Angel ihn erst dann auf die nächste Stufe vorrücken lassen wollte, wenn sie das Gefühl hatte, dass er dazu bereit sei. Deshalb ließ er das Gespräch auf dem Rückweg zu Mashids Earthship ruhen, ganz im Lakota-Stil. Ab und zu bückte er sich zu Argo hinunter, um ihn an sich zu drücken, und blieb stehen, um der Sonne dabei zuzusehen, wie sie über den Bergen aufstieg, die östlich von Taos in den Himmel ragten. An seinen Hund gewandt sagte er: »Argo, dort oben auf den Bergen scheint es sehr schön zu sein. Vielleicht sollten du und ich bald mal wieder eine kleine Wanderung unternehmen?«

Offenbar gefiel Argo die Idee, denn er wedelte zustimmend mit dem Schwanz. Ted lächelte seine Gastgeberin an, und sie setzten den Weg zu ihrem Haus fort. Er fand es schön, wie sich die Morgensonne in den kleinen Pailletten von Mashids Hidschab spiegelte, als würde jede einzelne die umgebenden Berge, den Himmel und die Wüste einfangen und zu ihm reflektieren. Ted dachte über die Stufen nach. Diese Pilgerreise war das Beste, was er seit langem getan hatte.

Mashid ergriff als Erste wieder das Wort. »Gleich sind wir da. Vielleicht packe ich euch eine kleine Wegzehrung ein, und danach könnt ihr nach Nebraska aufbrechen und habt noch viel Tageslicht für die Fahrt. Was meint ihr?«

Ted duschte, setzte sich dann noch einmal an seinen Laptop und schickte eine weitere Anfrage an das Rechtshilfebüro des Reservats. Er hatte bereits gebeten, dass jemand ihn über Tante Lilly informierte, aber niemand hatte darauf reagiert. Also schrieb er ein weiteres Mal und bat um Details. Er sei ein Freund der Familie, ein Anwalt, und würde gern helfen, falls das möglich sei, aber dazu bräuchte er eine Kopie des Vorgangs.

Währenddessen unterhielten sich Mashid und Angel in der Küche.

»Ich mag Ted. Er kommt mir ziemlich clever vor, und er scheint es ernst zu meinen. Du hast eine kluge Wahl getroffen«, sagte Mashid.

Angel räumte ein: »Ich bin mir ziemlich blöd vorgekommen, als ich monatelang in Bertha herumgekurvt bin und zugesehen habe, wie das bisschen Geld schwand, das ich hatte. Die ganze Zeit hat mein Handy nicht geklingelt, kein einziges Mal. Jetzt ist mir klar, wie verrückt das war. Mein

Vater hatte recht – niemand würde mich einfach so anrufen. Ich wollte gerade aufgeben, als ich buchstäblich mit Ted zusammengestoßen bin.«

Mashid lachte, aber nicht über Angel, sondern mit ihr. »Was in aller Welt hast du dir dabei gedacht?«

Angel kicherte. »Mach dich nicht über mich lustig, Mashid. Ich komme mir ohnehin schon schrecklich töricht vor. Abgesehen davon mag ich diesen Mann, aber wir sind sehr unterschiedlich.«

»Ist das nicht das Besondere bei guten Partnern – dass sie das Beste im jeweils anderen hervorlocken?«

Nachdem Ted seine Sachen gepackt hatte, ging er ins Wohnzimmer, setzte sich aufs Sofa und wartete geduldig, während Mashid und Angel sich leise in der Küche unterhielten. Er schloss die müden Augen und entspannte sich. Sein Bein zuckte ein wenig, und bald döste er.

Mashid warf einen Blick über die hüfthohe Wand, die die Küche vom Wohnzimmer trennte, und flüsterte Angel zu: »Ruh dich doch auch noch ein bisschen aus, während ich hier aufräume.«

Ted schlief ziemlich fest, als plötzlich sein Kopf nach vorn fiel und er davon wach wurde. Überrascht stellte er fest, dass Angel neben ihm saß und ebenfalls schlief. Offenbar war die Arbeit einer spirituellen Beraterin ebenso ermüdend wie eine nächtelange Suche im Internet nach Rechtsfällen und das Aufsetzen von Schriftsätzen.

Noch mehr überraschte ihn, dass Angels Kopf auf seiner Schulter ruhte. Mashid kam herein. Als sie bemerkte, dass Angel eingeschlafen war, legte sie einen Finger an die Lippen und zog sich leise wieder in die Küche zurück.

Ted versuchte, sich möglichst nicht zu rühren, um Angel nicht zu stören. Es war schön, sie so nah zu spüren, und er hoffte, dass dies ein Zeichen des wachsenden Vertrauens zwischen ihnen war. Zum Glück saß No Barks nicht neben ihnen auf dem Sofa; sie hatte sich einen Platz auf dem Boden neben Argo gesucht.

Ted fragte sich, ob Angels Ruhestellung Zufall war oder auf eine bewusste Entscheidung zurückging. Fühlte sie sich allmählich wohler in seiner Anwesenheit, oder war seine Schulter einfach nur eine bequeme Kopfstütze? Bestimmt legten Lehrer ihre Köpfe nicht auf die Schultern ihrer Schüler.

Diesen Augenblick wollte er voll auskosten und festhalten. Er spürte Angels warmen Atem an seinem Hals. Er betrachtete sie eingehend, um sich ihr Bild später wieder in Erinnerung rufen zu können. Vielleicht würde es ein Leben lang halten müssen. Er wollte alles über sie wissen, damit er diesen Augenblick nie vergaß.

Er prägte sich ihre Augenbrauen und Wimpern ein und überlegte, wann sich wohl das erste Fältchen auf ihrem freundlichen Gesicht zeigen würde. Er studierte ihre Nase in all ihren Nuancen, bis er sie so gut kannte wie seine eigene. Er bemerkte, wie straff ihre Haut über den Wangenknochen gespannt war, und nahm den Hundegeruch an ihrem Pullover wahr. Er bemerkte auch die kaum sichtbaren, weichen dunklen Härchen auf ihrer Oberlippe.

Nachdem er Angel so eingehend betrachtet hatte, schloss er die Augen und schalt sich, dass sich so etwas eigentlich nicht gehörte. Er dachte daran, dass es nicht die Haare auf Angel Two Sparrows Gesicht waren, die diese Frau für ihn so besonders machten. Was ihm an ihr wirklich wichtig war, ging tiefer, viel tiefer. Mit einfacher animalischer Anziehungskraft kannte er sich einigermaßen gut aus, doch die spirituelle Anziehung, die er Angel gegenüber verspürte, war eine völlig neue Erfahrung für ihn.

Plötzlich kam ihm ein ziemlich trauriger Gedanke: Die meisten erwachsenen Männer und Frauen verbrachten ihr Leben mit jemandem, den sie liebten und zu dem sie vielleicht sogar eine Art spirituelle Verbindung verspürten. Aber so etwas war ihm bislang nicht beschieden gewesen. Er war fast dreißig Jahre alt. Warum hatte er noch nie eine solche Verbindung zu jemandem gespürt? Während er mit geschlossenen Augen den leichten Duft ihres Kokosnuss-Shampoos einatmete, fasste er einen Entschluss: Er und Argo würden nicht den Rest ihres Lebens allein verbringen. Er konnte niemals zu seinem früheren Leben in Crossing Trails zurückkehren. Grandpa Raines hatte recht gehabt – es war leer. Jetzt war das auch ihm völlig klar.

Angel gab ihm langsam das Vertrauen, das nötig war, um aus dem Loch zu steigen, in das er sich viel zu lange zurückgezogen hatte. Ihm war, als hätte er eine lange Zeit im Vollrausch verbracht und würde nun langsam zur Nüchternheit zurückkehren. Das, was er von Angel lernte, kam ihm überaus wertvoll vor. Er nahm sich fest vor, sich noch mehr ins Zeug zu legen und seine Arbeit mit Angel noch ernster zu nehmen.

Als sie sich ein wenig bewegte, befürchtete er, dass sie gleich aufwachen würde. Instinktiv schmiegte er sich etwas enger an sie, weil er hoffte, dass sie sich neben ihm sicher fühlen würde. Warum sollte er seine Zuneigung verbergen? Warum sollte er sich nicht so verhalten, wie er sich fühlte?

Behutsam legte er den Arm um Angel und ließ ihn auf ihren Schultern ruhen. Angel wachte nicht auf, sondern kuschelte sich noch enger an ihn. Ted spürte, wie sich ihre Körperenergien vermischten. Da ihm solche Gefühle ganz neu waren, wusste er, dass er jetzt nur eine Vermutung anstellen konnte, aber er hatte den Eindruck, dass sich zwischen ihnen etwas verändert hatte. Irgendwie hatte Angel Ted einen Zugang zu ihrem Raum gewährt. Das erschien Ted sehr wichtig, auch wenn er nicht wusste, warum das so war.

Er glaubte, ein leises Lächeln auf Angels Gesicht zu entdecken, kam aber rasch zu dem Schluss, dass sich darin einfach nur ihr allgemein freundliches Wesen zeigte. Während er sich in Angels Aura sonnte, spürte er plötzlich eine tiefe Dankbarkeit in sich aufsteigen. Er war sich nicht ganz sicher, was er mit diesem Gefühl anfangen sollte, aber er wusste, dass er unbedingt einen Weg finden musste, für Angel ebenso wertvoll zu sein, wie sie es für ihn war. Wie konnte er das je erreichen? Wohl nur durch Tante Lilly.

22. Kapitel

Angel und Ted verließen Taos Richtung Norden auf dem Weg nach Colorado. Bei der Interstate 70 bogen sie nach Osten Richtung Kansas ab. Ted ließ den Chieftain nur ungern allein und unbeaufsichtigt in Pecos stehen, aber noch weniger gern wäre er in seinem eigenen Fahrzeug ohne Angel und No Barks an seiner Seite gereist. Argo und die Wolfshündin waren mittlerweile unzertrennlich.

Pater Chuck hatte Ted versichert, dass das geliebte Wohnmobil seines Großvaters auf dem großen Klosterparkplatz sicher sei. Ted könne ja zurückfliegen und den Chieftain abholen, wenn er dazu bereit war, voraussichtlich in der nächsten oder übernächsten Woche.

Während Bertha ihren Weg unermüdlich fortsetzte, erklärte Angel Ted eine weitere Meditationsübung für seinen spirituellen Werkzeugkasten, eine, die Pater Chuck ihr beigebracht hatte. Das kam Ted merkwürdig vor. »Ich dachte, Priester beten. Meditieren Christen denn auch?«

»Im Christentum gibt es schon seit Anbeginn Meditationsübungen. In den letzten fünfzig Jahren besinnen sich die Leute wieder zunehmend darauf. Wie du dir vielleicht denken kannst, wird das Gebet bei Christen in den oberen Bewusstseinsstufen eher zur Meditation beziehungsweise zur Kontemplation.«

Ted fand es spannend, solche Übungen gemeinsam mit

Angel auszuführen. Wie sie ihm prophezeit hatte, fielen sie ihm auf diese Weise tatsächlich viel leichter. Er schloss die Augen und machte es sich auf dem Beifahrersitz gemütlich. Eine Frage lag ihm jedoch noch auf der Zunge. »Glaubst du, es ist sicher, beim Fahren zu meditieren?«

»Meinst du, wenn ich mich mit spirituellen Dingen befasse, bin ich abgelenkt von der weltlichen Aufgabe, einen zwei Tonnen schweren Bücherbus mit achtzig Meilen pro Stunde auf der Interstate 70 zu fahren?«

»Du hast da eine gewisse Vergangenheit, wenn ich das so sagen darf.«

Angel grinste. »Solange niemand vor mir abbiegt und stur an seinem Vorhaben festhält, kann uns nichts passieren.«

»Versprich mir, die Augen aufzulassen und dem Impuls zu widerstehen, zum Klang von Lakota-Trommeln vom Fahrersitz hochzuschweben.«

»Ja, in Ordnung, aber nur, weil du's bist.«

Angel sammelte sich kurz, dann begann sie mit ihren Ausführungen. »Statt deine Gedanken, deinen Körper und deine Gefühle lediglich zu beobachten, hätte ich jetzt gern, dass du dir eine wohlwollende Energie vorstellst, die in einer etwa dreißig Zentimeter großen Kugel direkt über deiner Stirn kreist. Die exakte Größe dieser Kugel spielt keine Rolle. Dann stellst du dir vor, wie diese Energiequelle sich sanft ausdehnt und deinen ganzen Körper einhüllt. Vielleicht nimmst du diese Kraft ähnlich wie eine Radiofrequenz oder wie einen Energieball wahr. Aber vergiss nicht – die Energiekraft ist gut, sie besteht aus Liebe und Mitgefühl. Stimme dich auf diese Energiefrequenz ein und lasse sie in deinem Brustraum widerhallen, dort, wo dein Herz ist. Dort kann man sie am ehesten wahrnehmen. Sie wird nicht ohne deine Zustimmung in dich eindringen. Du musst dir ihre Anwesenheit sogar aufrichtig wünschen. Du bist wie ein Empfänger und musst dich bewusst entscheiden, den Schalter zu betätigen, um das Signal zu erhalten. Forme eine Absicht, die Anwesenheit des Guten, des Göttlichen in dir ruhen zu lassen.«

Ted stellte fest, dass Angels Worte wieder eine fast hypnotische Wirkung auf ihn hatten. Wie sie es beschrieben hatte, spürte er sogleich eine Kugel von positiver Energie über sich schweben, und er spürte, wie sich diese Kugel ausdehnte, wanderte und schließlich in ihm widerhallte.

»Manche bezeichnen diese wohlwollende Kraft als etwas Göttliches, aber vielleicht ist ein solches Etikett für dich nicht hilfreich. Du musst dem Energiefeld keinen besonderen Namen geben. Vielleicht siehst du es als eine dir innewohnende Göttlichkeit. Versuche einfach zu spüren, wie die Energie in deinem Brustraum widerhallt. Kannst du sie in dich einladen und ihre Resonanz spüren? Merkst du, wie sie langsam immer stärker wird?«

Ted saß auf dem mit einer hohen Rückenlehne versehenen Beifahrersitz und hatte die Füße flach auf den alten, mit Linoleum ausgelegten Boden gestellt. Er versuchte, seinen Herzraum für die Energie, die Angel beschrieben hatte, zu öffnen und sie darin weiter wachsen zu lassen. Und zu seiner großen Verwunderung wuchs sie tatsächlich, auch wenn die Resonanz anfangs so schwach war, dass er dachte, er bilde sie sich nur ein und unterliege einer Art spirituellem Placebo-Effekt.

Angel fuhr mit ihrer Unterweisung fort. »Du solltest diese Energie bitten, sich in dir aufzuhalten. Nähre sie mit deiner eigenen positiven Energie. Stell dir vor, diese Energie wacht auf, oder sie ist ein Katalysator für dein inneres Licht, für die Energie deines höheren oder wahren Selbst. Stelle sie dir als Liebe vor. Sie ist ähnlich wie das Gefühl, das du verspürst, wenn du Argo an deine Brust drückst. Lass sie wachsen. Bringe dich und diese Energie, die nun in dir wohnt, in Einklang. Spüre sie in deinem gesamten Brustraum. Lerne diesen Raum gut kennen. Hier wohnt nun der wahre Ted Day, nicht nur Ted Digit.«

Ted lauschte Angel und beobachtete, was diese Energie in ihm hervorrief. Sie schien sich zu entfalten und zu wachsen, um sich in seinem Herzen und seiner Lunge zu konzentrieren. Er spürte die Kraft dieser Energie, und obwohl ihm noch die Worte fehlten, sie genau zu beschreiben, kam es ihm vor, als würde sie eine physikalische Dimension annehmen, wie ein grelles, weißes Licht. Das Licht schien eine molekulare Dichte und sogar eine Temperatur zu besitzen. Es machte ihm Angst. Da er so etwas noch nie gespürt hatte, wurde er unruhig. Ihm war, als könne er seinen Verstand nicht mehr kontrollieren. Deshalb schlug er die Augen auf und sah sich, um die Orientierung zurückzuerlangen, nervös um. Er merkte, dass das, was er gerade erlebt hatte, ziemlich seltsam gewesen war, und jetzt war es verschwunden.

Angel beendete die Übung. »Das reicht für heute, Ted.«

Ted war nach wie vor etwas beunruhigt. Er dachte an den Trancezustand, in den er abgerutscht war, als Angel ihm bei ihrer ersten Begegnung den Finger massiert hatte, und jetzt war es offenbar wirklich zu einem Energietransfer gekommen. Woher hatte Angel diese ungewöhnlichen Fähigkeiten? Himmel noch mal, seine Fähigkeiten bestanden im Grunde wirklich nur darin, einen guten juristischen Schriftsatz zu verfassen.

Am Abend rollte der Bücherbus aus Kansas hinaus und hinein nach Nebraska mit seiner wunderschönen Hügellandschaft. Angel fuhr langsamer, damit sie den Anblick genießen konnten. Ted wunderte sich über diese Gegend. Er war sich nicht sicher, ob sie wirklich so schön war oder ob seine wachsenden Bewusstheitskräfte sie nur so erscheinen ließen.

»Als Schüler am Ende der dritten Klasse«, stellte er andächtig fest, »glaube ich eigentlich nicht mehr an Elfen, Feen oder Kobolde. Aber wenn ich es täte, würde ich sie hier suchen. Es ist wirklich eine magische Landschaft.«

»Ja, das finde ich auch. Die Prärie ist magisch. Ich spüre fast, wie hier unter den wachsamen Blicken meiner Vorfahren die Büffel und Gabelhornantilopen grasen.«

Während sie schweigend auf dem ländlichen Highway weiterfuhren, stellten sich plötzlich unaufgefordert endlos viele Fragen in Teds Kopf ein. Er überlegte, ob er es bis zur sechsten Stufe schaffen, also den Lehrplan der *Spirit Tech* in seiner Gänze auskosten würde. Wenn sein Sinn für Schönheit sich schon nach wenigen Meditationsübungen so drastisch verändert hatte, was erwartete ihn dann auf den höheren Bewusstseinsstufen? Oder wäre alles nur so, als würde er eine bessere Brille verschrieben bekommen? Seine Sehschärfe wäre besser, aber sonst hätte sich in seinem Leben nichts geändert außer der Wahrnehmung desselben?

Ted dachte auch über Tante Lilly nach und über seine Zukunft als Rechtsanwalt. Er hatte sich fest vorgenommen, darüber mindestens ein halbes Jahr lang nicht nachzudenken, denn mit seiner stattlichen Erbschaft musste er eigentlich gar nicht mehr arbeiten. Aber was sollte er stattdessen tun? Seine Gedanken überschlugen sich, und am Ende stellte er fest, dass ihn seine wachsende Verbindung zu Angel am meisten beunruhigte.

Er wollte gern die Hand auf Angels Unterarm legen, um den Abstand zwischen ihnen zu überbrücken, doch er zögerte. Würde es das hohe Ziel der Erleuchtung vereiteln, wenn er an ein etwas tiefer gestecktes Ziel dachte, nämlich an eine romantische Beziehung? Zweifel schlichen sich ein. Vielleicht war es nicht besonders klug, über eine Zukunft mit Angel nachzudenken. So sehr er sie verehrte, so spürte er auch, dass Angels Verwurzelung im spirituellen Bereich dazu führte, dass ihr weltliche Dinge, etwa, wo das Geld für ihre Miete herkam, ziemlich egal waren. Wie wären sie als Paar? Würden sie gemeinsam in einem Bücherbus herumkurven und Seelen retten? Nein, so etwas konnte nicht funktionieren.

Plötzlich fiel ihm auf, dass es unfair war, solche Vermutungen über Angel anzustellen. Deshalb brach er das Schweigen und fragte: »Angel, was hast du eigentlich gemacht, bevor du eine spirituelle Beraterin geworden bist?«

Wenn Angel es nicht besser gewusst hätte, hätte sie gedacht, dass Larsen neben ihr saß und freundlich, wenn auch bestimmt, darauf beharrte, dass sie eine richtige Arbeit brauchte. Sie bemühte sich ganz bewusst, nicht so zu klingen, als müsste sie sich verteidigen. Dennoch verletzte sie die Frage. Ted konnte natürlich nicht wissen, dass er ein heikles Thema angesprochen hatte. Sie gab sich Mühe, aufrichtig zu sein, aber bei der Aufzählung fühlte sie sich nur noch unbehaglicher.

»Na ja, ich habe diverse Schulen besucht, gesungen, auf meiner Gitarre gespielt, Kunsthandwerk angefertigt, meinem Dad geholfen, Yoga und Meditation unterrichtet.« Sie zögerte und warf einen Blick auf ihn, dann fügte sie hinzu: »Klingt das verantwortungslos?«

Nachdem Ted eine Weile darüber nachgedacht hatte, beschloss er, aufrichtig zu sein. »Je nachdem. Ich meine, wovon bezahlst du deine Rechnungen? Wovon dein Auto und deine Krankenversicherung? Denkst du über deine Zukunft nach?«

Diese Fragen fühlten sich erdrückend an und drängten Angel weiter ins Abseits. »Ted, um ehrlich zu sein, bin ich nicht besonders gut bei solchen Dingen. Ich hatte nie eine richtige Arbeit, ich kann kein Geld sparen, ich vergesse, mir eine Versicherung zu besorgen, und ich bin so verwurzelt im spirituellen Hier und Jetzt, dass mir die zukünftigen Probleme ziemlich gleichgültig sind. Vielleicht bin ich verantwortungslos, aber ich muss einfach daran glauben, dass die Zukunft schon irgendwie klappen wird, wenn ich mein Bestes tue, um die Welt hier und jetzt zu einem besseren Ort zu machen.«

Teds Beklommenheit nahm zu. Angels Einstellung erschien ihm tollkühn und tatsächlich auch verantwortungslos. Es war genau so, wie er vermutet hatte: Angel hatte keine Ahnung von der richtigen Welt. Als er die Hand auf ihren Unterarm legte, fiel ihm etwas ein, was er in einem ihrer Bücher gelesen hatte und was die Sache seiner Meinung nach auf den Punkt brachte. »Angel, in einem der Sufi-Bücher, die du mir gegeben hast, bin ich auf etwas gestoßen, was mir sehr gut gefallen hat.«

Angels Zorn wuchs, aber sie bemühte sich, das, was ihr wie ein Angriff auf ihr Selbstwertgefühl vorkam, hinzunehmen. »Was denn?«

»Vertraue auf Allah, doch binde dein Kamel fest.«

Angel dachte daran, sich seiner Hand zu entziehen. Sie konnte mit Teds liebevollem Verständnis ihrer Fehler nichts anfangen. Es wirkte herablassend. Ted war nicht Larsen, er kam nicht für ihre Rechnungen auf. Absichtlich oder auch nicht war Ted in eine Zone eingedrungen, vor der ein großes Verbotsschild stand. In ihr sammelte sich weiterer Groll, aber sie blieb stumm. Allerdings war es kein offenes, luftiges Lakota-Schweigen, sondern ein bedrückendes, wütendes Schweigen.

Die Hitze im Raum wurde unerträglich. Ted nahm die Hand weg. »Vermutlich geht mich das nichts an.« Er warf wieder einen Blick auf die Landschaft und fragte sich, warum Angel langsamer fuhr.

Schließlich platzte Angel. »Das ist ein heikles Thema für mich, und du hast ganz recht: Es geht dich nichts an, womit ich meine Rechnungen bezahle.«

Wieder herrschte Stille, bis Ted erwiderte: »Es tut mir leid. Ich wollte dich nicht verletzen, ich habe nur versucht, dir zu helfen. Man kann doch spirituell sein und gleichzeitig einen richtigen Job haben, oder?«

»Du meinst so wie Mashid, Pater Chuck und alle anderen außer mir?« Angel bog auf den Seitenstreifen ein. Sie dachte kurz daran, Argo und Ted hinauszuwerfen. Sollten sie doch nach New Mexico zurücklaufen! Sie war einfach nur töricht gewesen. Welcher normale Mensch würde sich schon an eine herumreisende spirituelle Beraterin wenden? Und als sie endlich einen Klienten hatte, hatte sie ihn gratis unterrichtet und ihre Seele entblößt, und jetzt demütigte er sie. Mashid hatte vollkommen recht gehabt mit ihrer Frage: *Was in aller Welt hast du dir dabei gedacht?*

Als Bertha stand, trat Angel heftig auf die Feststellbremse.

»Zum Teufel mit dir, Ted Day!«, fauchte sie. Dann legte sie den Kopf in die Hände und begann zu schluchzen. »Kapierst du das denn nicht?«, sagte sie. Unter weiterem Schluchzen brach alles aus ihr heraus. »Ich lebe im spirituellen Bereich, weil die reale Welt nichts von mir wissen will. Ich kann es keinem recht machen. Diese Pilgerreise ist ein Fehlschlag, eine weitere Vermeidungsstrategie.« Kleinlaut fuhr sie fort: »Es tut mir leid, dass ich dich in meine lächerlichen Ideen verwickelt habe. Ich fahre jetzt heim nach South Dakota und helfe meinem Dad, Autos zu reparieren. Zumindest bin ich gut im Schweißen.«

Ted nahm ihre Hand. »Einen Moment mal, Angel. Du hast nicht versagt. Du bist eine wundervolle spirituelle Beraterin. Ich finde meinen Urlaub mit dir und No Barks großartig. Vielleicht brauchst du einfach nur ein bisschen Unterstützung dabei, die Bodenhaftung nicht zu verlieren.«

»Meinst du wirklich?«, fragte sie zaghaft. Ihr Selbstvertrauen konnte es kaum erwarten, wieder aufgerichtet zu werden.

»Du bist ein ganz besonderer, wundervoller Mensch. Verurteile dich nicht dafür, dass du anders bist. Du bist deiner Zeit nur etwas voraus. Vielleicht sind wir zusammengestoßen, damit ich dir bei deiner Tante Lilly und deinen Finanzen helfen kann.«

»Du findest es also nicht lächerlich, dass ich mit der bemalten Bertha in der Gegend herumfahre?«

Ted lachte, beugte sich zu ihr herüber und umarmte sie. »Das ist das Lächerlichste, was ich je gesehen habe, und ich finde es fantastisch.«

Sie hielt ihn fest. »Ich kann dich nach Pecos zurückfahren, wenn du willst. Wir müssen nicht weitermachen.«

»Du bist schon viel zu lange dabei, um jetzt an dir zu zweifeln. Dich erwartet Arbeit, und du wirst mich nicht los.«

Auf einem Parkplatz am Rand des einsamen Highways durch Nebraska teilten Angel und Ted das Essen, das Mashid für sie eingepackt hatte. Angel schwankte noch etwas, und Ted versuchte, sie wieder aufzurichten. »Ist es jetzt an der Zeit, mit dem Buddhismus und der vierten Stufe anzufangen?« Er legte die Hand auf Argos wuscheligen Kopf und streckte die Beine aus. »Ich sitze mit dem Stift in der Hand an meinem Schreibtisch und bin bereit, mich wieder an die Arbeit zu machen.«

Angel schob die Zweifel an ihrem Wert als spirituelle Beraterin in den Hintergrund und stürzte sich wieder auf den Lehrplan, als hätte sie diesen in Gedanken sorgfältig ausgearbeitet. So leicht wollte sie sich nicht unterkriegen lassen. Sie biss in ihren Apfel, kaute sorgfältig und sagte: »Ich glaube, es ist gut, wenn wir weitermachen. Es wird uns beiden guttun. Du hast so viel schwere Arbeit geleistet, dass es eine Schande wäre, jetzt aufzuhören. Findest du nicht auch?«

»Ganz deiner Meinung.«

Nach dieser kleinen Pause fuhren sie ein paar Meilen nach Osten, dann nahm Angel ihren Unterricht wieder auf. »Der Buddhismus ist genau das richtige Thema für uns, um mit *Der Arbeit* weiterzumachen. So wie bei mir« – ihr Humor blitzte wieder auf, als sie sich über sich selbst lustig machte – »ist es auch beim Buddhismus: Hier zeigt sich eine radikal andere Weltsicht. Aber im Gegensatz zu mir ist diese Weltsicht geerdet und praktisch. Gute Glaubenssätze und gute Übungen werden nur an einem einzigen Test gemessen: Führen meine Handlungen, Glaubenssätze und Verhaltensweisen zu weniger Leiden beziehungsweise mehr Glück in diesem meinem Leben? Der Buddhismus verspricht uns wie ein uraltes Selbsthilfesystem ein glücklicheres Leben. Einem Buddhisten würde es sinnlos vorkommen, an etwas zu glauben oder etwas zu tun, was das Leiden in diesem Leben nicht verringert.« Sie warf einen Blick auf die Tankanzeige, bevor sie fortfuhr: »Der Buddhismus ähnelt eher einer Wissenschaft als einer Religion: Stelle Experimente an und sei offen für viele Möglichkeiten. Das könnte doch ganz nach deinem Geschmack sein, oder?«

»Bislang klingt es in meinen Ohren tatsächlich kaum wie eine Religion.«

»Grundsätzlich hast du recht. Der Kern von Buddhas Lehren hat wenig mit dem zu tun, was wir traditionellerweise als Religion betrachten. Der Buddhismus beschäftigt sich ausgiebig mit dem Thema, wie man uns aufwecken kann.«

»Ich dachte, Buddhisten glauben an die Wiedergeburt«, sagte Ted.

»Nun, als seine Praktiken sich verbreiteten, hat der Buddhismus die Glaubenssätze der Menschen, die in seinem Einflussbereich lebten, institutionalisiert und in sich aufgenommen. Aber das hat nichts mit dem zu tun, was Buddha lehrte. Buddha hat sich sogar entschieden dagegen gewehrt, metaphysische Fragen anzusprechen, einschließlich der größten aller Fragen: Gibt es einen Schöpfergott?«

»Himmel und Hölle?«

»Davon hat er die Finger gelassen.«

»Ein Leben nach dem Tod?«

»Frag, wen du willst, aber nicht mich.«

»Ich habe immer gedacht, bei allen Religionen geht es um solche metaphysischen Fragen.«

»Du kannst Singleton danach fragen, wenn wir dort sind. Aber vermutlich würde ein Buddhist sagen, dass der Versuch, eine Antwort auf solche Fragen zu finden, dich weder auf dem Weg zum Glück weiterbringt noch das Leiden verringert. Wenn man sich mit solchen Fragen beschäftigt, wird man von dem, worauf es im Leben wirklich ankommt, abgelenkt.«

»Trotzdem sind es wichtige Fragen.«

»Wirklich? Buddha hat uns die Parabel mit dem vergifteten Pfeil als Erklärung angeboten. Stell dir vor, dass ein Mann von einem vergifteten Pfeil getroffen wurde und seine einzige Überlebenschance besteht darin, den Pfeil rasch zu entfernen. Aber stattdessen befiehlt er den Leuten, die ihn retten wollen, den Pfeil erst zu entfernen, wenn sie ihm den Namen und die Familie der Person nennen, die den Pfeil abgeschossen hat, und herauszufinden, ob er von einem Langbogen oder einer Armbrust abgeschossen wurde und wie die Pfeilspitze beschaffen war. Was würdest du von einem solchen Mann halten?«

»Ich würde ihn für ziemlich töricht halten.«

»Ganz genau. Buddha wollte uns damit sagen, dass die Religion ein törichter Zeitvertreib ist, wenn wir uns mit Fragen beschäftigen, auf die es keine Antwort gibt. Wenn wir so etwas tun, vergeuden wir unser kostbares Leben, indem wir die harte Arbeit vermeiden und uns deshalb auch die wichtigen Gewinne entgehen, die uns auf dem spirituellen Weg erwarten, den uns Buddha vorschlägt. Er hat diesen spirituellen Weg als Dharma bezeichnet.«

»Ich versuche, mich an diese Parabel zu erinnern, wenn mir mal wieder ein Pfeil im Rücken steckt.« Ted warf einen Blick auf die Karte. »Bieg bei der nächsten Kreuzung links ab. Wir sind fast da. Es sind nur noch zwanzig Meilen.« Als würde er sichergehen wollen, dass sie ihn gehört hatte, berührte er wieder ihr Handgelenk. »Diesmal biegst du ganz langsam ab. Vielleicht kommt ja jemand aus der Gegenrichtung, der sich nur um seine Angelegenheiten kümmert und kein Interesse daran hat, von dir gerammt zu werden.«

Angel grinste. »Ja, Ted, ich habe die Botschaft vernommen.« Sie verlangsamte Bertha und bog ab. Die Straße wurde schmaler und reichte nur knapp für den breiten Bücherbus, weshalb Angel noch ein bisschen langsamer fuhr. »Sieh mal einer an – niemand ist unachtsam vor mir abgebogen.«

Ted nahm seine Hand weg und fragte: »Die berühmten vier edlen Wahrheiten im Buddhismus – geht es dabei um das Glück und diesen Dharma-Pfad?«

»Ja. Die erste edle Wahrheit besagt, dass Leiden und Unglück Teil des menschlichen Daseins sind. Sie sind unvermeidbar. Es geht nicht gut aus für uns, und unterwegs gibt es genügend Leiden: Wir werden krank, wir werden alt, wir welken dahin, und schließlich sterben wir.«

»Klingt nicht sehr fröhlich, dieser Buddha.«

»Die Reise hin zu den oberen Klassenzimmern ist nicht leicht. Unsere westliche Kultur trägt dazu bei, dass wir unser wahres menschliches Dasein verleugnen, und behindert damit unseren spirituellen Fortschritt und unsere psychische Gesundheit. Von der Wiege bis zur Bahre werden wir konditioniert, nach Möglichkeit nicht über unausweichliche Krankheiten, das Altern und den Tod nachzudenken. Wir wollen in einer Peter-Pan-Welt leben, in der wir ewig jung und gesund sind. Und wenn wir dann tatsächlich sterben, ist es nicht weiter wichtig; denn wir leben einfach im Himmel weiter, so wie gewohnt, nur unter besseren Bedingungen.«

»Das Leben von Ted, Teil zwei.«

»Der Glaube an ein Leben nach dem Tod macht es uns einfach, uns vor einer Auseinandersetzung mit der eigenen Sterblichkeit zu drücken. Dabei vergessen wir aber eines: Dieses Leugnen zieht einen Großteil unserer Energie ab von einem gesunden Wachstum und von dem Weiterkommen auf dem spirituellen Pfad. In den östlichen Kulturen werden Weisheit und Reife des Alters verehrt, in den westlichen Kulturen hingegen herrscht Altersfeindlichkeit. Reife wird abgewertet, und die Leute tun alles, um zu vermeiden, dass sie so alt aussehen, wie sie sind.«

Ted nickte. »Unsere Wirtschaft scheint sich darauf zu verlassen, dass wir Älterwerden, Krankheit und Tod vermeiden wollen. Kosmetik, Haarfärbemittel, Schönheitsoperationen – die Liste ist unendlich lang. Ich weiß nicht recht, warum wir etwas so Natürliches wie das Älterwerden und den Tod so schrecklich finden. Als mein Großvater seinem Ende entgegensah, schien er sich mit seinem Sterben ziemlich gut zu arrangieren. Er hat mir oft gesagt, dass es viel trauriger sei, nicht richtig zu leben, als zu sterben.«

»Ich glaube, Buddha hat dasselbe zu sagen versucht. Er hat immer betont, dass dieses Leben ein Segen ist, aber nur ein kurzer. Wir haben nur begrenzt Zeit, es richtig zu leben. Das institutionalisierte Christentum wie auch der Islam messen dem Himmel und der Hölle große Bedeutung bei. Das Judentum ist viel zurückhaltender bei diesen Themen. Pater Chuck würde dir erklären, dass die meisten Christen es ignorieren oder herunterspielen, dass Jesus gesagt hat, der Himmel existiert im Diesseits und nicht im Leben nach dem Tod.«

»Ich bin zwar kein Psychotherapeut«, sagte Ted, »aber

diese Angst vor dem Tod ist doch bestimmt ein Teil der Persönlichkeit unseres Mr. Digit. Außerdem glaube ich, dass das auch auf die zweite Erkenntnis hinweist. Wir verwenden viel Energie darauf, etwas zu schaffen, das wir als Selbst bezeichnen, und uns danach Sorgen zu machen, wie wir es beschützen können. Und was hat es nun mit der zweiten edlen Wahrheit auf sich?«

»Bei der zweiten edlen Wahrheit stellt Buddha fest, dass es eine Kluft gibt zwischen der wahren Welt und der Art und Weise, wie unser Denken diese wahrnimmt. Wie du schon sagtest, hindern unser Ego und unsere Mr.-Digit-Persönlichkeit uns daran, uns dessen bewusst zu werden, wie das Leben wirklich beschaffen ist. Vieles von unserem Unglück stammt daher, dass wir unser wahres Leben ignorieren. Unsere Sicht der Welt und wie wir in sie hineinpassen ist in vielerlei Hinsicht fehlerhaft.«

»Wollen wir denn nicht alle glücklich sein und nicht leiden? Was ist daran so tiefgründig?«

Angel nickte zustimmend. »Ich glaube, die ersten zwei edlen Wahrheiten sind die Grundlage für den wichtigsten Punkt, den Buddha als Ignoranz beschrieben hat. Weil wir das wahre Wesen von Ursache und Wirkung nicht verstehen, pflegen wir vermeidbare Gewohnheiten, die uns unglücklich machen. Mr. Digit ist überzeugt, dass der Goldring an seinem Finger der Pfad zum Nirwana ist. Es ist schwer, Mr. Digit dazu zu bringen, seinen höheren Sinn oder sein wahres Selbst zu erkennen.«

»Die dritte edle Wahrheit?«, fragte Ted.

»Ganz genau. Wenn wir dem Dharma-Pfad folgen und *Die Arbeit* leisten, können wir einen Großteil unserer ignoranten Weltsicht, wie sie Mr. Digit pflegt, hinter uns lassen.

Albert Einstein hat den Buddhismus als Religion der Zukunft bezeichnet. Etliche katholische Mönche sind praktizierende Zen-Buddhisten, und viele andere würden sich als christliche Buddhisten beschreiben, wenn man sie danach fragen würde. Der Buddhismus ist mit vielen Religionen vereinbar.«

Am Rand der kleinen Gemeinde, wo Singleton wohnte, kamen mehrere Bodenschwellen und Hinweisschilder auf frei laufende Tiere. Angel fuhr ganz langsam, um ihre Passagiere nicht durchzuschütteln. Ted fragte: »Und worin besteht Buddhas Geheimnis, uns glücklich zu machen?«

»Damit beginnt die Dharma-Praxis. Der achtfache Pfad, Buddhas vierte edle Wahrheit, ist im Grunde ein systematischer Prozess, um unser Mr.-Digit-Ego außer Gefecht zu setzen. Es ist die buddhistische Schatzkarte, die uns zu den Klassenzimmern der höheren Stufen führt. Wenn wir die vier edlen Wahrheiten verstehen und in unser Leben integrieren, können wir hier und jetzt in diesem unseren Dasein Frieden finden, ein kleines Nirwana. Ich glaube, das hat Jesus auch mit dem Königreich gemeint.«

Auf einer Pflasterstraße, gesäumt von einem leuchtenden Grünstreifen, gelangten sie zu einem mit Schindeln verkleideten viktorianischen Haus, an dessen Eingang ein Schild stand »Singelton House, Bed & Breakfast«. Darunter verkündete ein weiteres Schild »Fahrradverleih und Werkstatt«.

In freudiger Erregung parkte Angel den Bücherbus. Sie leinten ihre Hunde an und ließen sie ein paar Minuten im Vorgarten herumschnüffeln, dann traten sie an die Haustür.

23. Kapitel

Als Stephen Singleton – Fahrradreparierer, Gastwirt und buddhistischer Lehrer – erfuhr, dass Angel und Ted vorhatten, in der alten Bertha zu übernachten, und dass sie sich in den vergangenen drei Tagen hauptsächlich von Müsliriegeln und Obst ernährt hatten, bestand er darauf, ihnen eine warme Mahlzeit zu kochen und sie in seiner behaglichen Pension unterzubringen. Die beiden wehrten sich nicht. Er wusste nicht recht, ob er ihnen ein oder zwei Zimmer anbieten sollte, aber um auf Nummer sicher zu gehen, überreichte er ihnen zwei Schlüssel. Was sie anschließend taten, ging ihn nichts an. Jedes Zimmer in seiner Frühstückspension trug den Namen eines Filmstars aus Nebraska. Angel bekam das Marlon-Brando-Zimmer, Ted die Fred-Astaire-Suite.

Unter der Woche war in der Pension und auch im Fahrradladen nicht viel los. Da für Singleton Geld nur zweitrangig war, gefielen ihm die Tage, an denen es etwas ruhiger zuging. Solche Zeiten nutzte er zum Studieren, zur Meditation und um Freunde zu besuchen. Oder er unternahm mit oder ohne Fahrrad auf dem dreihunderteinundzwanzig Meilen langen Cowboy Trail vor seiner Haustür einen Ausflug durch den Norden Nebraskas.

Die drei unterhielten sich angeregt und genossen das warme Essen. Bevor sie mit vollem Magen ins Bett gingen, brachten Ted und Angel Argo und No Barks in dem Hundezwinger an der Seite des Hauses unter, den Singleton für seine Hundegäste gebaut hatte. Sie fütterten die Hunde, füllten die Wasserschüssel auf, umarmten die zwei und wünschten ihnen eine gute Nacht. Dann begaben sie sich in ihre Zimmer in der Hoffnung auf einen erholsamen Nachtschlaf.

Ted widerstand dem Drang, sich gleich hinzulegen. Erst einmal wanderte er ein bisschen im Zimmer herum und betrachtete all die Erinnerungen an Fred Astaire, mit denen die Wände verziert waren. Das schönste Stück der Sammlung war ein Filmplakat, auf dem Astaire in voller Lebensgröße mit Cyd Charisse im Central Park tanzte. Unter dem Plakat hing der Text eines Liedes, das durch Astaire sehr bekannt geworden war. Singleton hatte den Text sorgfältig abgetippt und gerahmt.

Dancing in the dark 'til the tune ends
We're dancing in the dark and it soon ends …

Ted kam darauf, dass dieser Text sehr tiefgründig und buddhistisch gefärbt war, wenn man ihn mit dem entsprechenden Hintergrund las. Schließlich prüfte er den Härtegrad der Matratze mit den Händen. Sie wirkte fest und einladend. Er zog sich aus, suchte auf seinem Handy nach Fred Astaire, legte sich hin und hörte »Dancing in the Dark« an, bis ihm die Augen zufielen.

Da er so früh zu Bett gegangen war, wachte er am nächsten Morgen schon um halb sechs auf. Aus reiner Gewohnheit nahm er gleich sein Handy zur Hand und überprüfte die E-Mails. John Shinn, Lilly Two Sparrows Anwalt, hatte sich gemeldet. Ted hatte ihm dreimal geschrieben, und jetzt fand er drei Antworten auf seine Anfragen.

In seiner ersten Mail entschuldigte sich Shinn, weil er so spät antwortete. Er habe erst die Erlaubnis seiner Klientin einholen müssen, den Fall mit Ted zu erörtern und ihm die Unterlagen zu schicken, erklärte er. Nachdem er Tante Lillys Einwilligung erhalten hatte, schickte er nun die wichtigsten Teile der Anklageschrift. Er ermunterte seinen Anwaltskollegen, ruhig noch einmal alle Details seiner Arbeit zu überprüfen, und gab offen zu, dass ihm die Optionen für Tante Lilly ausgingen. Aber vielleicht hatte er doch etwas übersehen. »Wer weiß?«, schrieb er. »Wenn Sie etwas finden, umso besser. Sagen Sie mir einfach Bescheid. Ich freue mich über Ihre Unterstützung.«

Ein paar Stunden später hatte Shinn noch eine zweite Mail geschickt. Darin ließ er sich etwas eingehender über den Fall aus und teilte Ted seine Meinung zu einigen Theorien mit, die Ted in Erwägung gezogen hatte. Shinn erklärte auch, dass ihm Tante Lilly sehr leidtäte. Er fügte hinzu: »Obwohl sie vielleicht ein bisschen wirr ist, ist sie leider, was das Gesetz in South Dakota angeht, nicht verrückt genug, um mit einem Mord glimpflich davonzukommen.«

Ted hatte erwähnt, dass Onkel Harry Tante Lilly womöglich misshandelt hatte, und gefragt, ob man damit nicht ihre Behauptung, sie habe sich verteidigen müssen, stützen könne. In seiner letzten E-Mail meinte Shinn, er glaube nicht, dass das viel an dem Fall ändern würde. Schließlich gebe es keinen objektiven Beweis, dass Onkel Harry Lilly am Tag seiner Ermordung bedroht hatte. Tante Lilly hatte weder Shinn noch der Polizei gegenüber etwas in dieser Richtung ausgesagt. Auf Teds Anfrage, in welcher geistigen Verfassung man denn sein müsse, um auf Notwehr plädieren zu können, antwortete Shinn, dass das Gesetz in South Dakota zwar ein wenig schwammig sei, doch wenn man behauptete, man habe in Notwehr gehandelt, würde sich diese Behauptung trotzdem am Maßstab eines vernünftigen Menschen ausrichten müssen und nicht an irgendeinem verschwommenen subjektiven Maßstab. Shinn war mit Ted einer Meinung: Vernünftige Menschen hören nicht auf Bären, die im Traum zu ihnen sprechen, und erschießen dann ihre Exmänner. Tante Lilly war wohl am besten beraten, wenn sie sich des Totschlags für schuldig bekannte, falls der Staat von South Dakota sich erweichen ließ, von einer Mordanklage abzusehen. Man könne nur hoffen, dass sie am Ende ihrer zehnjährigen Haftstrafe noch lebte. Die Verhandlung sei für Oktober anberaumt. Wenn in den nächsten zwei Wochen nichts grundsätzlich Neues zu Tage käme, wollte Shinn versuchen, bei Tante Lilly auf Totschlag zu plädieren. Vielleicht käme sie ja bei guter Führung schon nach acht Jahren aus dem Gefängnis.

Ted konnte sich noch so sehr den Kopf über Tante Lilly zerbrechen, ihre Lage wurde dadurch nicht besser. Shinn hatte recht. Ein schlechter Traum konnte nicht die einzige Grundlage der Verteidigung in einer Mordanklage sein. Sie brauchten mehr, wenn sie darlegen wollten, dass Tante Lilly unter begründeten Ängsten gelitten hatte.

Er blieb noch eine Weile liegen und wartete auf den Sonnenaufgang. Schließlich schloss er die Augen und konzentrierte sich auf einige der Meditationsübungen, die Angel ihm beigebracht hatte. Diese Übungen machte er etwa zwanzig Minuten lang. Gelegentlich einen Raum hinter dem Plaudern von Ted zu finden fiel ihm mittlerweile viel leichter. Trotzdem reichte es ihm nach zwanzig Minuten, und er griff zu einem der Bücher über Buddhismus, die Angel ihm gegeben hatte. Als Argo bellte, konnte er sich nicht mehr konzentrieren. Argo hatte viel Spaß mit No Barks. Ted hatte so viel über seine bevorstehende Trennung von Angel nachgedacht, dass ihm erst jetzt sein Hund einfiel, der vielleicht auch nicht glücklich darüber sein würde, wieder den ganzen Tag allein in Crossing Trails herumzuhängen, während er arbeitete. Ted würde nicht der Einzige sein, der das Ende ihrer Pilgerreise bedauerte.

Um sechs war die Sonne aufgegangen, und von der Wiese hinter Singletons Haus wehte ein kühles Lüftchen ins Zimmer. Die unterschiedlichsten Geräusche – ein fernes Hupen, ein Rasensprenger, muhende Kühe – drangen ungefiltert herein und brachten Ted auf eine weitere Übung, die Angel ihm aufgetragen hatte: Er solle seine Aufmerksamkeit hin und wieder auf seine Umgebung lenken und diese gründlich wahrnehmen.

Er trat ans Fenster und musterte die weidenden Kühe. Mittlerweile war die Sonne schon weit über den Horizont geklettert; manchmal drang sie hinter weißen Wolken hervor wie eine besorgte Mutter, die nach ihren Kindern auf der Erde sieht. Vor dem Fenster hingen Blumenkästen, in denen üppig rote und blaue Stiefmütterchen blühten. Als Nächstes bemühte sich Ted, die vielfältigen Gerüche wahrzunehmen, die in der Luft hingen. Aus der Küche stieg der Duft von starkem Kaffee und frisch gebackenen Brötchen herauf und ließ Ted das Wasser im Mund zusammenlaufen. Plötzlich fiel ihm auf, dass es hier so roch wie in einem sehr alten Haus. Im Lauf der Jahre hatten diverse Besitzer die alten Holzdielen geschrubbt und alles mit einer Reihe von unterschiedlichen Reinigungsmitteln gesäubert, die noch immer zu riechen waren und alle zusammen den Geruch eines Hauses mit Geschichte ergaben. Ted stellte sich vor, dass diese

Reinigungsmittel früher wahrscheinlich nur aus Essigwasser und später dann aus Pine-Sol, Mr. Clean und vielen anderen bestanden hatten. Ein Geruch, der Ted an Angel erinnerte, übertönte die anderen. Wenn Ted Singleton danach gefragt hätte, hätte dieser ihm erklärt, dass er eine altmodische, auf natürlicher Basis bestehende antibakterielle Seife benutze, die aus Sodiumlaurat hergestellt sei, einem Abbauprodukt von Laurinsäure, nachdem diese durch Natriumhydroxid neutralisiert worden war – einfacher gesagt, eine Mischung aus Kokosöl und Zitronensaft. Der Duft war süß, sauber, sinnlich und einladend.

Ted hörte Wasser durch die Rohre eines benachbarten Zimmers fließen und Singleton im Erdgeschoss telefonieren. Er beschloss, seine Achtsamkeitsübung zu beenden und sich zu seinem neuesten spirituellen Kameraden zu gesellen. Davor räumte er noch ein bisschen auf und ging unter die Dusche. Beim Anziehen setzte er eine Tasse heißen Kaffee ganz oben auf seine morgendliche Wunschliste.

Singleton war mittelgroß, durch sein blondes Haar zogen sich die ersten grauen Strähnen, und auf seinem T-Shirt prangte ein Werbeaufdruck für sein Geschäft. Gerade lehnte er am Rahmen der Küchentür und erklärte einem Anrufer geduldig seine Zimmerpreise. »Nein, wir vermieten nur für einen halben oder einen ganzen Tag, nicht stundenweise. Jawohl, heute Nachmittag gibt es noch genügend Fahrräder, Sie brauchen keines zu reservieren.«

Er hatte ein freundliches Lächeln, und in seiner Miene spiegelte sich Freude oder zumindest Zufriedenheit mit seinem Leben. Schließlich legte er den Hörer seines altmodischen Telefons auf, durchquerte die zweckmäßig eingerichtete Küche mit großen Schritten und streckte die rechte

Hand aus. »Guten Morgen, Ted. Wie geht es dir? Ich hoffe, du hast gut geschlafen.«

»Ja, danke. Ich bin heute ziemlich früh aufgestanden, weil ich noch ein paar juristische Sachen erledigen und auch einige der buddhistischen Schriften lesen wollte, die Angel mir gegeben hat. Dein Büchlein *The Biking Buddhist* hatte ich schon fast zur Hälfte gelesen, als mir klar wurde, dass du der Autor bist. Ich bin ziemlich beeindruckt. Es ist hervorragend.«

Auch Singleton war sehr zufrieden mit dem Buch, das er für sein bestes hielt. Er hatte seine Lebenskraft in diese Seiten fließen lassen in der Hoffnung, mit anderen das Verständnis teilen zu können, an dem er lange und hart gearbeitet hatte. »Es freut mich, dass es dir gefällt.«

»Ich dachte, nach einer kleinen Vorbereitung können wir unsere gemeinsame Zeit effektiver nutzen.« Ted zögerte. Auf einmal fiel ihm ein, dass er nicht recht wusste, warum Singleton, Mashid, Pater Chuck oder auch Angel sich die Mühe gaben, ihn anzuleiten und ihm zu zeigen, wie man *Die Arbeit* machte. Wer verschenkte denn in der heutigen Welt seine Zeit? War das spirituelle Wissen weniger wert als ein Ratschlag im Steuerbereich, in der Medizin oder im Rechtswesen? »Es ist wirklich sehr nett von dir, dass du … dass du deine Zeit mit mir teilst«, stammelte er. »Ich weiß nicht, ob ich mich einfach so in dein Leben drängen darf.«

»Solche Gefühle sind nicht nötig. Weißt du, was passiert, wenn die Flut kommt?«

Ted wartete lächelnd ab, bis Singleton weitersprach.

»Wenn der Wasserpegel steigt, steigen alle Schiffe mit ihm. Es mag dir nicht logisch vorkommen – zumindest noch nicht –, warum wir mit unserer Zeit so großzügig umgehen.

Vielleicht denkst du auch, dass andere es mehr verdient hätten als du. So wird es dir allerdings nur gehen, wenn du die Situation von der dritten Stufe aus betrachtest, so wie ein Anwalt, der die Gesetze befolgen will, oder ein Buchhalter, der möchte, dass die Bilanz ausgeglichen ist. Heute werden wir dir eine weitere Sichtweise vorstellen, aber erst einmal frühstücken wir. Setz dich und entspann dich. Später unterhalten wir uns dann ausführlicher über den Buddhismus.«

Ted genoss es, an diesem herrlichen Spätsommermorgen in Singletons Küche zu sitzen. Er füllte eine Schüssel mit Müsli und goss Milch dazu. »Angels Bücher waren alle sehr interessant, aber der Buddhismus ist ganz anders, als ich es erwartet hatte. Jetzt verstehe ich, warum sich so viele Leute aus Hollywood dafür interessieren.«

»Es ist mir eine Ehre, dich anzuleiten. Sehr weit werden wir an diesem einen Morgen zwar nicht kommen, aber wir tun, was wir können. Ich habe mich einen Großteil meines Erwachsenenlebens mit dieser Lehre beschäftigt. Sie hat mir viel gegeben, und ich hoffe, dass sie auch dir viel geben wird, unabhängig davon, wie begrenzt unsere gemeinsame Zeit ist.« Singleton hielt inne, schenkte Teds Kaffeetasse randvoll und fuhr dann fort. »Als Erstes möchte ich dir versichern, dass dich hier keiner unter Druck setzen möchte, das zu akzeptieren, was wir mit dir teilen wollen. Buddha hat uns gelehrt, dass wir das aus seinen Lehren ziehen sollen, was uns wertvoll erscheint, und den Rest links liegen lassen sollen. Der Buddhismus, wie ich ihn verstehe und wie ich glaube, dass Buddha ihn ursprünglich erdacht hat, ermuntert seine Schüler, sich zu entwickeln, zu wachsen und nicht zu stagnieren, also nicht in einer jahrhundertealten Weltsicht stecken zu bleiben.«

Ted dachte an das, was er von seinen anderen spirituellen Lehrern erfahren hatte, und fragte sich laut: »Vielleicht hatten Jesus und Mohammed ja die gleiche Botschaft, wenn man ihre Schriften richtig liest?«

»Ah«, sagte Singleton verschmitzt, »ich merke, dass du aufmerksam zugehört hast, als Pater Chuck und Mashid mit dir sprachen. Sie werden sich freuen.«

»Ich habe es versucht.« Ted trank einen großen Schluck Kaffee. »Es freut mich, dass du mir nichts aufdrängen willst, nur weil es für dich oder für den Dalai Lama gut funktioniert.«

Singleton deutete auf den kleinen Beistelltisch an der linken Küchenwand. »Nimm dir doch ein paar Brötchen, wenn du willst. Wir lassen Angel ausschlafen und machen in der Zeit ein paar Vorübungen. Wenn sie auf ist – es ist wirklich ein sehr schöner Morgen –, könnten wir ja zu dritt ein Weilchen auf dem Cowboy Trail wandern und uns ausführlicher über diese alte indische Tradition unterhalten.«

Angel ging es Teds Meinung nach beim Essen um sporadische, rasche Nahrungsaufnahme. Deshalb freute er sich darüber, im Sitzen und in aller Ruhe eine richtige Mahlzeit zu sich zu nehmen. Er bereitete sich darauf vor, weitere Arbeit zu leisten, diesmal jedoch mit dem Luxus eines vollen Magens und einer ordentlichen Dosis Koffein im Blut.

Stephen sah Ted ein Weilchen beim Essen zu und erklärte dann: »Die buddhistischen Lehren und Übungen werden manchmal nur unter einem einzigen Begriff zusammengefasst, dem Dharma. Es heißt, das Dharma habe zwei Aspekte, Mitgefühl und Weisheit. Anders ausgedrückt ist die Weisheit nichts ohne das Mitgefühl und umgekehrt.«

»Meinst du damit, dass es eine Art Wechselwirkung gibt?

Dass man den Buddhismus erleben muss, bevor er einem wirklich sinnvoll erscheint?«

Singleton lächelte höflich. »Ohne Übung, also ohne den Pfad zu beschreiten und *Die Arbeit* zu leisten, ist der Buddhismus nur eine weitere Ansammlung von Glaubenssätzen und Regeln und wirkt sich kaum praktisch auf dein Leben aus. Dann wirst du bloß ein weiterer Bücherbuddhist. Die Meditation und die Betrachtung des Geistes sind sehr wichtige Bestandteile.«

»Angel hat mir einige Meditations- und Achtsamkeitsübungen gezeigt.«

»Die Tatsache, dass man am Buddhismus aktiv teilnehmen und ihn aktiv ausüben muss, hat dazu geführt, dass manche Menschen ihn als eine esoterische Lehre betrachten, als einen geheimen tantrischen Pfad. Aber im Wesentlichen ging es Jesus, Mohammed und Buddha um dieselbe Botschaft – um die Verwandlung des Selbst.«

Ted dachte eine Weile darüber nach, dann wandte er ein: »Es kommt mir seltsam vor, dass drei Männer, die geografisch und zeitlich so weit voneinander entfernt lebten, ähnliche Ideen hatten.«

»Vielleicht ist das gar nicht so seltsam, wie du glaubst. Hat dir Mashid nicht erzählt, dass Mohammed an einer wichtigen Handelsroute lebte? Er war nicht der Einzige.«

»Jesus hat ebenfalls an dieser Route gelebt?«, fragte Ted überrascht.

»Ganz richtig. Einige Gelehrte glauben, dass Jesus vielleicht auch von buddhistischen Reisenden beeinflusst wurde, die auf der Seidenstraße unterwegs waren und in Galiläa anhielten, um ihre Waren zu verkaufen. Es ist gar nicht so weit hergeholt, wenn man davon ausgeht, dass Jesus mit buddhistischen Lehren in Kontakt kam. Und Mohammed lebte unter Christen in Medina. Aber das ist nicht so wichtig. Wichtiger – zumindest für mich – ist es, dass die klügsten und größten spirituellen Denker zu einem ähnlichen Punkt gelangt zu sein scheinen.«

»Dieser spirituelle Weg, an dem du, Pater Chuck, Mashid und Angel arbeiten – bezeichnet ihr ihn als tantrischen Pfad?«, fragte Ted.

»Ja, auf dem tantrischen Pfad bewegen sich Angel, Pater Chuck, Mashid und viele andere von uns, und wir glauben, dass Buddha, Jesus und die meisten anderen spirituellen Suchenden versucht haben, uns eben diesen Weg zu vermitteln. Aber bevor ich ihn dir beschreibe, muss ich dir noch etwas erklären. So wie ›büßen‹ eine lausige Übersetzung für *metanoia* ist, worauf Pater Chuck immer wieder gern hinweist, so ist es beim Tantra. Verwechsle bitte nicht das, was manche Leute als kalifornisches Tantra bezeichnen, mit dieser uralten Praxis. Beim Tantra geht es nicht darum, unsere Körper zu genießen, und auch nicht um Sex. Natürlich ist gegen Sex nichts einzuwenden, aber man darf nicht Pommes frites mit französischem Essen gleichsetzen.«

»Und was bedeutet Tantra wirklich?«

»Tantra steht im Gegensatz zum Asketentum, der Abkehr von der Welt mit all ihren Freuden und ihrem Leid, die als reine Illusionen und Ablenkungen von unserem gottähnlicheren Selbst gesehen werden. Beim asketischen Pfad geht es um die Auslöschung des Selbst; der Asket leugnet die Bedeutung unseres Menschseins. Im Tantrismus geht man umgekehrt vor. Um unser Menschsein zu erkennen, müssen wir unser normales Bewusstsein überschreiten, sodass wir über und hinter unser kleines, dem Ego verpflichtetes Selbst gelangen. Manche Leute bezeichnen es als Christusbewusstsein oder als Buddha-Geist. Es gibt einen feinen, jedoch wichtigen Unterschied zwischen Askese und Tantra. Sowohl der Asket als auch Buddha erkennen, dass das Leben seine Tücken hat. Wir leiden ziemlich viel. Der Unterschied zwischen dem tantrischen und dem asketischen Weg liegt darin, wie wir auf dieses Leid reagieren. Der Asket glaubt, dass wir uns aus dem Leben und seinen Freuden möglichst weit zurückziehen müssen, um zu einer ekstatischen und mystischen Vereinigung mit Gott zu gelangen. Der Hedonist trachtet in der kurzen Zeit, die ihm hier auf Erden beschieden ist, nach möglichst vielen Freuden. Das ist das andere Extrem. Buddha hat das gelehrt, was er als mittleren Weg bezeichnete. Wenn man Freuden sucht, wird man nie das Glück finden, aber durch Selbstkasteiung gelangt man auch nicht ins Nirwana. Beim mittleren Weg, dem tantrischen Pfad, geht es darum, dass man loslässt und sich auf das einstimmt, was im Leben wirklich wichtig ist.«

»Die vier edlen Wahrheiten?«, fragte Ted.

»Ja, und darüber hinaus geleitet uns der tantrische Pfad in die vierte, fünfte und sechste Stufe der Bewusstheit. Auf diesen höheren Stufen unserer Entwicklung ist es nicht nötig, das Leben wie ein Asket von sich zu weisen oder wie ein Hedonist an seinen Freuden festzuhalten. Buddha hat uns geholfen zu erkennen, dass ein Großteil unseres Unglücks daraus entsteht, dass wir uns an dem, was wir gern haben wollen, festklammern und das, was wir nicht haben wollen, nach Möglichkeit vermeiden. Beides führt uns weg vom Hier und Jetzt, wo das Glück angesiedelt ist, und zieht uns entweder zurück in die Vergangenheit oder katapultiert uns in die Zukunft.«

Angel trat leise hinter Ted und legte die Hände auf seine Schultern. Mit ihren langen Fingern strich sie sanft über die Muskeln entlang seiner Wirbelsäule. »Hast du gut geschlafen, Ted?«

Ted freute sich, und gleichzeitig wunderte er sich auch ein wenig über Angels Berührung. Er drehte sich um und sah sie an. Gab es etwas Schöneres, als den Morgen zusammen mit Angel Two Sparrows zu begrüßen? Zum Glück schien ihre Gereiztheit ihm gegenüber völlig verflogen zu sein. »Ja, und du?«

»Sehr gut.« Sie klinkte sich in das Gespräch ein, bevor Stephen die Gelegenheit hatte, ihr einen guten Morgen zu wünschen. »Habt ihr schon über die vierte Stufe gesprochen?«

»Noch nicht«, antwortete Singleton. »Aber ich glaube, wir haben jetzt eine gute Grundlage dafür.«

Angel trat ans Küchenfenster und zog die schlichten weißen Vorhänge auf. »Nach dem Frühstück könnten wir ja mit den Hunden einen kleinen Spaziergang unternehmen und Ted die vierte Stufe vorstellen. Er hat es verdient, und ich würde gern den Cowboy Trail erkunden, von dem Stephen seit Jahren schwärmt.«

24. Kapitel

Da an diesem Morgen bereits etliche andere Wanderer und Fahrradfahrer auf dem Cowboy Trail unterwegs waren, leinten Ted und Angel ihre Hunde an. Den Tieren schien das nichts auszumachen; sie trotteten neben ihren Menschen her und genossen all die Gerüche, die in der kühlen Morgenluft hingen. »Ted, nachdem du nun bereit bist, die drei ersten Klassen hinter dir zu lassen«, erklärte Angel, »wird die *Spirit Tech* richtig interessant. Um in die vierte Klasse aufzusteigen, ist ein gewisser Grad an Reife, Weisheit und psychischer Gesundheit nötig. Es ist keine alltägliche Leistung. Um dorthin zu gelangen, muss man das Leid im Leben sowie unsere Unfähigkeit, es zu kontrollieren, akzeptieren. Mr. Digit erkennt, dass er mehr ist als ein Finger mit einem Ring. Er beginnt zu spüren, was hinter seinem mickrigen kleinen Selbst liegt.«

»Ist es das höhere Selbst, das du schon mehrmals erwähnt hast?«, fragte Ted.

»Ja«, erwiderte Angel. »Auf dieser Stufe nutzen wir mehr als unseren Verstand und unsere Sprache. Wir nutzen unser Herz, und wir bewegen uns mit Mitgefühl und Liebe uns selbst und anderen gegenüber durchs Leben. Wir bringen uns in Einklang – oder verbinden uns – mit der Schönheit, die im Universum über und jenseits von uns existiert. Es spielt keine Rolle, welche Bezeichnung wir dafür wählen.

Unser Leben hat ein neues Ziel und einen neuen Sinn. Es geht nun nicht mehr um Schutz, sondern um Integration.«

Singleton fasste das Konzept zusammen. »Wir bewegen uns weg von unserem kleinen Selbst hin zu unserer einzigartigen Göttlichkeit, unserem wahren Selbst. Das ist ein großer Schritt auf dem Weg, uns als Menschen voll zu verwirklichen.«

»Als wir gemeinsam auf der Divinity School waren« – Angel zuckte zusammen, denn soeben hatte sie einen weiteren fehlgeschlagenen Versuch eingestanden, einen Beruf zu finden –, »sagte Pater Chuck mir, dass der Schritt auf die vierte Stufe meist erst im Alter von etwa dreißig Jahren unternommen werden kann. Er glaubt, dass das auch der Grund ist, weshalb man von Jesus nicht viel gehört hat, bis er in dieses Alter kam.«

Ted war fasziniert, dass Angel es schaffte, all diese spirituellen Beziehungen – zu Pater Chuck, Stephen und Mashid – zu pflegen. Er bedauerte es, dass es in seinem Leben keine solchen Freundschaften gab. Abgesehen davon fragte er sich zum ersten Mal, ob er – wenn er sich genügend anstrengte – in Angels kleine Kokosnussgruppe aufgenommen werden könnte. Würde er in diese Gruppe passen? Rasch kam er zu dem Schluss, dass ein Anwalt aus Crossing Trails, Kansas, ein eher unwahrscheinlicher Kandidat war.

Angel bemerkte, dass Teds Gedanken abschweiften. Deshalb versuchte sie, tiefer in die vierte Stufe einzudringen, solange sein Geist noch aufnahmebereit war. »Ted, zum ersten Mal kann der Viertklässler sagen: Die Antworten müssen von mir kommen, nicht von dir. Deswegen bezeichnen wir diese Stufe als die Stufe der Vernunft. Der erste richtige Schritt auf der Suche nach der Wahrheit besteht darin, unseren Intellekt und unser logisches Denken zu nutzen. Die Viertklässlerin ist dazu imstande, das Denken ihrer Gruppe mit dem Denken deiner Gruppe zu vergleichen und zuzugeben, dass ihre Gruppe vielleicht nicht alle richtigen Antworten parat hat. Entweder lässt sie ihre früheren Verbindungen ganz los, oder sie identifiziert sich nicht mehr so stark mit ihnen. Sie erkennt, dass es wenig über ihr wahres Selbst aussagt, welche Highschool oder welche Kirche sie besucht oder in welchem Viertel sie lebt. Sie ist nicht mehr ihrem Stamm, ihrer Gruppe verpflichtet. Sie beschäftigt sich nicht mehr so sehr mit ihren Rechten, Ängsten und sonstigen persönlichen Belangen, sondern stattdessen mit der Menschheit und dem Planeten als Ganzem.«

Singleton fügte noch ein paar weitere Wesensmerkmale hinzu. »Die Viertklässlerin erkennt ihre mikroskopischen Koordinaten im Universum. Am bemerkenswertesten ist, dass sie ihren rationalen, prüfenden Blick nicht nur auf andere und auf abstrakte Ideen lenken kann, sondern auch auf sich selbst. Die Viertklässlerin wird introspektiv und gewinnt viele wichtige psychische Einsichten.«

Ted lauschte ihren Schritten, als sie über eine Holzbrücke gingen, die über einen langsam dahinfließenden Bach führte. Die Pappeln am Ufer sperrten die warme Morgensonne aus. Eine Weile liefen sie im Schatten. Ted fragte: »Wird in der vierten Klasse denn viel meditiert?«

»Ja«, antwortete Stephen. »In der Lage zu sein, einen Schritt zurückzutreten und sein Denken wirklich zu reflektieren – auch, wie es sich auf das Glück auswirkt – ist nicht leicht und erfordert die Fähigkeit, abstrakt zu denken. Deshalb bringen Angel und ich den Buddhismus sehr stark mit dieser Stufe in Verbindung.«

»Und wenn wir diesen Schritt schaffen«, fügte Angel hinzu, »finden wir nicht unbedingt die Antworten auf die Fragen, die uns in den ersten drei Stufen nicht eingefallen sind, sondern wir lächeln eher über diese Fragen.«

Singleton fasste das Ganze zusammen: »Wenn du kritisch über dein Denken nachdenken kannst, ist deine Identität nicht mehr an ein bestimmtes Denken gebunden oder daran, zu einer bestimmten und oft tröstlichen Schlussfolgerung zu gelangen. In diesem Stadium passiert etwas sehr Wichtiges, was der Schlüssel für dein Verständnis der nächsten zwei Stufen ist. Ein neuer Teil des Bewusstseins bildet sich heraus, wacht auf und erlangt eine Stimme.«

»Ist das gut?«, fragte Ted Angel leicht besorgt.

»Na klar, sehr gut«, antwortete sie. »Du musst jetzt sehr aufmerksam zuhören. Wir stehen kurz vor dem Kern dieser Stufe und der zwei darauf folgenden.«

»Nur zu«, erwiderte Ted. »Ich bin wach – sozusagen.«

»In der Meditation findest du etwas, was auch die Viertklässlerin in sich entdeckt: Es gibt etwas hinter deinem kleinen Selbst oder dem, was wir als ›Ich‹ bezeichnen.«

»Also das größere Selbst?«, fragte Ted.

»Es handelt sich um unser beobachtendes Selbst, wie es manche bezeichnen«, erwiderte Singleton. »Es ist die viel subtilere spirituelle Seite von uns, die in unserer rechten Gehirnhälfte schlummert, bis wir diese Bewusstseinsstufe erreicht haben. Es ist ein Teil unserer Seele, unseres Seins. Das Hervortreten des wesentlichen oder wahren Selbst kennzeichnet den Denker der vierten Klasse.«

Angel fügte hinzu: »Auf dieser Stufe beginnt der schlafende Geist wirklich aufzuwachen.«

Singleton fuhr fort: »Bei vielen nimmt dieser Prozess im

College seinen Anfang. Dort lernen Studenten Ideen, Lebensstile und kritisches Denken kennen, denen sie in ihrem früheren Leben nie begegnet sind. Der engagierte Student hat das Gefühl, dass sein Gehirn kurz davorsteht, vor Bewusstheit zu explodieren. Vier Jahre später macht er seinen Abschluss mit einer bemerkenswerten neuen Weltsicht – sehr oft zur Entrüstung seiner Eltern. Einige wenige, die das Glück haben, befinden sich nun in dem letzten physiologischen Zustand der Gehirnentwicklung und können ihn als Startrampe in die vierte Stufe nutzen. Aus Forschungen geht hervor, dass unser Gehirn die Möglichkeit für diesen Entwicklungsschritt zu höheren Stufen verliert, wenn es nicht entsprechend stimuliert wird und sich an Eltern oder sonstigen Vorbildern orientieren kann.«

»Das könnte ein paar sehr traurige Folgen haben«, stellte Ted fest.

Damit hatte er bei Singleton offenbar einen wunden Punkt getroffen. Stephen schien kurzzeitig beinahe zornig. »Jeder sollte schwerpunktmäßig das studieren, was Angel dir beizubringen versucht.« Mitfühlend nahm er Angel an der Hand. »Niemand sonst steigt in einen Bücherbus und verbreitet das Dharma, versucht also, *Die Arbeit* auf diese Weise zu leisten. Jedem Schüler auf der ganzen Welt sollten diese Lehren in der Oberstufe nahegebracht werden. Wir sollten alle das Glück haben, jemanden zu finden, dem die Welt so wichtig ist, dass er uns den Weg weist.«

Ted warf einen liebevollen Blick auf Angel. »Du hast ganz recht, sie ist ein Geschenk auf Rädern.«

Sie liefen noch ein wenig weiter und freuten sich über die Landschaft und die Hunde. Schließlich schlug Singleton vor: »Wie wär's mit einer kleinen Pause am Bachufer? Manchmal schwimmen zu dieser Tageszeit Enten vorbei.« Er holte etwas altes Brot aus seinem Rucksack. »Wenn sie kommen, können wir sie füttern.«

Tatsächlich paddelten ein paar Enten vorbei und wurden von Ted und den beiden Lehrern gefüttert. Die Hunde zerrten an ihren Leinen und starrten ihre Menschen entgeistert an. Begriffen die denn nicht, dass Gott Enten geschaffen hatte, damit Hunde sie jagen konnten? Als das Brot verfüttert war, machte sich die kleine Gruppe wieder auf den Heimweg.

Angel schlang den linken Arm um Teds Taille und den rechten um Singletons Schulter. Ted sagte: »Vielen Dank für den wunderschönen Morgen.«

Als sie sich der Pension näherten, stellte Angel fest: »Ich fühle mich reich beschenkt, dass ich mit meinem Lieblingsbuddhisten und meinem Lieblingsschüler zusammen sein darf.« Sie zog Singleton zu sich und umarmte ihn herzlich. »Es war schön, dich wiederzusehen, Stephen. Ich freue mich schon auf unser Novembertreffen. Kommst du?«

»Auf jeden Fall.«

Nachdem Angel ihre Sachen gepackt hatte, starrte sie auf die Wiese, die sie aus ihrem Fenster im Marlon-Brando-Zimmer sehen konnte. Sie hatte in der Nacht einen Traum gehabt, den sie noch nicht recht entschlüsselt hatte. In diesem Traum war Bertha wieder in ihre alte Form zurückverwandelt worden. Die Regale an den Wänden waren mit Büchern vollgestopft, und Bertha parkte irgendwo im Reservat. Angel saß an der Bücherei-Theke. Sie trug eine Brille und war umringt von Kindern, denen sie etwas vorlas. Die Tür stand weit offen, sodass die Sonne hereinströmen konnte. Angel sah immer wieder zur Tür, als ob sie auf jemanden oder etwas wartete. No Barks lag zu ihren Füßen. Da sich Angel gut auf die Traumdeutung verstand, versuchte sie, hinter die reinen Tatsachen des Traumes zu dringen und die Gefühle und Empfindungen herauszufiltern, die der Traum in ihr hervorgerufen hatte. Sie fühlte sich geerdet und heimisch.

Angel war stolz, dass sie ihre Rolle als Teds spirituelle Beraterin bislang ganz gut gemeistert hatte. Aber vielleicht wollte der Traum ihr sagen, dass sie sich um ein ganzes Klassenzimmer mit neuen Schülern kümmern sollte und Teds Zeit bei ihr zu Ende ging? War das Entscheidende an diesem Traum Teds Abwesenheit? Sie merkte, dass sie ihn vermissen würde, wenn er demnächst wieder seine eigenen Wege ging. Dennoch hatte sie das Gefühl, dass ein bestimmter Teil des Traums sich ihr noch nicht völlig offenbart hatte.

Sie dachte an die fünfte und die sechste Stufe. In diese Bereiche vorzudringen würde weit schwieriger sein, nicht nur für Ted, sondern auch für sie selbst. Das Unterrichten ist ein didaktischer Vorgang, der von der linken Gehirnhälfte gesteuert wird. Für die fünfte und sechste Stufe passte diese Vorgehensweise nicht mehr, dort ging es darum, eben diese Art des Denkens hinter sich zu lassen. Was man auf den höheren Stufen erlebte, ließ sich nicht so leicht verdauen, mit Etiketten versehen und in der linken Gehirnhälfte speichern, damit man später wieder darauf zurückgreifen konnte. Das Unbeschreibliche konnte nur gespürt und vorgestellt, nicht erkannt oder definiert werden. Man konnte solche Wahrheiten nicht in Büchern entdecken. Sie müssen uns finden, wie auch wir sie finden müssen. Angel würde eine völlig andere Unterrichtsweise finden müssen. Wie sie dieses Problem lösen sollte, wusste sie noch nicht.

Sie blickte über die Felder hinaus auf die niedrigen Hügel von Nebraska. Plötzlich wurde ihr klar, dass das, was sie Ted bald sagen musste, vielleicht für sie beide unangenehm sein würde. Doch dieses Gespräch war unausweichlich.

25. Kapitel

Bertha war gepackt, und Angel und Ted hatten sich bei Singleton bedankt. Nun zog Angel ihren Schüler zu dem kleinen Pfad neben der Pension. »Ich muss noch mal kurz mit dir reden«, sagte sie.

Ted trat näher an sie heran. »Um was geht es denn?«

Sie legte die Hand auf seine Schulter, nahm sie jedoch rasch wieder weg. Ernst erklärte sie: »Ich möchte dir zu deiner harten Arbeit gratulieren. Du hast dich intensiv mit dem Lehrplan beschäftigt, der alles andere als leicht war. Du warst wirklich ein hervorragender Schüler.« Mit leiser Stimme fügte sie hinzu: »Aber jetzt muss ich dich warnen, dass zu deinem weiteren Fortschritt zwei Dinge nötig sind.«

»Was denn?«, fragte Ted.

»Ich bin sehr froh um Pater Chuck, Mashid und Stephen. Ohne ihre Hilfe hätte ich es nie geschafft. Von nun an wird der Stoff ziemlich schwierig. Ich kann keine Vorlesungen mehr darüber halten, denn es geht um Dinge, die man eher zeigen als erklären kann. Ich weiß nicht, ob ich das schaffe.«

»Angel, was redest du da? Natürlich schaffst du das. Du bist eine fantastische Lehrerin. Ich bin mir sicher, dass du einen Weg finden wirst.«

»Lass mich ausreden. Mich beschäftigen zwei Dinge – zum einen meine Fähigkeit, zum anderen deine Bereitschaft weiterzumachen.«

»Ich bin bereit.«

»Ted, jetzt mal halblang. Denk daran, ich habe dich mehr oder weniger entführt. Du hast mich nicht darum gebeten, mich begleiten zu dürfen. Ich war selbstsüchtig, ich wollte unbedingt einen Schüler haben. Du kannst deinen Abschluss an der *Spirit Tech* etwas früher machen und dein Diplom gleich bekommen, meinetwegen mit summa cum laude. Verbringe den Rest deines Urlaubs so, wie es dir und Argo gefällt, und nicht so, wie ich es für richtig halte. Wenn du willst, kann ich dir auf der Fahrt zurück zu deinem Wohnmobil noch eine kurze Einführung in die nächsten Stufen geben.«

»Was würdest du tun, wenn ich nach Kansas zurückfahren würde?«, fragte Ted.

»Vielleicht war deine Idee gar nicht so schlecht, Bertha mit der Aufschrift ›Angel Two Sparrow, mobile Schweißerin‹ zu versehen. Ich habe den Eindruck, dass spirituelle Berater nicht besonders gefragt sind.« Sie klang entmutigt. »Außerdem verdient man beim Schweißen viel mehr als beim Seelen-Reparieren.«

»Ich verstehe nicht ganz, was du da sagst. Warum willst du jetzt aufhören? Angel, wir sind noch nicht fertig, weder du noch ich. Dein Geschäft als spirituelle Beraterin nimmt doch gerade erst richtig Fahrt auf.«

»Danke, Ted. Aber wir wissen beide, dass es so nicht klappen kann. Trotzdem war die Zeit mit dir ein wirkliches Geschenk für mich. Sie hat mir bei meiner eigenen Arbeit geholfen, und ich hoffe, dass ich dich auf einen heilsameren Weg gebracht habe.«

»Ganz bestimmt, aber bin ich denn jetzt schon fertig?«

»Es gibt keine verblüffende Offenbarung, kein blendendes Licht, Tontafeln von Gott oder Gespräche mit einem brennenden Busch. Es geht einfach nur darum, ein besseres Leben mit mehr Bewusstheit und verbunden mit deinem wahren Selbst zu führen.«

Ted ließ nicht locker. »Was nützt mir der halbe Stoff? Ich möchte den ganzen Kurs haben.«

»Das Leben bietet uns einzigartige Gelegenheiten zu wachsen und uns zu entwickeln, aber es gibt auch Zeiten, in denen wir das, was wir gelernt haben, in unser Leben integrieren müssen. Wenn du zu den nächsten Stufen fortschreiten willst, muss ich dich warnen: Das, was vor dir liegt, ist viel schwieriger zu verstehen. Ich selbst habe immer noch damit zu kämpfen, auf diesen Stufen einen festen Halt zu gewinnen.«

»Angel, ich will mein Studium an der *Spirit Tech* nicht vorzeitig abbrechen.« Ted hatte das Gefühl, nur noch mit einem Fuß auf dem Pier zu stehen und gleich ins Meer zu stürzen. Deshalb fügte er rasch hinzu: »Und ich will mich auch nicht von dir verabschieden.«

Es war lange her, seit jemand etwas so Nettes zu Angel gesagt hatte, und Teds Wertschätzung fühlte sich sehr gut an, zumal sie ihm gegenüber ähnliche Gefühle hegte. »Danke, und natürlich können wir deinen Urlaub auch gemeinsam beenden, wenn du das willst. Aber eine Pause einzulegen ist trotzdem eine Option.«

»Unser Plan ist doch ganz gut, bleiben wir einfach dabei. Du arbeitest weiter mit mir, und ich muss noch etwas für deine Tante Lilly tun. Es ist der interessanteste Fall, der mir seit Jahren untergekommen ist. Bitte wirf mich nicht schon vor meinem ersten Arbeitstag raus.«

»Bist du dir sicher?« Sie hielt ihn am Ellbogen fest. »Du

musst das nicht tun, es sei denn, du willst es. Wahrscheinlich würde es nichts bringen, wenn du es nicht wirklich tun willst.«

Ted lief ein paar Schritte, dann ließ er sich am Wegrand nieder und drückte Argo fest an sich. Er merkte, dass er kurz davorstand, etwas zu sagen, von dem er dachte, er sollte es sagen. Das würde aber nicht zum Ausdruck bringen, was er wirklich fühlte. Mit Hilfe einer der Übungen, die Angel ihm beigebracht hatte, versuchte er, tiefer zu gehen und aufrichtiger zu sein. Er erspürte den Raum in seinem Bauch und um sein Herz und überprüfte sorgfältig, was er dort fühlte und erlebte. Was in ihm aufstieg, überraschte ihn. Es war die gleiche Angst, die ihm aus seinem Traum von den Hunden auf seinem Grab erwachsen war. Das Gefühl kam ganz plötzlich, es war wie bei einer Tür, die zufällt, wenn man allein im Haus ist. Ted legte die Hände vors Gesicht und atmete ganz langsam aus.

Angel setzte sich neben Ted und legte den Arm um ihn. »Stimmt etwas nicht?«

»In Bertha hatte ich einen Traum, der mir große Angst eingejagt hat. Er hat mich so erschüttert, dass ich versucht habe, nicht weiter darüber nachzudenken. Irgendwie lungerte er noch im Hintergrund meines Denkens herum, und nun ist er mir plötzlich wieder eingefallen, wie aus dem Nichts. Aber ich glaube, jetzt habe ich ihn verstanden.«

»Erzähl ihn mir.«

»In dem Traum saßen No Barks und Argo auf einem Grab. Merkwürdigerweise war ich es, der gestorben war und darin begraben lag. So etwas passiert in Träumen eigentlich nie, oder? Dass man seinen eigenen Tod sieht? Aber es war nicht ich, der da auf dem Friedhof in Crossing Trails begraben war, es war mein Leben. Ich glaube, dieser Traum wollte mir sagen, dass ich nicht zu meinem Leben in Crossing Trails zurückkehren kann. Dieses Leben ist tot und begraben. Dort gibt es nichts mehr für mich. Etwas muss sich verändern; irgendwo muss es mehr für mich geben.«

»Wenn wir in unserem Leben eine große Veränderung durchmachen, kann es vorkommen, dass wir traurig werden und es sich anfühlt, als wäre unser altes Universum gestorben.«

»Ich bin mir nicht sicher, was das alles zu bedeuten hat – noch nicht. Aber ich habe das Gefühl, dass ich nach South Dakota gehen muss, um deiner Tante Lilly zu helfen. Du musst dein Bestes tun, um den Job zu Ende zu bringen, den du angefangen hast. Wir müssen beide herausfinden, was das alles zu bedeuten hat. Es ist unsere Pilgerreise.«

»Wir?«, fragte Angel.

»Wenn du deine Arbeit nicht zu Ende bringst, werde ich den Rest meines Lebens nach einem mit Bergen bemalten Bücherbus Ausschau halten, an dessen Steuer eine verrückte dunkelhaarige Frau sitzt, die zum Klang von Trommelmusik durch die Gegend fährt. Wo soll ich denn jemand anderen finden, der den Job, Ted Day aufzuwecken, zu Ende bringt? Das kannst nur du. Du kannst mich jetzt nicht im Stich lassen.«

Angel lächelte, und ihre Augen glänzten. »Danke, Ted. Dann vergeuden wir also nicht unsere Zeit?«

»Keineswegs.«

26. Kapitel

Kann ich ganz offen zu dir sein?«, fragte Angel, als sie sich dem Eingang zum Custer State Park näherten.

»Nur zu. Mich bringt so leicht nichts aus der Fassung.«

»Du bist ein Aushängeschild für die vierte Stufe.«

»Und …?«

»Und ich weiß nicht, wie ich dich weiterbringen kann.«

»Ich vertraue dir voll und ganz, aber trotzdem – warum ist es ein Problem für das Vorrücken und Weiterkommen, wenn man vernunftbegabt ist?«

»Deine Intelligenz, die dir in den Anfangsstadien dieser Reise viel genutzt hat, wird dir jetzt nicht mehr helfen. Vielleicht ist sie sogar ein Hindernis. Die fünfte und die sechste Stufe gehen über den Verstand hinaus. Für Menschen wie dich kann es sehr schwer sein, diese Stufen zu erreichen. Von nun an beruht die Verwandlung darauf, dass sich dein Geist mit Fragen öffnet und nicht mit Antworten schließt. Shunryu Suzuki, einer der bedeutendsten Zen-Meister des zwanzigsten Jahrhunderts, hat diese Geisteshaltung als Anfänger-Geist bezeichnet.« Angel deutete auf die Buchstaben an ihrer Halskette. »So beschreibe ich es.«

Über den Schriftzug IMAGINE hatte sich Ted anfangs sehr geärgert. Ihm fiel ein, dass er diesen Begriff lieber durch »Wissen« ersetzt hätte. Vielleicht hatte Angel recht. Er war durch und durch ein Viertklässler. Er ließ sich stets von Vernunft und Logik leiten. »Wie schaffe ich es, mein Bedürfnis, alles zu wissen, hinter mir zu lassen?«

Angel blieb stumm. In Gedanken formte sie eine Absicht: *Ich verspreche, dass ich mein Bestes für dich tun werde.*

Sie verpasste den Eingang zum Park und musste wenden. Sobald sie den Parkplatz erreicht hatten, riss Ted die Beifahrertür auf und stolperte ins Freie. Seit vielen Stunden hatte er nur den Betonboden einer Tankstelle oder einer Toilette unter seinen Füßen gespürt. Argo sprang ihm hinterher. »Fester Waldboden, großartig …«

Angel atmete tief ein. »Oh, dieser Tannenduft ist herrlich.«

»Hier ist es« – Ted drehte sich, um seine Umgebung in vollen Zügen zu genießen – »wunderschön.« Obwohl er den Black Hills nie in seinem Leben auch nur nahe gekommen war, kam ihm die Gegend bekannt vor. Da er keine persönliche Erfahrung hatte, aus der dieses Gefühl stammen konnte, beschloss er, dass er wohl einen Film gesehen hatte, der in dieser Gegend spielte. Vielleicht war es ein Film gewesen, den sich sein Großvater gern angeschaut hatte. Plötzlich fiel ihm auch der Titel ein: *Der mit dem Wolf tanzt.* Er formte mit den Fingern ungeschickt Hörner und fragte: »Gibt es hier *Tatanka* – Büffel?«

Angel lachte. »Ja, viele *Tatanka.*«

Die folgenden zwei Tage wurde ausgiebig gewandert, gefischt und entspannt. Wenn Ted die Zeit dazu fand, meditierte er, machte seine Achtsamkeitsübungen und begann, die fünfte Stufe zu erforschen – die Stufe, auf der das wahre Selbst zum Vorschein kommt, wie Angel ihm nach und nach, wenn es sich für sie beide richtig anfühlte, erklärt hatte.

Auf den ersten vier Stufen ist das Selbst noch nicht in der Lage, sowohl den Geist als auch den Körper zu beobachten. Nach und nach wird es aus dem Würgegriff des Egos befreit. Erst wenn der Schüler tatsächlich begreift, dass er nicht ausschließlich aus seinem Ego besteht und es in ihm noch eine andere Stimme oder einen anderen Aspekt seines Seins gibt, erreicht er die fünfte Stufe. Angel hatte Ted viele Übungen gezeigt, die sein Ego schwächten und die Stimme seines höheren Selbst stärkten. Nun zahlten sich diese Übungen allmählich aus.

Es fiel Ted nicht leicht, die fünfte Stufe zu erreichen, aber dieser Schritt fällt keinem leicht. Er spürte zwar, dass ihn eine ganz neue spirituelle Dimension erwartete, aber er fühlte sich wie mit einem Gummiband ständig in seine Komfortzone, auf die vierte Stufe, zurückgezerrt. Angel wusste von Teds Friedhofstraum und auch aus eigener Erfahrung, dass die fünfte Stufe ein schmerzhafter, von Ängsten geplagter Ort sein kann. Sie arbeitete intensiv daran, Ted durch seine Ängste hindurchzubegleiten.

Am Morgen nach ihrer Ankunft brachte sie ihm ein paar völlig neue Übungen bei. Anfangs kam sich Ted vor, als wäre er zurück in den Kindergarten geschickt worden. Bei der ersten Übung drückte ihm Angel einen Zeichenblock und Buntstifte in die Hand und trug ihm auf, Dinge auf dem Kopf stehend zu zeichnen. Das war eine lustige Übung, um Ted zu helfen, seine normale Sichtweise auf die Welt abzuschütteln. Angel hatte das Glück gehabt, eine ganze Woche lang in einem Workshop eine Zeichentechnik zu erlernen, bei der die schöpferischen Gestaltungskräfte freigesetzt werden, indem man sich auf die rechte Gehirnhälfte stützt. Sie erinnerte sich noch so genau daran, dass sie Ted nun einen Crashkurs geben konnte. Als Nächstes kramte sie ihre Gitarre hervor und bat Ted mitzusingen – sie war nämlich davon überzeugt, dass beim Singen eine andere Stimme zum Vorschein kommt, so wie man beim Zeichnen lernt, die Dinge anders zu sehen. Zum Schluss dieser Übungsreihe forderte sie ihn auf, eine Kurzgeschichte für einen Sechsjährigen zu verfassen. »Wenn dir sonst nichts einfällt, versuch es mal mit Argo und Bären«, schlug sie vor. »Kleine Jungs mögen Bären. Leg einfach los.«

Diese und die anderen Übungen forderten die rechte Gehirnhälfte und verliehen ihr Kraft. Am Morgen ihres dritten Tages im Park beschloss Angel, eine fortgeschrittenere Übung auszuprobieren, um Schichten des Bewusstseins zu erforschen, von denen viele Menschen gar nichts wissen. »Leg dich mal auf die Decke, Ted«, sagte sie. »Wir werden noch einmal eine Übung gemeinsam machen. Diesmal klappt es bestimmt besser.«

Angel fing damit an, dass sie in ihrem Geist nach einem leeren Raum suchte, einem Ort der Klarheit jenseits des Rationalen. Es funktioniert zwar nicht immer, aber Angel wusste, dass ein geübter Lehrer bei einem Ausflug in diesen Raum den Schüler einladen kann, auf dem Beifahrersitz Platz zu nehmen. Der erste Schritt baute auf den vorherigen Übungen auf. Sie musste Ted dazu bringen, damit aufzuhören, alles einzuschätzen, zu kategorisieren, zu analysieren, zu priorisieren, zu etikettieren, zu bewerten, Unterscheidungen zu treffen, zu denken und zu wissen. Das Über-Ich dazu zu bringen, sich zu entspannen, ist keine leichte Aufgabe, aber mittlerweile war Ted dazu fähig, den Griff zumindest etwas zu lockern. Angel nahm seine Hand, drehte sie mit der Innenfläche nach oben und begann, seinen Zeigefinger von der Handfläche bis zur Nagelwurzel zu massieren.

Als Angel Teds Finger zum ersten Mal massiert und ihn damit in einen Zustand versetzt hatte, den er als Trance empfunden hatte, hatte er das als sehr beängstigend empfunden. Verständlicherweise hatte er wenig Lust, diese Übung zu wiederholen. »Entspann dich einfach und mach die Augen zu«, wies Angel ihn an. Sie blieb ein paar Momente lang still neben ihm sitzen, bis sie ihr Bewusstsein, also ihr geordnetes Sein, voll aktiviert hatte. »Was spürst du in deinem Körper, Ted? Was taucht in deinem Kopf auf? Schalte die kritische Stimme aus und sage deinem Über-Ich, dass es dich in Ruhe lassen soll. Bewerte nicht, analysiere nichts, spüre einfach nur in deinen Körper hinein und sag mir, was dort aufsteigt.«

Ted versuchte zu beschreiben, was er fühlte, ohne es zu bewerten oder es logisch klingen zu lassen. »Um meinen rechten Lungenflügel herum dehnt sich etwas aus. Dort scheint irgendeine Energie zu sein. Etwas vibriert. Etwas passiert, aber ich weiß nicht genau, was.«

»Gut, bleibe einfach bei diesem Gefühl. Versuche, tiefer einzusteigen und es stärker zu visualisieren, wenn du kannst. Versuch, in dieses Gefühl einzudringen und dich damit zu verbinden, statt es wegzustoßen oder zu ignorieren. Was kannst du mir beschreiben?«

»Es ist immer noch sehr unscharf. Ich weiß nicht, ob es überhaupt etwas ist.« In Teds Geist veränderte sich etwas. Diese Erfahrung hatte er bislang noch nie gemacht. Doch da er Angel mittlerweile durch und durch vertraute, wehrte er sich nicht gegen diese Veränderung und glitt in einen scheinbar hypnotischen Zustand. Er fuhr fort: »Ich spüre, dass sich eine Energie bewegt. Zumindest in meiner Vorstellung hat sie eine Struktur, es ist wie ein Wirbel. Jetzt dehnt sie sich aus und sammelt weitere Kraft. Etwas strömt durch diesen Wirbel, ein und aus wie der Atem. Es ist fast, als ob es eine Öffnung in meinem Bauch gäbe und ich Energie und Leben durch diesen Raum und nicht durch meinen Mund ein- und ausatmen würde.«

»Kannst du dein Bewusstsein auf diesen Raum lenken? Erforsche ganz genau, was dort ist. Sieh zu, ob du dort eindringen kannst, und schau dich um. Lass dich davon weitertragen.«

Teds schlafähnlicher Frieden vertiefte sich, aber diesmal schlief er nicht ein, sondern versuchte, Angels Anweisungen zu befolgen. Er fühlte sich sehr bewusst und wach. »Ich kann mir diesen Raum vorstellen, und ich spüre, wie er wächst. Mein ganzes Selbst dehnt sich aus.«

»Wie groß bist du jetzt, Ted?«

»Ich dehne mich aus, und gleichzeitig zerstreue ich mich.« Teds Atem ging flach, aber seine Stimme klang dennoch kräftig. »Mein Augenmaß entgleitet mir. Aber …«

»Das ist schon in Ordnung. Versuche, bei diesem Gefühl zu bleiben.«

»Jetzt habe ich mich bis zum Himmel ausgedehnt. Dort, wo vor wenigen Sekunden der Wirbel um meine Lunge war, ist jetzt ein dunkles, sternenbedecktes Universum, und ich schwebe mitten darin. Ich fühle mich wie einer dieser Astronauten und gehe in der Ewigkeit spazieren. Meine relative Größe und Proportion sind verschwunden – dieser Bereich ist einfach zu groß, er ist unendlich.«

»Fühlt es sich wie ein unendlicher Raum an, Ted?«

»Ja, aber in diesem Raum ist nichts. Absolut nichts außer mir und einer leuchtenden Dunkelheit. Trotzdem kann ich sehen.«

»Bist du allein?«

»Ich fühle mich nicht allein.«

»Kannst du in diesem Raum auf irgendwelche Gefühle zugreifen, Ted?«

»Ja. Ruhe, Frieden und etwas sehr Ursprüngliches. Es ist so leer. Ich spüre die Abwesenheit der Zeit und aller greifbaren Dinge.«

Angels Stimme klang ruhig, tröstlich, liebevoll und akzeptierend. »Wenn du es mit einem Begriff beschreiben könntest, wie würde dieser Begriff lauten?«

»Die Grenzen zwischen mir und dem Universum sind verschwunden. Ich weiß nicht, wo ich anfange und wo alles andere endet. Es ist ein friedliches Nichts.«

»Kannst du bei diesem Gefühl bleiben?«

Ted stolperte in seinen Normalzustand zurück. Er öffnete die Augen. »Es ist weg.«

»Sei nicht enttäuscht, Ted. Du hast gerade etwas sehr Machtvolles erlebt. Es wird den Rest deines Lebens in dir fortdauern, denn es ist ein fester Bestandteil von dir. Keiner kann es dir wegnehmen. Du wirst wieder zu diesem Ort reisen, und du wirst auch mehr Klarheit darüber erlangen, was du dort erlebst.«

»Was war es denn?«

»Wenn du versuchst, es zu definieren, wird es schal. Lass es einfach so sein, wie es ist.«

Ted richtete sich auf und starrte Angel beunruhigt an. Er war sich nicht sicher, ob er in ein Irrenhaus eingeliefert oder heiliggesprochen werden sollte. »Was hatte das zu bedeuten? Wo war ich? War das etwas Gutes?«

Angel drückte ihn sanft auf die Decke zurück. »Entspann dich. Dieser Raum ist schon immer für dich da gewesen. Es gab nur zu viel Plaudern und Ablenkung in deinem Kopf – zu viel Wissen. Später wirst du wieder in diesen Raum zurückkehren. Versuche nicht, ihn festzuhalten. Widerstehe dem Drang, ihn zu definieren und in Besitz zu nehmen. Lass es einfach einen Traum sein, aus dem du jetzt erwacht bist. Deine rechte Gehirnhälfte kann ihn spüren, intuitiv erfassen und umhüllen, ohne dass das Wissen eine Rolle spielt. Lass es einfach darauf beruhen.«

Ted überlegte mit geschlossenen Augen, was er soeben erlebt hatte. War es Gott? Gab es tatsächlich eine Kraft oder eine Wesenheit, die seine Existenz unterstützte? War das eine beglückende mystische Erfahrung gewesen oder nur irgendetwas Banales, Leeres, Gewöhnliches, das sich seinem Bewusstsein in den letzten dreißig Jahren entzogen hatte? Er wusste es nicht. Schließlich versuchte er, Angels Rat zu befolgen und diese Erfahrung einfach zu akzeptieren, ohne sie mit einem Etikett zu versehen.

»Ruh dich noch ein Weilchen aus, Ted. Manchmal kommt es nach dieser Übung noch zu ein paar kleineren Erschütterungen. Ich gehe runter zum Fluss und bade. Ich bin bald wieder da.«

Ted schloss erneut die Augen. Er wollte die friedliche Ruhe genießen, die er soeben erlebt hatte. Aber bald drängten sich Gedanken an die badende Angel in seinen Kopf. Wieder glitt er in einen traumähnlichen Zustand ab, doch diesmal war er sich seiner selbst völlig bewusst. Er sah Angels geschmeidigen, starken Körper vor sich. Sie saß auf einem großen Felsen. Die Nachmittagssonne wärmte sie, während sie sich vorbeugte und ihre langen schwarzen Haare in der eiskalten Strömung schwammen. Sie kämmte sich die Haare mit den Fingern und half dem Shampoo, sich in kleine Bläschen aufzulösen, die den Fluss hinabschwammen und verschwanden. Dann richtete sie sich wieder auf, winkelte das rechte Bein an, legte es über das linke und wrang das Wasser aus ihren Haaren. Schließlich erhob sie sich und blickte wie eine Wächterin auf die Berge, die Augen mit den Händen vor der gleißenden Sonne schützend.

Ted war sich nicht sicher, ob das nur ein Tagtraum war oder ob er Angel wirklich sah. Hatte er vielleicht eine übersinnliche Wahrnehmung gehabt? Diese Möglichkeit machte ihm Angst. Er öffnete die Augen, stand auf und setzte sich auf einen Stuhl. Dort wartete er auf die Rückkehr seines normalen Bewusstseins. Da er nichts anderes zu tun hatte und hoffte, dass das, was er soeben erlebt hatte, ihm die Sache erleichtern würde, versuchte er, sich eingehender mit der fünften Stufe zu befassen.

Er folgerte, dass diese Stufe die logische Erweiterung der Formel war, die Pater Chuck ihm vor einer Woche vorgestellt hatte. An irgendeinem Punkt musste es Folgen zeitigen, wenn das Selbst kleiner wurde. Angel hatte ihm gesagt, dass sich das höhere Selbst mit seiner eigenen, ganz besonderen Stimme bemerkbar machen würde, wenn Mr. Digits Einfluss ausreichend verringert worden war. Das höhere Selbst wäre dann nicht mehr nur ein neugieriger Gast, der sich auf der vorderen Veranda seiner Persönlichkeit herumdrückte, sondern es würde eintreten und ein Mitglied seines psychischen Haushalts werden. Ted fragte sich, ob es das war, was er in den letzten Tagen erlebt hatte: dass ein Teil seines Selbst, den er irgendwann einmal verloren hatte, sich zunehmend wieder in sein Leben einbrachte.

In letzter Zeit spürte er fast, wie er sich krümmte bei dem Gewäsch, das sein Mr.-Digit-Ego absonderte – ein ständiges

Trommelfeuer von Bedürfnissen, Wünschen, Abneigungen, Gefühlen und Gedanken. Manchmal war es wirklich lächerlich, manchmal war es aber auch deprimierend zu merken, dass ein derart unbändiger kleiner Tyrann sein Leben beherrscht hatte. Mit Hilfe einer weiteren Übung, die Angel ihm gezeigt hatte, versuchte er, sich auf den Neuankömmling – eine ruhige, friedliche, akzeptierende Anwesenheit – zu konzentrieren und ihn in seinem Kopf willkommen zu heißen.

Teds Ego war von all der Arbeit ziemlich angeschlagen. Die Beziehung zwischen dem vom Ego beherrschten oder falschen Selbst und dem wahren Selbst war bis zum Zerreißen gespannt. Angel hatte ihm erklärt, dass da ein gewisser Kampf stattfand. Sie besaß die Aufzeichnung eines Seminars von Richard Rohr, in dem es ausschließlich um das falsche und das wahre Selbst gegangen war. An dem Seminar hatte auch Pater Chuck teilgenommen, der das Glück hatte, ganz in der Nähe seines katholischen Bruders zu leben, und deshalb stark von ihm beeinflusst war. Diese Aufzeichnung hörte sich Angel immer wieder an – sie mochte sie fast so gern wie ihre Lakota-Trommelmusik. Etwa um Viertel nach zwei schloss Ted die Augen und atmete genüsslich seufzend aus. Es passierte einfach so: Die Teile fügten sich zusammen, und Ted wachte auf.

Er wusste nichts und fühlte alles. Als er die Augen öffnete, konnte er eine Empfindung in sich lokalisieren, sie deutlich spüren; etwas, das in ihm weilte und nicht Mr. Digit war. Ein nahezu überwältigendes Gefühl der Liebe und Dankbarkeit durchströmte ihn. Er erkannte, dass dieser Raum in ihm der wahre Ted, sein wahres Selbst war. Dort ruhte er, als wäre er endlich heimgekehrt und hätte Frieden mit sich und der

Welt geschlossen. Trotzdem war es auch ein bisschen beängstigend.

Als Angel vom Fluss zurückkehrte, setzte sie sich neben ihn. Sie spürte, dass er aufgewacht war, und spürte auch seine Angst. »Ted«, sagte sie leise, »ich weiß, dass dir jetzt wahrscheinlich alle möglichen Gedanken durch den Kopf rasen. Ich habe dich gewarnt, dass es nicht leicht sein würde. Du hast viel mehr erreicht, als dir klar ist, und das in einer sehr kurzen Zeit. Jetzt erkennst du deutlich, dass Mr. Digit mit seiner Weltsicht völlig danebenlag. Das Problem ist nur, dass seine Software dein Leben so lange gesteuert hat, dass du dich ohne sie erst einmal verloren fühlen wirst. Obgleich du die Anwesenheit deines höheren Selbst spürst, hast du dich auf dieses neue Betriebssystem in dir noch nicht völlig eingestellt. Vielleicht kommt es dir eine Weile lang so vor, als würdest du in einem spirituellen Niemandsland schweben. Glaub mir, bald wirst du auf festem Boden stehen.«

Ted konnte einiges von dem, was Angel sagte, nachvollziehen, pflichtete ihr jedoch nicht in allem bei. »Ich bin desorientiert, aber ich bin fest entschlossen, die ungleichen Teile meiner Persönlichkeitsstruktur durchzugehen und einen neuen Vorsitzenden zu wählen. Mir war nie klar, dass ich diese Option hatte. Es ist sehr aufregend.«

»Meine Mutter hat es ein bisschen anders beschrieben. Sie sagte, dass Alkoholiker ihr Leben an eine höhere Macht ausliefern müssen. Ich glaube, sie meinte damit, dass ihre Mrs.-Digit-Persönlichkeit sie buchstäblich umbrachte und sie lernen musste, auf eine andere Stimme in ihrem Kopf zu hören. Im Grunde sagte sie dasselbe, was du jetzt sagst. Sie wollte diese Stimme finden und ihr ihr Leben übergeben.«

»Diese höhere Macht erscheint mir noch wie eine sehr

kleine, flüsternde Stimme, bei der ich mich anstrengen muss, sie zu hören.«

»Ja, Ted, unser Ziel im Leben, *Die Arbeit*, besteht darin, diese Stimme zu verstärken und zu lernen, sie durch und durch zu achten.«

»Sie ist immer in mir gewesen, aber aus irgendeinem Grund habe ich aufgehört, auf sie zu hören. Ich weiß nicht, warum ich das getan habe.«

Angel lächelte. »Du bist nicht der Einzige. Wir alle entwickeln im Lauf unseres Lebens ein beträchtliches Geschick, diesen Aspekt unseres Selbst zu ignorieren. Auf der fünften Stufe geht es darum, dein wahres Selbst zurückzuerobern. So seltsam es auch klingen mag, nicht nur Alkoholiker müssen sich anstrengen, die Stimme ihres wahren Selbst zu hören. Tiefreligiöse Menschen kämpfen auf der fünften Stufe genauso wie alle anderen. Keinem bleibt *Die Arbeit* erspart.«

Ted blieb noch eine Weile sitzen und versuchte, alles, worüber sie in den letzten Tagen gesprochen hatten, in Einklang zu bringen. Schließlich stand er auf und begann unruhig, auf ihrem Lagerplatz herumzulaufen. Er merkte, dass ihm dieses veränderte, erwachende Gefühl irgendwie vertraut war. Es kam ihm vor wie ein Riesenfortschritt beim Erwerb einer neuen Sprache. Erst lernt man sie, und irgendwann spricht man sie.

»Weißt du, Angel, das Schloss bei einem Safe hat einen interessanten Mechanismus. Alle Teile müssen genau passen. Wenn das passiert, klickt es, und die Tür des Safes geht auf.« Er überlegte noch ein wenig und fuhr dann fort: »Wenn man es dem Zufall überließe, würde es viele Leben dauern, bis man auf die richtige Zahlenkombination stößt. Aber du hast mir immer wieder ein paar Tipps zu der Kombination gegeben. Es ist ein erstaunliches Gefühl, plötzlich vor einer offenen Tür zu stehen und einen Blick auf den gesamten Inhalt zu werfen. Es ist geradezu berauschend. So fühle ich mich momentan. Alles, was du und Pater Chuck und die anderen Kokosnüsse mir erklärt haben, vereint sich plötzlich zu einem großen Ganzen.«

In dem Safe verbarg sich tatsächlich eine großartige Entdeckung. Ted hatte das Gefühl, dass er plötzlich alles verstand. Nicht nur die Stufen, sondern auch alles andere: das große Bild von Angel Two Sparrow, Ted Day und ihrer gemeinsamen Reise.

Er erkannte, wer Angel war und warum sie hier bei ihm war, und er erkannte auch, worum es in seinem Urlaub wirklich ging. Ted war ein schlauer Bursche, aber dennoch hatte er wie jedermann zahllose zermürbende kleine Fragen gehabt. Im Moment beschäftigte ihn keine einzige von ihnen. Er hatte eine Eingebung gehabt, die ihn wie ein Blitzschlag getroffen hatte. Jetzt lag es an ihm, diesen Blitz zu verlangsamen und die Teile zusammenzufügen. Seine rechte Gehirnhälfte hatte ihm die Antwort geliefert. Nun musste er lernen, die linke Seite zu benutzen, um sie langsam in Worte zu fassen und sie sich so gut es ging zu erklären. »Angel, vielleicht irre ich mich, aber ich glaube, dass ich es verstanden habe.«

Er setzte seinen Weg um ihr Lager fort und testete in Gedanken seine Theorie. Er wollte sie erst einmal einüben, bevor er sie Angel erklärte.

Als Lakota fiel es Angel nicht schwer, Teds Bedürfnis zu schweigen zu respektieren. Sie holte eine alte Hundebürste aus dem Bücherbus, setzte sich hin und bürstete No Barks. Die Wolfshündin freute sich über die Aufmerksamkeit. Angel summte ein leises Lied, während Ted grübelnd herumwanderte.

Er schlug ein schnelleres Tempo an, weil seine Aufregung wuchs. Er wusste, dass er auf etwas sehr Wichtiges gestoßen war, aber er konnte es noch nicht in Worte fassen. Vielleicht war es auch völlig aus der Luft gegriffen, und er täuschte sich von vorn bis hinten. Er musste für diese Theorie Worte finden, aber es ging hier nicht um Wissen.

Schließlich setzte er sich neben Angel und No Barks. Angel lächelte ihn freundlich an, blieb jedoch stumm.

27. Kapitel

Mein Urlaub geht zu Ende«, stellte Ted fest. »Es sind nur noch wenige Tage. Was du, Mashid, Stephen und Pater Chuck mir erklärt haben, geht mir ständig durch den Kopf, und endlich fügt sich eines zum anderen. Wenn ich es alles zusammenfasse und dann wieder in seine Einzelteile zerlege, komme ich immer wieder zu demselben Punkt. Es mag dir seltsam erscheinen, aber von einem gänzlich objektiven Blickwinkel aus betrachtet komme ich als kleiner Agnostiker, der ich nun mal bin, zu folgendem Verständnis, was das Wesen der Religion und der spirituellen Entwicklung angeht.«

»Auf der *Spirit Tech* gibt es keine Tests, aber wenn es dir hilft, eine Abschlussprüfung zu machen, dann höre ich dir gerne zu.«

»Vor zweitausend Jahren – ein paar Jahrhunderte hin oder her – lebten drei spirituell sehr fortgeschrittene Weise – drei Männer – auf dieser Welt. Sie predigten und lehrten eine ähnliche Lektion, in der es um die Möglichkeit und die Methodik der menschlichen Verwandlung geht. Ihr Vokabular unterschied sich, aber alle drei glaubten, dass ein Leben ohne Bewusstheit beschränkt sei. Sie stammten aus unterschiedlichen Kulturen und aus unterschiedlichen Zeiten, und zumindest oberflächlich betrachtet erinnert man sich an sie auf unterschiedliche Weise. Einer war ein Erlöser, der andere ein Gesandter, und der dritte wird als der Erwachte oder der Erleuchtete bezeichnet. Jeder dieser Männer wurde in eine Gemeinschaft geboren, die sein außergewöhnliches Wesen erkannte und seine besondere Botschaft der Hoffnung schätzte, die dem Menschen durch die spirituelle Verwandlung erwächst. Selbstverständlich erwies jede Kultur ihrem Helden auf ihre Weise die höchsten Ehren. In jenen Tagen wurden keine Medaillen oder Nobelpreise verliehen; stattdessen verlieh man ihnen Titel: König, Retter, Sohn Gottes, Engel, Erleuchteter. All diese Titel laufen auf dasselbe hinaus.«

»Deine Theorie klingt ziemlich vernünftig, aber eines darfst du dabei nicht vergessen: Es liegt im Wesen der meisten Anhänger einer bestimmten Religion, felsenfest davon überzeugt zu sein, dass ihre Religion die einzig wahre ist und dass alle anderen Formen nur verwässerte Versionen der Wahrheit sind, die von ein paar Milliarden Menschen auf der anderen Seite des Planeten praktiziert werden.«

»Du meinst, ein Christ würde sagen, dass das, was ich soeben gesagt habe, eine relativ richtige Analyse von Mohammed und Buddha ist, aber nicht von Jesus, der der einzig wahre Heilige ist?«

»Ganz genau. Und ein Jude würde sagen, passt schon, was Mohammed angeht, aber auf Moses trifft das nicht zu. Und ein Lakota würde vielleicht sagen: ›Du hast Buddha recht gut getroffen. Er war im Grunde nur ein ganz normaler Mensch. Aber habe ich dir eigentlich schon von der Büffelfrau erzählt?‹«

»Genau das meine ich ja, Angel. Das ist einfach nur die dritte Stufe. Wenn wir uns vom Wissen lösen, dann müssen wir uns auch davon lösen zu denken, dass unser Weg der einzige, ja der beste ist. Du hattest recht: Diese Einsicht ist mir ziemlich leichtgefallen, weil ich mich nie einer bestimmten Religion verschrieben habe. Ich glaube überhaupt nicht, dass eine bestimmte Religion die richtigen und einzigen Antworten hat. Stattdessen glaube ich, dass jede Religion die besten Metaphern und Wegweiser benutzt, die es in ihrer Kultur für sie gibt, um zu versuchen, das zu beschreiben, was überhaupt nicht beschrieben werden kann.«

Angel nickte. »Viele Leute würden sich vielleicht mit dir darüber streiten, aber ich nicht. Fairerweise sollte man wohl sagen, dass eine Religion zum Großteil aus Metaphern besteht, aber dann muss man fairerweise auch sagen, dass einige Metaphern in Abhängigkeit von unseren kulturellen Unterschieden besser funktionieren als andere.«

»Gut, so weit zum Hintergrund. Und jetzt möchte ich gern meine Abschlussprüfung auf der *Spirit Tech* ablegen.«

Angel hielt die Hand hoch. »Ich habe meinen Rotstift.«

»Es ist mir klar, dass die erste Erkenntnis vollkommen zutrifft: Wir sind nicht wach, wenn auch in unterschiedlichem Ausmaß. Auch die zweite Erkenntnis leuchtet mir ein: Unser Mangel an Bewusstsein ist eng mit unserer Mr.-Digit-Persönlichkeit verbunden. Die dritte Erkenntnis besagt, dass wir uns auf unterschiedlichen Stufen des Weges befinden, und wenn wir *Die Arbeit* leisten, erwerben wir die Fähigkeit, uns zu entwickeln und aufzuwachen.«

Angel klatschte in die Hände. »Bravo, Ted. Du hast mich überzeugt, dass du die ersten drei Stufen der Bewusstheit verstanden hast. Überspring die nächsten und stoße gleich zur sechsten Stufe vor. Wenn du mir die richtig erklären kannst, bekommst du dein Diplom.«

Ted rutschte näher zu Angel heran. »Stell dir mal vor,

dass diese großen Männer, von denen wir in den letzten Tagen so viel gesprochen haben – Buddha, Mohammed und Jesus –, nicht vor Tausenden von Jahren geboren wurden, sondern etwa vor dreißig oder vierzig Jahren, und zwar in der westlichen Welt, vielleicht in Cleveland oder Cincinnati. Und jetzt streifen Jesus, Mohammed und Buddha irgendwo im Mittleren Westen umher, und zwar mit genau den gleichen Fähigkeiten und Gaben, mit denen sie vor Tausenden von Jahren in der Alten Welt herumgezogen sind. Im Wesentlichen ist es dieselbe Botschaft der persönlichen Verwandlung, die sie nun einem völlig anderen, modernen Publikum vermitteln wollen. Man kann sich ja auch vorstellen, dass nicht Buddha, Jesus oder Mohammed, sondern eine ihrer gleichermaßen begabten Schwestern umherstreift. Wie würde diese weibliche Erlöserin aussehen, was würde sie heute sagen? Wäre sie in unserer modernen Welt, in der die menschliche Entwicklung und das menschliche Verständnis ein- oder zweitausend Jahre Zeit hatten fortzuschreiten, eine Schreinerin, die Anführerin einer Karawane, die Tochter eines Prinzen?« Ted wartete auf eine Antwort, und als Angel nichts sagte, lieferte er noch ein paar wahrscheinlichere Möglichkeiten. »Eine Ministerin, eine Ärztin, eine Dichterin?«

»Es ist deine Prüfung. Sag es mir.«

»Na gut, meine Theorie lautet folgendermaßen: Ich glaube nicht, dass es jemand Mohammeds Schwester abnehmen würde, wenn sie behauptete, sie wäre aus irgendeiner Höhle gekommen, in der sie eine richtig spannende Botschaft auf ihrem Laptop aufgezeichnet hat, die Gott ihr persönlich übermittelt hatte.«

»Wahrscheinlich nicht.«

»Die Zwillingsschwester von Buddha würde wohl, nachdem sie sich unter dem Bodhi-Baum halb zu Tode gehungert hatte, nicht viel Publikum in den Fünf-Uhr-Nachrichten erreichen.«

»Sie wäre einfach nur eine weitere verlorene, heimatlose Seele.«

»Und das weibliche Alter Ego von Jesus, die behaupten würde, sie wäre bei einer unbefleckten Empfängnis gezeugt worden, würde man sehr wahrscheinlich in eine Zwangsjacke stecken.«

Angel schlang die Arme um den Oberkörper und tat so, als würde sie sich gegen etwas wehren müssen.

»Lange Rede, kurzer Sinn: In der heutigen Welt würden diese Männer oder ihre Schwestern wohl kaum Sendezeit bekommen. Sie würden einen anderen Weg finden müssen, sich mitzuteilen.«

»Es war ja damals schon nicht leicht, aber du hast recht, heute wäre es wahrscheinlich noch schwieriger. Vielleicht sind deshalb in den letzten zweitausend Jahren keine spirituellen Riesen mehr aufgetaucht.«

Ted fuhr fort. »Es wäre also sehr schwierig. Denken wir mal darüber nach: Wie würde eine Erlöserin heute klingen? Wie würde sie denken? Wie würde sie ihre Botschaft vermitteln?«

»Lauter gute Fragen. Kannst du sie beantworten?«, fragte Angel.

»Ja, und ich glaube, du hast mir zu diesen Antworten verholfen. Heute könnte man einen solchen Lehrer nur dann erkennen – und das ist der springende Punkt deiner Lehren an der *Spirit Tech* –, wenn man die Stufen begreift. Egal in welcher Epoche diese Männer oder Frauen geboren sind, sie müssten sich auf der sechsten Stufe der Bewusstheit befinden.«

»Leuchtet mir ein«, sagte Angel. »Du meinst also, heute würden wir ihre Glaubwürdigkeit nicht mehr an dem Zauber messen, den sie uns vorführen würden, oder an irgendeinem körperlichen Attribut wie einem Heiligenschein. Wir würden einfach von ihnen erwarten, dass sie die am weitesten entwickelten spirituellen Wesen auf dem Planeten sind.«

»Wir können wohl auch davon ausgehen, dass es vor ein- oder zweitausend Jahren noch schwieriger war als heute, die sechste Stufe zu erreichen, und deshalb auch weit ungewöhnlicher. Sehr wahrscheinlich war es damals so ungewöhnlich, dass jemand, der die sechste Stufe erreicht hatte, mit einem gottähnlichen Status versehen wurde, was ja tatsächlich auch bei jedem der drei Männer, deren Leben wir auf der *Spirit Tech* betrachtet haben, der Fall war. Ganze Religionen sind um sie herum entstanden. Und nun kommt meine Hypothese: Was wäre, wenn es heute viel machbarer wäre, die sechste Stufe zu erreichen? Wir haben mehr Ressourcen, und wir haben ein paar tausend Jahre lang Zeit gehabt zu üben. Unsere Welt ist stark beeinflusst worden von den Lehren von Jesus, Buddha und Mohammed, und vielleicht auch noch von einigen anderen, die nach ihnen kamen und die sechste Stufe bewältigt haben. Wir haben mehr Zeit zur Verfügung, um zu studieren und nachzudenken. Mir erscheint es plausibel, dass diese Männer die Welt in mancherlei Hinsicht positiv verändert haben. Vielleicht ist es heute gar keine so kosmische Leistung mehr, die sechste Stufe zu erreichen. Das würde erklären, warum in der Neuzeit abgesehen von den Mormonen keine weiteren Religionen entstanden sind als Folge einer Entscheidung Gottes, sich einem einzelnen Mann mitzuteilen. So etwas würde in der Neuzeit einfach nicht glaubwürdig klingen. Die heutigen Sechstklässler müssen sich mit dem Nobelpreis, einer gelegentlichen Seligsprechung oder vielleicht einem lukrativen Verlagsvertrag zufriedengeben.«

Angel wollte sich vergewissern, dass sie Teds Argumentation richtig verstanden hatte. »Willst du damit sagen, dass es deshalb sehr schwer ist, von den alten, noch im öffentlichen Bewusstsein vorhandenen Göttern abzulassen, weil wir keine neuen Götter erschaffen?«

»Ich denke, das ist eine vernünftige Theorie. Na gut, jetzt möchte ich noch ein paar Zusatzpunkte.«

»Ich höre.«

»Zurück zur sechsten Stufe. Wie mir Pater Chuck erklärt hat, wird auf dem Weg durch die Stufen das falsche Selbst kontinuierlich geschwächt. Wenn wir das Ego-Gefäß leeren, tritt das höhere Selbst in den leeren Raum. Wie du mir in den vergangenen Tagen erklärt hast, geht es bei der fünften Stufe darum, dass das höhere Selbst als wahrnehmbarer Teil der Psyche zum Vorschein kommt. Bis zu einem gewissen Grad habe ich dank der vielen Übungen, die du mir aufgegeben hast, etwas wahrgenommen, was vermutlich das höhere Selbst ist oder was deine Mutter als höhere Macht bezeichnet hat. Ich weiß jetzt, dass es nichts war, was du mir hättest beschreiben können, sondern etwas, was ich buchstäblich selbst erleben musste. Vielen Dank.«

»Ja, bei der fünften Stufe geht es um das heraustretende wahre Selbst, und auch ich glaube, dass du diesen Teil von dir wahrgenommen und erlebt hast.«

»Bei der sechsten Stufe kann es nur um eines gehen: Das höhere Selbst besiegt Mr. Digit endgültig. Die rechte Gehirnhälfte darf wieder dominieren, oder zumindest ist sie mit der linken ausbalanciert.« Ted wartete darauf, dass Angel ihn korrigierte, falls er auf der falschen Fährte war. Da sie es nicht tat, fuhr er fort. »In einer unserer gemeinsamen Übungen hast du einen sehr ungewöhnlichen Raum für mich aufgeschlossen. Meine Mr.-Digit-Persönlichkeit hat ihren Griff ein paar Momente lang gelockert, und in dieser Zeit verlor ich das Gefühl des Getrenntseins. Es ist mir gelungen, mit etwas unendlich Weitem, Geheimnisvollem zu verschmelzen – es war gleichzeitig alles und nichts. Ich kann diesen erwachten Zustand nicht besser beschreiben, aber ich habe ihn erlebt. Wenn ich in einer anderen Zeit leben würde, wäre ich vielleicht mit Tontafeln in den Händen ins Dorf gerannt und hätte behauptet, Gott habe sich mir gezeigt. Heute müssen wir besonnener sein. Ich bleibe einfach neugierig und offen gegenüber der Erfahrung, was auch immer sie war, und sehe sie weniger so, als wäre ich mit Gott in Verbindung getreten, sondern eher als ein Zeichen, dass mein Bewusstsein einen Moment lang frei und unbeschränkt war. Vielleicht erreiche ich diesen Zustand nie wieder, aber das ist schon okay.«

»Denkst du, dass der Zustand ein Zeichen deiner Verwandlung war?«, fragte Angel.

»Vielleicht, aber ich weiß es nicht genau, und es spielt auch keine Rolle. Wichtig ist nur eines: Ich bin jetzt nicht mehr daran interessiert, am Ufer zu sitzen und die Eigenschaften des Bootes zu erörtern – ich rudere jetzt einfach. So hat es Pater Chuck formuliert, und wahrscheinlich hat auch Buddha etwas in dieser Richtung gemeint. Ich weiß, dass Mr. Digit mich wohl immer noch ziemlich fest im Griff hat, aber dennoch vermute ich, dass ich eine moderne Sechstklässlerin erkennen würde, wenn mir eine begegnen würde.«

»Versuch's ruhig mal«, ermunterte ihn Angel.

»Auf der sechsten Stufe zeigt sich auch immer noch das falsche Selbst. Vermutlich kann sich keiner von uns von diesem Aspekt seiner Persönlichkeit vollständig befreien. Ich bin nicht einmal davon überzeugt, dass es so gut wäre, wenn man völlig selbstlos wäre.«

»Wenn du den Notleidenden all dein Geld gibst, dann hungerst du vielleicht selbst irgendwann einmal. Man muss unterscheiden zwischen der Selbsterhaltung und der Mr.-Digit-Weltsicht. Dieser Unterschied ist sehr wichtig.«

»So sehe ich es: Wenn wir *Die Arbeit* leisten, können wir wenigstens das Ego als Meister und Beherrscher unseres Lebens vom Thron stürzen. Dasselbe gilt auch für das Über-Ich. Die Sechstklässlerin lässt ihr Leben nicht mehr von archaischen Regeln, Stammesnormen und auch nicht vom guten alten logischen Denken bestimmen. Sie ist in ihrem höheren Selbst verwurzelt und handelt so weit wie möglich aus ihrem wahren oder höheren Selbst heraus. Sie kümmert sich eher um globale und weniger um alltägliche Dinge. Sie denkt nicht dualistisch. Sie ist eher daran interessiert, Dinge zusammenzubringen, als sie zu trennen. Der Zusammenhalt ist ihr wichtig, nicht die Eroberung; die Zusammenarbeit, nicht der Wettbewerb. Da sie nicht mehr konventionell denkt und auch die Vernunft eine zweitrangige Rolle spielt, wird es ihr wahrscheinlich schwerfallen, sich einem konventionellen Lebensstil anzupassen. Sie wird andere suchen, die sie in ihren Überzeugungen unterstützen.«

»Du bist auf der richtigen Spur. Was kannst du mir noch über die sechste Stufe berichten?«

»Da die Sechstklässlerin weniger im Denken der linken Gehirnhälfte feststeckt, öffnet sich ihr die Welt in einer scheinbar magischen oder zumindest übernatürlichen Weise. Sie ist so seelenvoll, dass andere sie als Heilerin und als Unterstützerin ihrer Seelen sehen. Bei der Betrachtung und der Beobachtung der Welt um sie herum lässt sie sich von ihrer rechten Gehirnhälfte und ihrem Herzen leiten, was auch in ihren Träumen zum Ausdruck kommt, denen andere wahrscheinlich gar keine Bedeutung zuschreiben würden. Sie ist die Verkörperung von Liebe und Mitgefühl. Sie denkt in Bildern und Gefühlen und ist sehr kreativ und künstlerisch. Sie ist freundlich und akzeptierend und geht mit Liebe und nicht mit Angst auf das Leben zu. Außerdem denke ich ...« Ted zögerte. Was er nun sagen wollte, war sehr emotional. »Sie ist einer der besten Menschen, die einem je begegnen können.« Er nahm Angels Hand. »Sie hat nur zwei Fehler.«

»Welche denn?«, fragte Angel unschuldig.

»Da sie sich von der selbstsüchtigen Welt entfernt hat, ist sie nicht besonders gut darin, sich um ihre persönlichen Belange zu kümmern. Die Welt erscheint ihr womöglich als ein sehr verwirrender Ort.«

»Und was wäre ihr zweites Problem?«

Er nahm Angel in die Arme. »Es könnte ihr schwerfallen zu erkennen, wie sie diejenigen erreichen kann, die sie so gern heilen möchte. Womöglich greift sie auf sehr seltsame Methoden zurück, um ihre Botschaft zu übermitteln.«

»Zum Beispiel?«

»Na ja, zum Beispiel indem sie in einem klapprigen Bücherbus, den sie mit ihrer Werbung bemalt hat, durch die Gegend kurvt. Das wäre ja alles gut und schön, wenn sie nicht so eine miserable Autofahrerin wäre.«

Angel hielt Ted fest. Sie wusste nicht recht, ob Ted vollkommen klar war, worum es auf der sechsten Stufe ging, doch so manches in seinen Ausführungen hatte durchaus gestimmt. Eines wusste sie jedoch ganz genau: Sie hatte soeben eine wunderschöne Liebeserklärung erhalten. »Danke«, flüsterte sie ihm ins Ohr.

28. Kapitel

Am nächsten Morgen schlug Angel vor, mit den Hunden eine längere Wanderung zu unternehmen. Im Anschluss könnten sie dann nach Pierre fahren und Tante Lilly besuchen. Ted hatte kein Problem, seinen Urlaub ein paar Tage zu verlängern, aber er hatte auch ein paar eigene Vorschläge. »Ich würde mich gern noch mal im Fliegenfischen versuchen. Und außerdem hoffe ich immer noch, dass ich mal einen …« – er legte die Hand an den Kopf und krümmte den Zeigefinger – »zu sehen bekomme.«

»Einen *Tatanka*?«, fragte Angel.

Ted nickte. Er freute sich, dass Angel sein Lakota verstanden hatte.

Sie deutete auf den Ausgangspunkt des Wanderwegs. »Am ehesten findet man Büffel, wenn man nach ihnen Ausschau hält.«

Angel hatte in ihrer Kindheit zusammen mit Larsen, ihrer Mutter und ihrem Bruder viele Stunden im Custer State Park verbracht. Von ihrem Elternhaus im Reservat waren es nur knapp hundert Meilen bis zu dem größten staatlichen Naturschutzgebiet in South Dakota. In den wunderschönen Black Hills streiften tausend Büffel frei umher.

Im Reservat und dem angrenzenden Naturschutzgebiet stieß man nur selten auf einen Wanderer. In den Flüssen tummelten sich Forellen, und manchmal fand man uralte

Knochen und Pfeilspitzen, die bei schweren Regenfällen aus der Erde geschwemmt worden waren. Es bestand eine merkwürdige Harmonie zwischen den Wiesen und den dicht bewaldeten Bergen, die sich dabei abwechselten, die Landschaft der Black Hills zu dominieren. Herrschten Wiesen vor, bildeten die Wälder einen faszinierenden Hintergrund und umgekehrt.

Ted stieg mit dem Rucksack auf dem Rücken aus dem Bus, und Argo sprang ihm nach. »Ich bin bereit.«

»An einer Stelle am Fluss, zu der mich mein Vater immer mitgenommen hat, als ich noch klein war, kann man wunderbar schwimmen. Ich würde sie gern wiederfinden. Wenn wir nicht von einer Büffelherde zertrampelt werden, sollten wir es noch weit vor Einbruch der Dunkelheit dorthin schaffen. Dann können wir unser Lager aufschlagen, und du kannst fischen.«

»Ja, das würde ich sehr gern tun.«

Angel und Ted zogen in der Morgensonne los, die Rucksäcke geschultert, die Hunde an ihrer Seite. Obwohl der Marsch nicht anstrengend war, fertigte sich Ted aus einem Kiefernast am Wegrand einen Wanderstab. Angel sang ein paar Lieder, und Ted stimmte mit ein, wenn er den Text kannte. Ab und zu blieb Angel stehen und legte den Kopf zurück, um sich das Gesicht von der Sonne bescheinen zu lassen. »Ist es nicht herrlich?«

Ted war der Meinung, dass es für jeden Menschen einen Moment – oder für diejenigen, mit denen es das Schicksal ganz besonders gut meinte, mehrere Momente – gab, in dem das Leben einfach nicht besser werden konnte. An diesem Tag war alles auf Freude ausgerichtet. Auch er legte den Kopf in den Nacken und rief: »Perfekte Sonne! Perfekter

Tag! Perfekte spirituelle Beraterin! Was kann ich mir mehr wünschen?«

Angel nahm Teds Hand und drückte sie an ihre Brust. »Mich?«, fragte sie. Mit dieser kleinen Geste gab sie Ted zu verstehen, dass der Tag für ihn vielleicht noch besser werden konnte.

Über ihnen kreisten ein paar Habichte am Himmel. Der Anblick von zwei Menschen und zwei Hunden auf ihren Jagdgründen irritierte die Vögel so sehr, dass sie eine andere Richtung einschlugen. Der Pfad bog nach Westen ab. Bald wurde er steiler, und der Wald wurde dichter. Eine Viertelmeile später gelangten die Wanderer zu einem Bach, an dessen Ufer sie etwa eine halbe Stunde entlangliefen. Schließlich bog der Weg nach Norden ab, und nach etlichen Meilen traf er auf einen Fluss. Angel zögerte, doch dann beschloss sie, dem Fluss zurück nach Osten zu folgen. Nach einer Stunde fragte sie sich, ob ihre Erinnerung an die Badestelle sie getrogen hatte. Vielleicht vermischten sich in ihrem Gedächtnis ja auch mehrere Ausflüge. Sie stand kurz davor, die Suche aufzugeben, als Ted etwas Seltsames tat. Er blieb stehen, sah sich um und nahm den Rucksack ab.

»Hier war ich schon mal, das spüre ich ganz deutlich.«

»Du warst noch nie in South Dakota.«

»Das stimmt, aber ich habe trotzdem das Gefühl, dass ich hier schon mal gewesen bin.«

»Na gut, dann bleiben wir hier. Diese Stelle ist genauso gut wie alle anderen.«

»Bist du dir sicher? Willst du nicht doch noch deine Badestelle finden?«

»Die hier ist besser.« Angel freute sich für Ted. Er verließ sich auf seine Intuition und tat etwas, was er mit seinem Verstand nicht erklären konnte. Mehr noch, es beunruhigte ihn nicht mehr, dass seine Welt nicht immer rational zu erklären war. Er löste sich von seinem Bedürfnis, immer alles wissen zu müssen. Seine Realität war nicht mehr starr. »Willst du jetzt fischen?«, fragte sie.

»Gern, aber zuerst sammle ich ein bisschen Holz. Wir brauchen ein Feuer, um zu kochen.«

Es hatte in letzter Zeit nicht viel geregnet, weshalb der Fluss nur wenig Wasser führte. Angel bezweifelte, dass Ted ein Feuer zum Kochen brauchen würde, denn im Moment gab es bestimmt nicht viele Fische. Zum Glück hatte sie genügend Müsliriegel dabei, die ihr als Mahlzeit völlig reichten.

Ted packte seinen Rucksack aus und bereitete die Angel vor. »Komm mit, Argo, wir brauchen Holz.«

Während Ted in der Nähe des Ufers Holz sammelte, schlug Angel das Lager auf. Bald kehrte Ted mit dem ersten Armvoll Holz zurück, und Angel beschloss, ein kleines Feuer zu entfachen. Sie suchte in ihrem Rucksack nach Streichhölzern und machte sich an die Arbeit.

Als Ted zu angeln begann, brannte das Feuer schon recht munter. Zu Angels großer Überraschung erwischte Ted in kürzester Zeit nicht nur einen, sondern sogar drei Fische. Als die Sonne sich anschickte unterzugehen, lagen Angel und Ted lachend auf dem Boden, denn an diesem Tag schienen die Fische direkt auf den Haken zu springen.

Angel starrte auf Teds Angel. »Ich verstehe es nicht. So geht das Fliegenfischen eigentlich nicht. Normalerweise drischst du einen Tag lang aufs Wasser ein, und wenn du Glück hast, erwischt du einen oder zwei Fische. Was geht hier vor?«

»Ich bin eben ein Naturtalent. Wie soll ich es sonst erklären?« Auch Ted konnte sich keinen Reim darauf machen. Er wusste nur, dass diese Stelle etwas Magisches hatte.

Angel nahm Ted die Angel ab. »Genug gefischt. Jetzt wird gegessen.«

Ted säuberte die vier größten Fische, den Rest entließ er wieder in die Freiheit. Über der Glut von Kiefernästen gegrillt, ergaben sie eine ordentliche Mahlzeit – ein schlichtes, aber nach der Wanderung wohlschmeckendes Abendessen.

Ted verzehrte seine beiden Fische, Angel nur einen. Bei dem anderen zupfte sie das Fleisch von den Gräten und gab es zu dem Trockenfutter, das sie für No Barks und Argo mitgenommen hatten.

Als Ted satt war, hatte er keine Lust, über spirituelle Dinge zu reden. Der Tag war angenehm sorglos verlaufen, und so wollte er ihn gern auch zu Ende bringen. Da sie keine Spielkarten dabeihatten, legte er sich auf seinen Schlafsack, starrte auf die langsam auftauchenden Sterne und versuchte das, was in ihm hochstieg, an die Oberfläche sprudeln zu lassen. Ein kaum wahrnehmbares Grinsen schlich sich über sein Gesicht, als ihm eine Idee kam – wie er darauf gekommen war, wusste er nicht.

Er hatte so etwas noch nie vorgeschlagen. Vielleicht war es Fred Astaires Geist, der ihn dazu verleitete. Jedenfalls sprang er auf, packte Angels Handgelenk und sagte: »Tanzen wir!«

Sie sah ihn ungläubig an. »Ted Day tanzt?«

»Er tut es jetzt.«

Da Angel ein wenig zögerte, zog Ted sie einfach zu sich heran. Beide schlossen die Augen und wiegten sich im Rhythmus der Natur. Der Wind, der Fluss, der ferne Schrei eines Kojoten – das war die Musik, zu der sie tanzten. Angel begann sich sehr frei und rhythmisch zu bewegen, Ted strengte sich an, ihre Schritte nachzumachen. Das Licht war so spärlich, dass keine Verlegenheit aufkam. Die Hunde spürten die Erregung und begannen, an ihren Menschen hochzuspringen. Sie wollten eindeutig mittanzen. No Barks stemmte die Vorderpfoten auf Teds Brust. Er hielt sie fest und führte sie auf den Hinterpfoten um das Feuer herum. Schließlich wagte er sogar eine kleine Polka. »Der mit dem Wolf tanzt«, sagte er grinsend zu Angel.

»Mein Hund ist eifersüchtig«, erklärte Angel lachend. »Sie will dich ganz für sich allein haben.«

Ted ließ No Barks los. »Du kannst sie gern ablösen.«

»Nein danke. Ich finde, ihr zwei gebt ein hübsches Paar ab.« Angel konnte dem Impuls nicht widerstehen, ums Lagerfeuer zu hüpfen wie eine überglückliche Lakota. Wie eine verliebte Lakota. Wie eine Lakota in ihrem Element. Wie eine Lakota, die das Leben in vollen Zügen genießt. Sie machte kleine, schnelle Schritte, scharrte mit den Füßen, senkte den Kopf, hob ihn wieder. Die Hunde folgten ihr wie völlig gleichberechtigte Tanzpartner. Die Kiefernäste knisterten, der Duft nach purem Leben hing in der Luft. Angel stimmte ein Lakota-Lied an.

Angels Lied berührte etwas in Ted. Es kam ihm vor, als würde die Melodie direkt in sein Herz dringen. Er sah zu, wie rote Funken in die Luft stoben und im sternenklaren Nachthimmel verschwanden. Angel stand da und sah Ted an. Sie zitterte, obwohl es nicht kalt war.

Ted trat zu ihr. Seine Hand glitt an ihren Nacken. Sie legte den Kopf zurück, doch diesmal tat sie es nicht, um die warmen Sonnenstrahlen darauf fallen zu lassen. Ted stiegen all die guten Gerüche in die Nase, die Angel verströmte: Ihre Haare dufteten nach Kokosseife, ihr T-Shirt nach Kiefernrauch, ihre Lippen nach dem frischen Flusswasser. Erst fanden sich ihre Münder ganz behutsam, dann sehr erregt. Eng ineinander verschlugen sanken sie zu Boden. Angels Raum und Teds Raum wurden zu ihrem gemeinsamen Raum.

Als der Mond schon hoch am Nachthimmel stand, schilderte Angel Ted den Traum, den sie vor ein paar Nächten gehabt hatte. »Ich habe Kindern etwas vorgelesen. Wir saßen alle in Bertha auf dem Boden, und sie war in einen richtigen Bücherbus zurückverwandelt worden. Was denkst du dazu?«

»Selbst ich weiß, was dieser Traum zu bedeuten hat.«

»Wirklich?«, fragte sie überrascht.

»Na klar. Weißt du nicht mehr, was Singleton gesagt hat?« Da Angel nicht antwortete, fuhr er fort. »Er meinte, unsere Schulen bräuchten dringend das Fach Spiritualität auf dem Lehrplan. Das war bestimmt der Auslöser für deinen Traum.«

»Habe ich dir je erzählt, wie Bertha bei Tante Lilly gelandet ist?«, fragte Angel.

»Nein, aber jetzt, wo du es sagst, fällt mir ein, dass ich mich das schon mal gefragt habe.«

»Im Reservat leben die Kinder weit verstreut. Viele Eltern haben kein Auto oder sonstige Transportmittel. Sie können also ihre Sprösslinge nicht zu einer Bücherei fahren, und Geld für Bücher gibt es ohnehin nicht. Vor Jahren gab es mal eine Spende für den Bücherbus, aber das Geld ist irgendwo versickert, und schließlich musste der Schulbezirk den Bücherbus verkaufen. Tante Lilly hat ihn günstig erstanden, und einer ihrer Ehemänner hat ihr geholfen, ihn in einen Wohnraum zu verwandeln.«

»Schön für Tante Lilly, aber schlecht für die Kinder des Reservats.«

»Im Reservat herrscht ein großer Lehrermangel. Ich bräuchte nur noch ein Semester, dann hätte ich einen Abschluss. Vielleicht hat Bertha versucht, mir zu sagen, dass ich eine Lehrerin werden sollte.«

»Ich kann mir vorstellen, dass du eine hervorragende Lehrerin sein würdest, aber was ist mit dem anderen Teil des Traums – Bertha wieder zu ihrer früheren Pracht zu verhelfen?«

»Aus Bertha wieder einen richtigen Bücherbus zu machen ist unmöglich. Es würde viel zu viel Geld kosten.«

»Von welcher Summe reden wir da?«

Angel verdrehte die Augen. »Vielleicht zwanzig- oder dreißigtausend Dollar? Im Reservat ist eine solche Summe ein Vermögen; es könnten genauso gut fünf Millionen sein.«

Ted zupfte an Angels Halskette. »Gäbe es eine bessere Lehrerin als dich – die beste spirituelle Beraterin? Wenn du wieder daheim bist, solltest du mal die Möglichkeiten ausloten. Denk daran ...«

»Woran?«

»Bertha weiß, was gut ist.«

Dann war unter dem mondhellen Himmel von South Dakota nur noch leises Flüstern zu hören. Eine Meile westlich legten sich sechshundert Büffel in der Prärie zum Schlafen. Angel und Ted spürten, dass ihr Zusammensein so besonders und wertvoll und natürlich war wie ein Büffel, der sich zum Schlafen hinlegt.

Angel hielt Ted so fest, als wollte sie ihn nie mehr loslassen. Ted hielt Angel genauso fest. Er war sich sicher, dass nichts auf der Welt vergleichbar war mit diesem Tag und jetzt dieser Nacht. Sein Leben kam ihm vor wie ein langer Marsch mit einem wunderschönen Ende. Die Hunde lagen am Feuer, auch sie vollkommen zufrieden und mit sich im Reinen. Für Hunde ist jeder Tag der schönste Tag.

Schließlich fielen Angel die Augen zu, doch Ted hatte wie üblich Mühe einzuschlafen. Er lag zwar nicht mehr auf der lästigen Schraube, dafür aber auf mehreren lästigen Steinen. Noch weit nach Mitternacht, zu einer Zeit, als er längst hätte schlafen sollen, beobachtete er die Glut des erlöschenden Feuers und die Funken, die immer noch in den Himmel flogen. Er richtete sich auf und stupste Angel an, bis sie die Augen öffnete. »Wir müssen reden. Jetzt gleich.«

29. Kapitel

Was ist denn los?«, fragte Angel schläfrig.

»Ich habe die Lösung.«

»Du hast genügend gelöst für einen Tag. Schlaf weiter.«

»Nein, du musst mir zuhören. Es ist wichtig.« Als er sich sicher war, dass sie wach genug war, fuhr er fort. »Auch mir hat Bertha eine Botschaft vermittelt. Als du mir auf dem Zeltplatz im Inneren von Bertha den Finger massiert hast und ich in eine Art Trance gefallen bin, hatte ich einen Traum. In dem Traum sind du und ich und die Hunde um ein Lagerfeuer getanzt. Es war so eine Stelle wie diese hier. Alles war genau so, wie es heute Abend war. So etwas ist mir noch nie passiert. Träume können doch nicht die Zukunft vorhersagen.«

»Viele Leute machen solche Erfahrungen. Meine Mutter erschien mir in der Nacht vor ihrem Tod im Traum und verabschiedete sich von mir. Dabei war sie überhaupt nicht krank gewesen. Aber jetzt schlaf weiter und hab noch ein paar schöne Träume.«

»Nein, du verstehst es einfach nicht«, erwiderte Ted leicht gereizt. »Es geht nicht darum, dass ich beunruhigt bin. Ich bin begeistert.«

»Okay, Ted, immer mit der Ruhe.«

»Hast du es jetzt kapiert?« Ted wartete darauf, dass Angel die Punkte verband, um das zu erkennen, was für ihn nun glasklar war. Als sie stumm blieb, erklärte er es ihr. »Wir müssen morgen gleich nach Pierre aufbrechen. Ich bin mir mittlerweile einer Sache ziemlich sicher.«

»Welcher Sache denn?«

»Tante Lilly ist unschuldig. Ich glaube, ich weiß jetzt, was passiert ist.«

Angel klang überrascht. »Natürlich ist sie unschuldig. Deshalb habe ich dich doch gebeten, ihr zu helfen.«

30. Kapitel

Früh am nächsten Morgen bestand Ted darauf, sofort zu Bertha zurückzukehren und sich auf den Weg zum Frauengefängnis von South Dakota zu machen. Unterwegs fiel ihm ein, dass er in seinen Wanderklamotten nicht sehr anwaltsmäßig wirken würde. Sein Großvater hatte immer wieder darauf hingewiesen, wie wichtig der erste Eindruck bei einem Klienten sei. Deshalb steuerten sie in Pierre erst einmal das einzige Einkaufszentrum im Ort an, die Pierre Mall. Die Auswahl an Männerkleidung war zwar begrenzt, doch Ted war sich ziemlich sicher, dass er etwas Anständiges auftreiben würde. Aber Angel schien von keinem der Anzüge besonders angetan zu sein. Bald wurde Ted ungeduldig. »Das Gespräch dauert nur eine Stunde. Hauptsache, ich wirke einigermaßen professionell. Ob Tante Lilly mein Outfit gefällt, ist doch wirklich nebensächlich.«

Jedes Mal, wenn Ted etwas von der Stange holte, sagte Angel: »Ich weiß nicht … Wir müssen sie dazu bringen, dir zu vertrauen.«

Schließlich reichte es Ted. »Angel, such einfach du etwas für mich aus. Ich möchte noch vor Einbruch der Dunkelheit dort sein.«

Angel beschloss, Ted ein paar Details aus ihrem Telefonat mit Lillys Anwalt, John Shinn, und dem Gespräch mit ihrem Vater zu erzählen, um ihn auf das Treffen mit ihrer Tante besser vorzubereiten. »Ted, ich glaube, mein Vater wird auch dort sein. Er möchte dich kennenlernen. Er hat Angst, dass du Tante Lilly auf den elektrischen Stuhl bringst, wenn du nicht aufpasst.«

»Na, das erklärt einiges.«

Angel nickte. »Ich möchte, dass du einen guten Eindruck machst. Ted, vielleicht sollte ich dir noch sagen, dass er die Weißen nicht besonders schätzt.«

»Ach, das ist ja großartig. Gibt es noch etwas, was du mir gerne sagen würdest?«

Wieder nickte Angel und starrte auf den Boden. »Er hasst Anwälte.«

»Ist das jetzt alles?«

»Ich befürchte, dass er nicht sehen wird, was für ein guter Weißer du bist.«

Ted lief ein wenig auf und ab und übte sich im Schweigen der Lakota, dann kehrte er ziemlich beunruhigt zu Angel zurück. »Was sollen wir jetzt tun?«

»Ich weiß auch nicht so recht, aber ich glaube, mir ist etwas eingefallen.« Angel nahm Teds Hand und zog ihn mit sich. »Ich habe meinem Dad erzählt, dass du in Kansas für die Rancher und Farmer arbeitest. Er glaubt, dass du ein Cowboy bist.«

»Kein Wunder, dass er mich hasst. Ich hoffe, das hast du ihm ausgeredet.«

»Nein, denn das schien das Einzige zu sein, was er an dir mochte.«

»Ich dachte immer, Indianer hassen Cowboys.«

»Nein, sie empfinden sogar ein gewisses Mitgefühl. Die meisten Cowboys haben ihre Existenzgrundlage verloren, genau wie die Indianer.«

Sie traten ins Freie. Angel drückte Ted auf eine Bank. »Warte hier, ich bin in zehn Minuten wieder da.«

Sie eilte um die Ecke zum Laden für den Rancher-Bedarf. Eine Viertelstunde später kehrte sie zu Ted zurück. »Komm mit. Ich habe alles Mögliche ausgesucht, jetzt müssen wir nur noch deine Größe finden.«

Anschließend fuhren sie zum Gefängnis, parkten Bertha und führten noch kurz die Hunde aus, bevor sie das Gefängnis durch den Haupteingang betraten. Drinnen setzten sie sich in den Wartesaal. Zehn Minuten später kam Larsen zur Tür herein.

Er sah sich nach seiner Tochter und diesem Anwalt aus Kansas um. Mit einem großen, schlanken Mann, der wie ein Cowboy angezogen war, hatte er nicht gerechnet. Wo hatte Angel bloß diesen Burschen aufgetrieben? Na ja, zumindest hatte der einen Job.

Er bemühte sich, seinen Argwohn nicht zu zeigen. Seit Angel ihm von diesem Mann erzählt hatte, hatte sich Larsen mehrmals gefragt, was ein Viehzüchteranwalt wohl von der Strafverteidigung verstand. Aber Angel hatte ihm wiederholt versichert, dass der Mann schlau sei und gern helfen würde, und John Shinn, der Pflichtverteidiger, hatte das Gleiche behauptet. »Larsen«, hatte Shinn gesagt, »wenn der Mann helfen will, dann lassen Sie ihn helfen.« Ted habe ihm ein ausführliches Memo zum Thema Notwehr und der sogenannten Castle Doctrine gemailt, und alles habe sehr schlüssig gewirkt, hatte Shinn hinzugefügt.

So wie Shinn es ihm erklärt hatte, hatte Ted offenbar eine ziemlich stichhaltige Argumentation ausgearbeitet sowie einige Präzedenzfälle aufgetrieben, um diese zu stützen. Dennoch gebe es Lücken, die man noch schließen müsse, hatte Shinn gemeint. Er bezweifle, dass Ted die nötigen Mittel auftreiben würde. Aber wenn Ted trotzdem mitwirken wolle, habe er nichts dagegen.

»Können Sie mir dieses Memo schicken?«, hatte Larsen gefragt. »Ich würde es gern lesen.«

»Na klar«, hatte Shinn erwidert. »Wie Sie meinen.«

Nun stürmte Angel auf Larsen zu und fiel ihm um den Hals. In der langen Umarmung kam echte Liebe zum Ausdruck. Ted spürte die starke Verbindung, die zwischen den beiden herrschte. Er hörte Angel sagen: »*Age*, ich freue mich so, dich zu sehen. Lass mich dir Ted vorstellen.«

Larsen reichte Ted die Hand. »Larsen Two Sparrow. Lilly ist meine Tante.« Er kam gleich auf den Grund dieses Treffens zu sprechen. »Glauben Sie, dass Sie ihr helfen können?«

Ted dachte über all die juristischen Theorien nach, die er Larsen an den Kopf werfen könnte, um ihn zu beeindrucken. Doch dann beschloss er, dass er damit nicht viel bezwecken würde. Larsen sah sehr müde aus. Seine langen, ergrauenden Zöpfe baumelten über den Kragen eines mit Öl befleckten Overalls. Wahrscheinlich waren ihm juristische Theorien ziemlich egal. »Selbst wenn sie nicht gänzlich unschuldig ist, können wir es vielleicht schaffen, eine Verurteilung zu umgehen. In der Ermittlungsakte gibt es mehrere Stellen, über die ich gestolpert bin. Deshalb wollte ich Ihre Tante gern persönlich treffen und mit ihr reden.«

»Tante Lilly spricht nicht immer so, dass alle sie verstehen. Ich hoffe, dass Sie mehr Glück als die anderen haben und sie Ihnen vertraut.«

»Wir versuchen es einfach mal.«

»Lassen Sie mich und meine Tochter erst noch kurz mit

ihr reden.« Larsen reichte Ted eine Tüte. »Währenddessen ziehen Sie das hier an. Wenn sie Sie fragt, können Sie ihr sagen, dass es eine Leihgabe von mir ist. Das Ding wird Sie mit frischen Kräften erfüllen.«

Larsen ging gefolgt von Angel aus dem Warteraum in den Besucherbereich. Ted setzte sich auf einen Stuhl und öffnete die Tüte. Sie enthielt ein sehr merkwürdiges Kleidungsstück, das aussah wie eine orangefarbene Jagdweste, versehen mit allen möglichen bizarren Verzierungen. Verwirrt starrte Ted darauf, doch schließlich zog er sie schulterzuckend an. Wenn Angels Vater wollte, dass er wie ein Narr aussah, würde er eben wie ein Narr aussehen.

Ein uniformierter Wärter kam herein. »Anwalt Ted Day.«

Ted marschierte in seinen nagelneuen glänzenden schwarzen Stiefeln und der knallorangefarbenen Jagdweste so selbstbewusst er konnte hinter dem Wärter her. Nachdem er durch den Metalldetektor gelaufen war, durchquerte er zwei verschlossene Türen, die summend aufgingen. Der Wärter führte ihn in einen Raum, in dem es aussah wie in der Cafeteria einer Mittelschule. Auf einer Wand prangte das Wappen von South Dakota, und die Linoleumfußböden waren auf Hochglanz poliert. Angel, Larsen und Lilly saßen stumm an einem Tisch.

Angel wollte aufspringen und Teds Hand nehmen, aber sie befürchtete, dass er das womöglich nicht schätzen würde. Larsen wollte Angels Hand halten, aber er fürchtete, dass Ted das nicht gefallen würde. Ted wünschte sich, Argo wäre hier, aber er war sich ziemlich sicher, dass der Wärter das nicht billigen würde. Die Tür an der gegenüberliegenden Raumseite wurde mit einem Summen verschlossen, und der Wärter baute sich stumm daneben auf.

Tante Lilly ignorierte Larsen und Angel und richtete sich mit einer unglaublich sanften Stimme sogleich an Ted. »Sagen Sie mir, Ted, war Mutter Erde großzügig mit ihrer Energie? Sind Sie heute voll aufgeladen?«

Ted warf einen Hilfe suchenden Blick zu Larsen, der langsam nickte. »Ja, Tante Lilly, ich bin heute voll aufgeladen«, erwiderte Ted folgsam.

»Gut. Dann können wir an meiner Verteidigung arbeiten.«

»Ja, ich bin bereit.« Ted warf einen Blick auf seinen Notizblock, in den er auf der Fahrt nach Pierre einige Fragen notiert hatte.

Bevor er loslegen konnte, legte Tante Lilly los. »Ich möchte Ihnen gern eine Frage stellen, Ted Day. Ist es Mord, wenn man jemanden erschießt, der einem sein Geld und sein Haus stehlen und seinen Hund erschießen will?«

Larsen wartete nicht auf Teds Antwort. »Bitte, Lilly, lass Ted die Fragen stellen. Er hat ein Memo verfasst. Demzufolge kannst du zwar Gewalt bis hin zu tödlicher Gewalt einsetzen, wenn du dich und deinen Besitz beschützen willst, aber nur bei der begründeten Annahme, dass dir ein Gewaltverbrechen droht. Die Polizisten haben dich doch gefragt, ob du um dein Leben gefürchtet hast, und du hast ihnen gesagt, dass …«

Lilly fiel ihrem Neffen ins Wort. »Doch nicht, nachdem ich den Mistkerl erschossen hatte. Warum sollte ich mich vor einem Toten fürchten?«

Larsen fuhr fort. »Du musst beweisen, dass du eine begründete Angst hattest, als du ihn erschossen hast. Also – warum hast du ihn erschossen?«

»Das habe ich dir doch gesagt. Es gab auf dieser Erde

keinen gemeineren Mistkerl als deinen Onkel Harry, wenn er betrunken war. Der Bär hat mir in meinen Traum gesagt, dass er es auf mich abgesehen hat. Das hat mir gereicht.«

Ted war zwar beeindruckt, wie Larsen mit Tante Lilly umging, aber sie beantwortete nicht die seiner Meinung nach wesentliche Frage. Angel schien das auch so zu sehen. »*Age*, lass doch mal Ted die Fragen stellen.«

Ted spürte, wie verängstigt Tante Lilly war. Deshalb beugte er sich vor und umschloss die Hand der alten Frau, obwohl er so etwas noch nie getan hatte und es ihm für einen Anwalt ziemlich unprofessionell vorkam. »Darf ich Sie Tante Lilly nennen?«, fragte er. Als sie stumm lächelte, fuhr er fort: »Ich habe ein paar Fragen. Was genau hat der Bär in Ihrem Traum zu Ihnen gesagt?«

»Das habe ich doch der Polizei und dem anderen Anwalt, Shinn, schon gesagt. Sie meinen, dass Träume vor Gericht nicht zählen.«

»Ich glaube, dass sich in Träumen die Wahrheit zeigen kann. Also versuchen wir, die Wahrheit in Ihrem Traum zu finden. Wollen Sie uns den Traum noch einmal erzählen?«

»Da gibt es nicht viel zu erzählen, weil der Traum sehr kurz war. Ich habe in einer Höhle geschlafen. Mein Geisterbär erscheint mir oft in meinen Träumen. In dieser Nacht ist er gekommen und hat mir gesagt, dass ich in großer Gefahr schwebe. Er sagte, dass entweder Harry mich erschießen oder ich ihn erschießen würde. Es läge ganz bei mir.«

Ted dachte kurz nach. »So haben Sie es bereits geschildert, und so steht es auch im Polizeibericht. Es ist gut, dass Sie sich so deutlich an den Traum erinnern.« Er machte eine kleine Pause. »Woher, glauben Sie, wusste der Bär, was passieren würde?«

»Sie glauben mir also, dass der Bär in meinen Träumen mit mir redet?«, fragte Tante Lilly.

»Ja, ich denke, dass unser Geist viele Wege findet, mit uns zu sprechen. Manchmal benutzt er Wörter, manchmal Träume. Das ist doch ganz normal.«

»Sie sind ein schlauer Anwalt, Ted Day.«

»Ich würde Sie gern eines fragen: Was weiß der Bär? Woher wusste er, dass diese schlimme Sache passieren würde?«

»Der Bär weiß alles, was ich weiß. Wir sind uns sehr verbunden.«

»Was würde der Bär sagen, wenn ich ihn fragen würde, woher er wusste, dass Onkel Harry Sie bedrohen würde?«

»Das weiß ich nicht genau. Ich werde ihn heute Nacht fragen.« Lilly dachte ein wenig nach, dann fuhr sie fort. »Der Bär weiß, dass Harry mich schon oft bedroht hat. Der Bär weiß, dass Harry gesagt hat, er würde mit seinem Gewehr kommen und mich erschießen. Der Bär weiß, dass Harry um mein Haus schleicht und einbricht, wenn ich unten am Fluss bin, um Wäsche zu waschen. Der Bär weiß, dass Harry gern mit seinem Gewehr rumballert, wenn er betrunken ist. All diese Sachen weiß der Bär.«

»Weiß der Bär denn, ob sie alle stimmen?«, fragte Ted.

»Natürlich. Bären lügen nie.«

»War Harry an dem Tag, als Sie ihn erschossen haben, betrunken?«

»Harry war immer betrunken.«

»Hatte Harry ein Gewehr dabei, wie der Bär es behauptet hat?« Da Lilly nicht sogleich antwortete, fragte Ted noch einmal nach: »War Harry bewaffnet?«

»Harry hatte immer sein Gewehr dabei. Deshalb musste ich ja auch meine Pistole tragen.«

»Im Polizeibericht steht nichts davon, dass in der Nähe von Harrys Leiche ein Gewehr gefunden wurde. Tante Lilly, sind Sie sich ganz sicher, dass er an jenem Tag eines dabeihatte?«

»Natürlich bin ich mir sicher. Aber es ist gefährlich, so ein geladenes Ding einfach herumliegen zu lassen. Ich habe es an mich genommen.«

»Und wo ist es jetzt?«

»Ich habe es in Bertha an einem sicheren Ort versteckt.«

»Ich brauche diese Waffe.«

»An die kommt man ganz leicht ran. Sie brauchen nur einen kleinen Schraubenzieher, um die Schraube im Boden zu entfernen. Darunter liegt das Gewehr.«

Ted war leicht beunruhigt, dass er die letzten zwei Wochen auf einem geladenen Gewehr geschlafen hatte, dem wichtigsten Beweisstück in einem Mordprozess. Er gab dem Wärter ein Zeichen, dass er den Raum verlassen wollte.

»Tante Lilly, danke, dass Sie sich die Zeit für dieses Gespräch genommen haben. Mr. Shinn und ich müssen mit diesem Gewehr gleich zur Polizei. Das ist ein sehr wichtiges Beweisstück, das unbedingt in den Bericht aufgenommen werden muss.« Auf dem Weg zur Tür blieb er noch einmal stehen und drehte sich um. »Angel, bleib bei deinem Dad. Ich rufe dich an, wenn ich fertig bin.« Zum Schluss sagte er noch, an Tante Lilly gewandt: »Danke, dass ich Ihre Weste tragen durfte. Sie hat eine gute Energie.«

Drei Tage später wurde das nachträglich aufgetauchte Beweisstück in den offiziellen Polizeibericht aufgenommen, nachdem Onkel Harrys Fingerabdrücke auf der Waffe bestätigt worden waren. Ted und John Shinn reichten ihren Antrag und den unterstützenden Schriftsatz ein und ersuchten darum, das Verfahren gegen Tante Lilly einzustellen. Sie baten um sofortige Bearbeitung des Antrags. Gegen die Einwände der Staatsanwaltschaft räumte der Richter ein, dass die Sache dringlich sei und es verdiente, am folgenden Montag um neun Uhr früh verhandelt zu werden.

31. Kapitel

Ted fasste seine Argumente zusammen, während Lilly am Anwaltstisch saß. Larsen und Angel warteten im hinteren Teil des Gerichtssaals. Ted und John Shinn hatten den Rest der Woche und auch das ganze Wochenende an ihrem Plädoyer gearbeitet. Shinn war beeindruckt von Teds juristischer Analyse. Unter seinen Mitarbeitern gab es keinen, der sich so gut auf Schriftsätze verstand wie Ted. Einen solchen Mann hätte er gut gebrauchen können. Die meisten Anwälte waren erpicht darauf, einen Fall zu verhandeln, jedoch faul, wenn es ums Recherchieren und die schriftlichen Vorbereitungen ging. Shinn hörte geduldig zu, während Ted den Richter methodisch durch die Argumente leitete. Als nur noch zwei Minuten Zeit waren, legte Ted einen Gang zu.

»Euer Ehren, aufgrund der Castle Doctrine ist es einem Bewohner dieses Staates gestattet, zu tödlicher Gewalt zu greifen, um sich und seinen Besitz vor einem Eindringling zu schützen. Ich kann verstehen, dass das Gericht zögert, die rechtmäßige Begrenzung von Ms. Two Sparrows Wohnsitz über die Wände ihres Bücherbusses hinaus zu erweitern, aber mehrere Gerichte haben die Doktrin auf den umgebenden Raum ausgedehnt.« Ted überreichte dem Richter und der Staatsanwältin Kopien der Fälle, die er in anderen Zuständigkeitsbereichen gefunden hatte, und fuhr dann fort. »Die Doktrin über die Wände ihres Heims hinaus auszudehnen, erscheint mir in diesem Fall besonders vernünftig. Die Grenzen ihrer Angst waren ebenso ausgedehnt. Wir haben es hier nicht mit irgendeinem Eindringling zu tun, sondern mit einem, der die Angeklagte schon des Öfteren tätlich angegriffen hatte. Außerdem war er betrunken und mit einem geladenen Gewehr bewaffnet.«

Als Ted fertig war, setzte er sich neben Lilly und John Shinn. Tante Lilly schüttelte ihm die Hand. »Ihre Energie ist heute sehr gut, Ted Day.«

Die Staatsanwältin erhob sich und trug ihre Argumente vor. Etwa eine Stunde später kehrte der Richter in den Saal zurück und tat seinen Beschluss kund: Der kürzlich aufgetauchte Beweis sei schlüssig, Tante Lilly habe in Notwehr gehandelt. Er klopfte mit seinem Hammer auf den Tisch. Insgeheim hatte er Tante Lilly von Anfang an für unschuldig gehalten und Träume für wichtig. »Dem Antrag der Verteidigung wird stattgegeben. Die Beschuldigte wird freigesprochen, die Klage abgewiesen.«

Epilog

Ein Jahr später

Die Schlucht war etwa hundertvierzig Meter tief. Der Fluss, der auf ihrem Grund toste, führte das Schmelzwasser des K2 mit sich, des höchsten Berges im Karakorum. Das pakistanische Dorf, das auf der anderen Seite der Schlucht lag, konnte nur mittels einer Holzkiste erreicht werden, die mit Rollen versehen an einem Kabel hing, das über die Schlucht gespannt war. Langsam näherten sich die beiden dieser primitiven Seilschwebebahn und erörterten den nächsten Schritt.

»Du gehst als Erster«, sagte Angel. »Das Ding sieht nicht sehr sicher aus.«

»Wenn du mit Ted Day in Urlaub fährst, dann stößt du auf solche Dinge. Du kannst nicht dein Leben lang mit deinem neuen Bücherbus im Reservat herumkurven, den kleinen Hosenscheißern etwas vorlesen und hoffen, dass das Abenteuer dich findet. So geht das nicht im Leben. Und jetzt komm schon, du schaffst das.«

Sie deutete auf die Kiste. »Meine Kinder brauchen mich. Deine Lebensversicherung ist bezahlt. Geh an Bord!«

Ted warf einen Blick nach unten. Die Überquerung wirkte tatsächlich um einiges beängstigender, als er erwartet hatte. »Wir könnten Strohhalme ziehen.«

Angel schüttelte den Kopf. »Wir haben keine Strohhalme. Sollen wir eine Münze werfen?«

Ted dachte kurz darüber nach, dann schlug er vor: »Wie wär's mit Knobeln: Schere, Stein, Papier?«

Angel stemmte die Hände in die Hüften und spielte ihren Trumpf aus. »Ted, du bist der Mann. Du gehst als Erster.«

Ted nahm seinen Cowboyhut ab und wischte sich den Schweiß von der Stirn. »Wir sind bei der Rechtsberatung chronisch unterbesetzt. Die Bezahlung im Reservat ist lausig. Sie können es sich nicht leisten, mich zu verlieren. Das weißt du doch. Denk daran, was Shinn gesagt hat – wie wertvoll ich bin.«

»Das mag schon sein, aber du kannst es dir nicht leisten, deine Frau zu verlieren. Schließlich hast du dreißig Jahre dazu gebraucht, eine gute zu finden. Die Hunde lieben mich mehr als dich. Du gehst zuerst.«

Ted drückte Angel einen Kuss auf die Stirn. »Du hast gewonnen.« Vorsichtig stellte er einen Fuß auf den Boden der Kiste. Sie wirkte ziemlich stabil. Auf der anderen Seite standen zwei Männer mit einem zahnlückigen Grinsen, die ihn mit einem Seilzug über die Schlucht zogen. Die Kiste schwankte im Wind. Ted machte die Augen zu und grinste. Es war sehr spannend. Auf der anderen Seite angekommen, stolperte er mit weit aufgerissenen Augen auf festen Boden.

Er klopfte sich die Hose ab – selbstverständlich ein wasserdichtes Modell, wie es in seinem Wanderführer empfohlen worden war. Dieses Buch hatte er heimlich gelesen und damit ihre Hochzeitsreise geplant. So weit, so gut.

Die Sherpas zogen die Kiste zurück über die Schlucht und öffneten die Tür für Angel. Sie zögerte, dann wich sie zurück. Vielleicht konnte Ted das Kloster ja allein besichtigen.

Wenn man ein Bergkloster gesehen hat, hat man alle gesehen. Die Sonne schien in die Schlucht und beleuchtete den tosenden Fluss in der Tiefe. Das kristallklare Wasser warf schillernde Lichtstrahlen auf die Wände der Schlucht. Angel sagte sich, dass die Kiste es tausendmal über die Schlucht geschafft hatte, also würde sie es auch diesmal schaffen. Dennoch wirkte die Konstruktion nicht vertrauenerweckend.

Der Wind führte die kühle Luft vom Gipfel mit sich und strich ihr die langen schwarzen Haare aus dem Gesicht. Ted betrachtete Angel. Sie war wunderschön, so wild und bezaubernd wie an jenem ersten Tag, als ihre Autos zusammengestoßen waren. Er wusste, dass sie es schaffen würde. Sie musste nur so weit kommen, das Abenteuer zu genießen. »Du schaffst es!«, rief er laut.

Angel starrte auf die Kiste. »Geh ohne mich. Ich warte hier«, rief sie zurück.

»Angel?«

»Ja?«

Ted wies die Männer an, die Kiste zu ihm zurückzuziehen. Dann kramte er ein kleines Notizbuch und einen Stift aus einer Tasche seiner Weste und schrieb eine kurze Nachricht, die er in die Kiste legte. Sodann wurde die Kiste wieder zu Angels Seite der Schlucht zurückgezogen.

Ted legte die Hände an den Mund und schrie ein Wort nach dem anderen. »Lies. Die. Nachricht!«

Angel beugte sich vor und holte den Zettel aus der Kiste. Nachdem sie die Nachricht gelesen hatte, musste sie laut lachen. Ted sah in Tante Lillys orangefarbener Weste wirklich lächerlich aus, aber seine Energie war gut. Es war ein schönes Hochzeitsgeschenk von Tante Lilly gewesen, auch wenn er dieses unmögliche Teil zu Hause hätte lassen sollen.

Sie kletterte in die Kiste, als würde sie auf ihr Rad steigen, um kurz um den Block zu fahren. Auf ein Zeichen des Sherpas hin ruckelte die Kiste langsam über die Schlucht. Anfangs kniff Angel die Augen zu, dann beschloss sie, sich umzuschauen. Wie oft hat man die Gelegenheit, das Leben aus einer solchen Perspektive zu betrachten? Als die Kiste kurz langsamer wurde, warf sie Teds Nachricht hinaus und sah zu, wie sie langsam zum Boden der Schlucht segelte.

Als sie die Augen schloss, waren die Druckbuchstaben von Teds Nachricht in die schwarzen Räume ihres Geistes eingeprägt, wo sie sie jederzeit hervorholen konnte.

IMAGINE.

Weiterführende Literatur

(nicht alphabetisch, sondern in der Reihenfolge aufgelistet, wie sie für die Geschichte von Belang ist):

Abraham Maslow, Psychologie des Seins. Ein Entwurf. Kindler, München 1973.

Daniel J. Siegel, Das achtsame Gehirn. Arbor, Freiburg 2007.

Rabbi David A. Cooper, God is a Verb: Kabbalah and the Practice of Mystical Judaism. New York, Penguin Putnam 1997.

Jay Michaelson, Everything is God: The Radical Path of Nondual Judaism. Shambala, Boston 2009.

Ken Wilber, Jack Engler und Daniel P. Brown, Psychologie der Befreiung. Scherz-Verlag, Bern, München, Wien 1988.

A.H. Almaas, Essentielle Verwirklichung – der diamantene Weg des Herzens. Band 1 bis 4, Arbor, Freiburg 2003.

Eckhart Tolle, Jetzt! Die Kraft der Gegenwart. Kamphausen, Bielefeld 2000.

Cynthia Bourgeault, The Wisdom Jesus: Transforming Heart and Mind – A New Perspective on Christ and His Message. Shambhala, Boston 2008.

Richard Rohr, Pure Präsenz, Sehen lernen wie die Mystiker. Claudius, München 2010.

Helen Palmer, Das Enneagramm, Sich selbst und andere verstehen lernen. Droemer, München 2000.

Jeffersons Bibel: http.//americanhistory.si.edu/jefferson-bible/

Stephen Batchelor, Buddhismus für Ungläubige. Fischer, Frankfurt a.M. 2011.
Betty Edwards, Garantiert zeichnen lernen. Das Geheimnis der rechten Hirnhemisphäre und die Befreiung unserer schöpferischen Gestaltungskräfte. Rowohlt, Hamburg 1999.
Richard Rohr, Das wahre Selbst. Werden, wer wir wirklich sind. (Hörbuch) Herder, Freiburg 2013.